THE HEELS & THE GUNS

Part   I V

More Shortstories About Sex & Crime

Von G.U. Fuß

THE HEELS & THE GUNS

Part IV

More Shortstories About Sex & Crime

Von G.U. Fuß

Verlag: BoD · Books on Demand GmbH,
In de Tarpen 42, 22848 Norderstedt
Druck: Libri Plureos GmbH, Friedensallee 273,
22763 Hamburg
ISBN: 978-3-7693-1208-9

3

3 - The Mile High Club

01 - Up, Up And Away

02 - The Flying Squad

03 - Fly Me To The Moon

4 - Texas Love

01 - Rocket Man In Texas

02 - Big Trouble In Texas

03 - Dont`t Mess With Texas

04 - Once Upon A Time In Texas

5 - Play The Game

01 - Back In Town

02 - Matchday

03- Black Ops - G T A

04 - Games Without Limits

6 - Ruhrpott Bebop

Übersetzungen & Glossar

Vorwort

Dieses vorliegende Buch ist der nun vierte Band mit einer Sammlung von Kurzromanen, die ich verfasst habe. Und der nächste Band ist in Vorbereitung. An dieser Stelle möchte ich mich bei meinem Lektor Bernd Plitzko bedanken, der als Übersetzter und Autor ganz geniale literarische Ambitionen hat und sich trotzdem die Zeit nimmt, meine Werke mit viel Sorgfalt nachzubearbeiten. Ebenso danke ich meiner zweiten Lektorin, Renate Sendlbeck, die nach Band drei auch den vorliegenden Band korrigiert und nicht mit Lob und Kritik spart. Beide haben großen Anteil daran, daß die Texte tatsächlich lesbar werden.

Wie in meinen anderen Büchern erzähle ich immer wieder die gleiche kleine Geschichte, immer mit einigen kleinen Variationen. Und ich werde auch in Zukunft versuchen, die großen Literaten der Welt zu lesen, aber nicht zu kopieren oder zu übertrumpfen. Es gibt weitere Autoren, die ich mit Freude und Begeisterung gelesen habe. Da wären Joseph Wambaugh, Ian Fleming, Douglas Adams, Robert O`Connor, Giovannio Guareschi, Joe R. Landsdale, Tony Fennelly, James Ellroy, Janet Evanovich und Howard Chaykin.

Die Ideen zu den erdachten Geschichten finde ich meistens bei alltäglichen Gelegenheiten. Midsummer Murders waren schon des Öfteren eine Inspiration, es kann aber auch ein banaler Werbespot oder ein Foto die

2

Quelle für eine Story sein. Der Rest ist dann ein Sammelsurium wirrer Ideen. Mir fällt dazu ein Zitat aus dem Roman ‚Für einen Groschen Brause' von Dieter Zimmer ein: „Erst einmal bauen, der Platz ergibt sich von selbst." Wer die Geschichten mit etwas Aufmerksamkeit liest, wird eine ganze Reihe von Anspielungen auf Filmen, TV-Serien oder Romane finden. Und in einigen Fällen habe ich mir als Stilmittel das Durchbrechen der vierten Wand angeeignet, daß bei Serien wie Magnum oder Mike Hammer zum Tragen kommt.

G. U. Fuß

1 - The Emerald Coast

01 -The Emerald Commencement

Der Wind wehte kalt an der Kaimauer entlang und die Gischt sprühte immer wieder Wassertropfen aus dem Hafenbecken, an die Poller und auf den Asphalt. Die Fischerboote sowie das Polizeiboot bewegten sich auf und ab im Wellengang des Tidenhubs. Perry Miller stand an der aus groben Steinen gemauerten, zurückgesetzten Mauer und blickte in das sehr dunkle, parabelförmige Hafenbecken von Glenkerry. Perry wandte seinen Blick nach oben, um die vielen dunklen Wolken zu beobachten. Dann bewegte er sich nach rechts und ging die paar Meter zum Máistir Cuain, dem örtlichen Pub, der direkt am Hafenweg lag. Die Front erinnerte an einen Burgturm, mit den Zinnen am Kopfende. Er öffnete die schwere Holztür und betrat den Schankraum. Er ging direkt zur mit dunklen Holz getäfelten Bar, die heute ungewöhnlich leer war. Im TV lief ein Spiel der Championsleague, daher waren viele Dorfbewohner zuhause geblieben.

„Dia duit. Wenigstens du kommst heute Abend vorbei. Dabei dachte ich immer, daß gerade ihr Deutschen Fußball liebt."

„Sean, ich bin lieber zum Eishockey gegangen. Und da in Irland gar kein Mensch dazu einen Draht hat, bleibt bloß noch Rugby."

„Perry, du gehörst wirklich hierher. Und hier ist dein Bier. Willst du einen Glengoyne dazu?"

„Yep, hast du Lust auf eine Partie Scoppa? Der alte Finnegan würde sicherlich auch mitspielen."

„Nicht nur mitspielen, sondern euch Anfänger besiegen. Mach mir bitte auch noch ein Bier. Dann könnten wir anfangen."

James Finnegan war einer der hiesigen Fischer, der nicht mehr selber auf See rausfuhr, sondern eine Flotte aus drei Booten sein Eigen nannte. Die drei spielten mehrere Partien des aus Italien stammenden Spiels, das Pasquale Firrenze mitgebracht hatte, als er sich als Fischer in Glenkerry niederließ. Der Spielstand war ausgeglichen und nach der dreißigsten Partie tranken die drei noch ein weiteres Bier zusammen. Kurz darauf gingen Finnegan und Perry zusammen am Hafen entlang, bis Perry sich von James verabschiedete und dabei in eine Seitenstraße abbog, und den Weg bergauf ging, wo am Ortsrand sein Haus stand. Während die Häuser von Glenkerry landestypisch aus Natursteinen gemauert waren und eng beieinanderstanden, befanden sich oben am Hügel drei Gebäude, die im modernen Architekturstil der sechziger Jahre gebaut waren, und die man so eigentlich eher an der französischen Atlantikküste finden würde. Perry ging auf das kleinste der drei Häuser zu, daß durch seine Randlage die beste Aussicht auf das Meer hatte. Er betrat den Windfang und öffnete die Haustür. Im Flur legte er seinen Militärparker und die Schuhe ab und ging in die Küche, um sich noch einen Kaffee zu machen. Danach begab er sich in das Arbeitszimmer, um weiter zu schreiben. Der Raum war rundherum, bis auf die breite Fensterseite, mit Bücherschränken eingerichtet. Dort stand ein großer Schreibtisch und ein Bürostuhl mit hoher Lehne. Er setzte sich hin, fuhr den Computer hoch und und schaltete den Bildschirm ein. Perry Miller hieß schlicht Peter Müller. Unter dem Pseudonym Perry Miller hatte er über die Jahre eine Reihe international sehr

6

erfolgreicher Thriller und Detektivromane geschrieben. Die Bewohner von Glenkerry hatten den vor einigen Jahren zugezogenen ehemaligen Polizisten Peter Müller in ihre Gemeinschaft aufgenommen und sprachen ihn schlicht mit seinem englischen Autorennamen an. Unter seinem Geburtsnamen verfasste er zusätzlich Liebesromane für einen deutschen Verlag, der für sein Programm von Groschenromanen bekannt war. Seine Beiträge hatten einen gewissen Kultstatus, da er immer wieder witzige Dialoge einfügte und die Liebesszenen immer eine Spur prickelnder beschrieb als die meisten anderen Autoren. Mit seinen Werken verdiente er viel Geld, wobei er einen großen Teil des Geldes anlegte und für schlechte Zeiten sparte. Sein Anwesen mit Haus und ein Triumph Dolomite Sprint waren die einzigen großen Anschaffungen. Perry war nicht gierig, aber solange er etwas zu Papier brachte und die Verlage dafür auch Geld bezahlten, machte er weiter. Er tippte noch einige Seiten für ein Manuskript, dann suchte er noch ein paar Minuten im Internet nach einer Einspritzpumpe für den Triumph, danach ging er die Treppe hoch und putzte sich seine Zähne, um dann sich in das breite Bett im Schlafzimmer zu legen. Perry schmökerte noch eine Stunde in einem Buch, bevor er das Licht löschte.

An diesem Abend war der Pub wie immer gut besucht, aber Perry sah einen lebendigen Traum vor sich. Er hatte diese Frau vorher noch nie gesehen und konnte die Blicke nicht von ihr lassen. Diese schlanke, rothaarige Frau sah aus, wie die Frau aus einer Anzeigenkampagne von Tullamore Dew, die vor langer Zeit in vielen Zeitschriften und Magazinen in Deutschland erschienen war. Ein schmales Gesicht mit Sommersprossen, das einen ernsten Gesichtsausdruck hatte. Das rote Haar hatte etwas Volumen und reichte bis auf die Schultern. Aus dem Kragen des grauen Tweedjackets, und der weißen Bluse, die wie zufällig ein Stück zu weit aufstand, ragte ein schlanker Hals, dem sich ein dezentes Dekolleté anschloss. Die eleganten langen Finger hielten ein Glas mit Portwein in der Hand. Zwischendurch zeigte sie, während des Gesprächs, immer wieder ein traumhaftes, schönes Lächeln. Bobby Sands, ein großer dunkelhaariger Mann, der ursprünglich aus Derry im Norden stammte, war seinem Blick gefolgt.

„Diese Frau kannst du ja noch nicht kennen. Das ist Maureen O´Brian."

„Von den O´Brians hier aus Glenkerry?"

„Genau von denen. Sie war lange Zeit von zuhause weg. Zuerst das Studium und dann hat sie lange in Dublin in einer der Firmen gearbeitet, die zum Familienimperium gehört. Sie ist vor zwei Tagen zurückgekehrt und jetzt möchte sie die Verwaltung der Güter hier im Ort übernehmen. Komm mit, ich stell euch einander vor."

Bobby tippte Maureen auf die Schulter, worauf die Frau sich umdrehte. Mit einem strahlenden Grinsen begrüßte sie Bobby und umarmte ihn.

„Darf ich dir Perry Miller vorstellen? Den bekannten Autor."

Maureen reichte Perry die Hand, aber ihr Lächeln wurde unpersönlich und dünn. Ihm fiel auf, daß ihr Mund bei jeder Gelegenheit ein wenig offen stand, so daß ihre Zähne ein Stück zu sehen waren. Die Augen waren grün mit einem Stich ins graue und der verlängerte Lidstrich betonte den geheimnisvollen Blick. Die Sommersprossen setzten sich in ihrem Ausschnitt weiter fort und Perry bedauerte es, daß er diesem Verlauf nicht weiter folgen konnte. Sein freches Grinsen schien sie nicht sonderlich zu beeindrucken, denn sie machte sich nicht die Mühe, sich mit ihm zu unterhalten. Um sein Gesicht nicht zu verlieren, ging er an die Bar zurück, um sich ein frisches Bier zu holen. Autoren waren wohl bei den O´Brians nicht so gut angesehen.

„Sorry Perry, ich habe ganz vergessen, daß Maureen, wenn sie hier in Glenkerry verweilt, bei Fremden grundsätzlich sehr zurückhaltend ist. Du hast vermutlich den Eindruck erhalten, daß sie hochnäsig und sehr arrogant ist, aber Maureen ist nett, hilfsbereit und ein Schatz. Ihr beide würdet ein schönes Paar abgeben."

„Die Idee gefällt mir, aber du solltest lieber Maureen überzeugen."

Perry lachte, wie über einen Witz, kurz auf. Diese Frau war hübsch, wenn auch nicht nach den Maßstäben einer Modellagentur, denn dafür war sie doch zu markant. Das Gesicht zu schmal, die Sommersprossen viel zu viele und dieser Mund war eher für Abende mit langen Gesprächen bei Rotwein, mit einem Kuß zum Anschluss gemacht, als für Modeschauen auf einem Laufsteg in Mailand oder Paris. Sean erzählte ihm ein wenig mehr über Maureen. Sie war eine erfolgreiche Studentin, die mehrere Jahre Erfahrung in der Wirtschaft gesammelt hatte,war aber trotzdem diese nette Frau von nebenan geblieben. Er blickte immer wieder in ihre Richtung und betrachtete die schlanke Gestalt, die mit dem Blazer und der

Cordhose, die sie in ihre Stiefel gesteckt hatte, wie die Teilnehmerin einer Jagdgesellschaft wirkte. Es war tatsächlich eine Ähnlichkeit mit der Frau aus der Zeitungsanzeige vorhanden, nur die irischen Wolfshunde fehlten. Wie zufällig schaute sie sich ebenfalls um und blickte in seine Richtung. Für ein paar Sekunden musterte sie ihn, wobei ihr für einen kurzen Augenblick ein Lächeln über das Gesicht huschte. Dann drehte sie sich wieder ihrer Gesprächspartnerin zu.

*   *   *

Draußen vor der Küste rollte und stampfte eine zwanzig Meter lange Yacht auf die verlassene Anlegestelle zu, die scheinbar im Nirgendwo am Ufer hingesetzt wurde. Es war eine alte NATO-Rampe, die im Kriegsfall für die Anlandung von Nachschub oder Truppentransporter gedacht war.

Jetzt lag die Rampe scheinbar verlassen in der diesigen Gischt. In der Dunkelheit war schemenhaft die Silhouette eines Geländewagens zu sehen und vom Land her wurde ein Blinksignal ausgesendet. Die Yacht drehte bei, was bei der unruhigen See und dem kräftigen Wind eine anspruchsvolle Tätigkeit war. Der Rudergänger ließ den Motor mit leichter Drehzahl laufen. Das Getriebe war auf Rückwärtsfahrt gestellt, so daß die Antriebsschraube das Heck gegen die Kaimauer drückte. Es dauerte nur einige Sekunden, dann waren die drei großen Pakete vom Schiff gelöscht. Auf ein Handzeichen des Mannes an der Reling hin, schaltete der Rudergänger den Antrieb auf Vorwärtsfahrt und legte wieder ab, um weiter nach An Coireán zu fahren, wo sie mit dem Schiff über Nacht anlegen wollten. Die Pakete wurden in den Kofferraum des Range Rover verstaut. Die Reise der Pakete begann vor mehreren Wochen im tiefen Dschungel von Thailand, wo sie auf einen Frachter gebracht wurden, von dem sie im Ärmelkanal weiter auf die Yacht umgeladen wurden. Es waren 200 KG unverschnittenes Heroin, daß entsprechend mit Milchpulver, Mehl oder Talkum gestreckt, einen Straßenwert von elf Millionen Dollar hatte. Nach einigen Stunden erreichte das Schiff seinen Hafen, um anzulegen. Die drei Männer auf der Yacht machten es an Land fest und erledigten die üblichen Tätigkeiten zur Nachbereitung. Am Rand des Hafenbeckens stand eine Mercedes Limousine mit laufendem Motor, in den die drei Gestalten einstiegen. Einer von ihnen nahm ein billiges Mobiltelefon und tippte eine Rufnummer ein.

„Уложены ли посылки?"

„Да. мы должны позаботиться об Олеге."

Ohne einen Gesichtsmuskel zu rühren, legte der Russe auf und reichte das Telefon nach hinten. Einer der Fond-Passagiere entfernte die SIM-Karte, warf das Telefon in eine kleine Kiste, die aus Kunststoff mit Metallgewebe bestand. Am Boden schwappte eine Wasser-Salz-Lösung. Nach fünf Minuten hatte das Salzwasser einen Kurzschluss verursacht und begann, die Platinen und elektronische Komponenten zu zerstören.

Nach zwanzig Minuten hielten sie bei einem kleinen Wäldchen und stiegen aus. Auf ein Kopfnicken folgte auch der Fahrer. Er konnte nicht sehen, wie der Beifahrer mit dem Finger auf ihn deutete und einer der Russen leise ein zwanzig Zentimeter langes Stück Gartenschlauch, daß mit Blei gefüllt war, aus der Jacke zog. Der Schlag an

11

den seitlichen Hals des Fahrers ließ diesen auf die Knie sinken. Der andere Russe trat heran und packte den Kopf und drehte ihn ruckartig zur Seite. Ein recht gut vernehmbares Knacken bestätigte den Genickbruch und den damit eintretenden Tod. Sie zogen den leblosen Körper ein paar Meter weiter und warfen ihn in eine tiefe Grube - wo sich früher ein Waffenversteck der IRA befand. Die Waffen, Sturmgewehre sowie Pistolen aus belgischer Produktion, von Fabrique Nationale samt dazu passende Munition, waren dort vor vielen Jahren eingelagert worden. Die Waffen waren in Ölpapier eingewickelt und dann in Metallkisten gepackt worden, deren Kanten rundherum mit Zinn abgedichtet waren. Nun war die Grube der letzte Ort für einen Mann, der dumm genug war, Profis zu hintergehen. Mit zwei Schaufeln gruben sie das Grab wieder zu und zum Schluß legten sie die zuvor ausgestochenen Grassoden wieder drauf, um dann in der Dunkelheit unterzutauchen

02 - The Emerald Storm

Perry drehte sich um und sah neben dem hohen Bistrotisch Maureen O´Brian in einem Gespräch mit ihrem Freund stehen. Er bedauerte es, daß diese Frau ihm keinerlei Beachtung schenkte. Sie waren zwar schon vor einiger Zeit einander vorgestellt worden, als Maureen aus Dublin wieder zurückkehrte. Aber seitdem hatte sie ihn allerhöchstens mit einem knappen Nicken begrüßt. Wobei, das eine oder andere Mal hatte sie ihm ein Lächeln gezeigt, wenn er damit am wenigsten rechnete. Mal drehte sie sich zu ihm um, als wenn sie gemerkt hätte, daß er sie in dem Moment anschaute. Oder wenn sie sich an der Bar begegneten, um Getränke zu holen. Maureen hatte wohl ein ganz besonderes Gespür dafür, wenn er ihr auf den Hintern schaute, denn dann hatte ihr Hüftschwung einen ganz besonderen Effet.

Maureen drehte sich um und sah einige Gäste an der Bar stehen. Ihr Blick blieb an Perry Miller hängen. Der Schriftsteller unterhielt sich mit dem alten Finnegan, schaute aber immer wieder zu ihr hinüber. Sein Lächeln gefiel ihr, aber er war zu windig und in seiner Vergangenheit gab es einige unbekannte Punkte. Die meisten im Dorf ignorierten die Geschichten, da Perry ausgesprochen beliebt war und inzwischen selber zu einem halben Iren geworden war. Wenn sie etwas richtig an ihm störte, dann war es sein hoher Verschleiß an Frauen. Wobei sie sich nicht erklären konnte, wieso sie es störte. Er war nicht ihr Typ, zudem wirkte sein Aussehen durchschnittlich und seine blaue Jeans und die Armeejacke verbesserte sein Erscheinungsbild nicht sonderlich. Aber es fühlte sich ein wenig wie Eifersucht an, wenn sie ihn mit einer anderen Frau sah. So wie vor zwei Wochen, als er mit Roxanne Connor im Pub auftauchte. Und trotzdem leistete sie sich den einen oder anderen Flirt mit Perry. Daß er sie nicht unattraktiv fand, war unübersehbar. Ihr Freund Gaylord kehrte mit zwei Gläsern Wein zurück. Er war der Sohn eines reichen Industriellen aus Liverpool. Groß und sportlich gebaut, war er ein attraktiver Mann, auch wenn sie immer wieder ein Problem mit seinem arroganten Verhalten hatte. Und als Engländer war Gaylord hier in Irland eh nicht sonderlich beliebt. Er wurde hier lediglich geduldet, weil er mit Maureen zusammen war. Wobei es mehr eine Beziehung war, die von ihrem Vater favorisiert wurde, der sich von der Heirat eine Stärkung ihrer Dynastie erhoffte. Aber Maureen wollte ihrem Vater gefallen, denn seit langem stand sie in einem harten Konkurrenzkampf mit ihrem Bruder Harold, der von ihrem Vater immer bevorzugt wurde. Obwohl Harold drei Jahre jünger war als sie, war er als Erbe der Landgüter vorgesehen. Eine Heirat mit Gaylord könnte ihr Ansehen bei ihrem Vater stärken und sich die Verteilung des Erbes noch einmal überlegen. Maureen war einfach die Clevere von den beiden und im Gegensatz zu ihm fühlte sie sich hier auf Baldwin Woods zu Hause. Baldwin Woods war eine herrschaftliche Villa, die das Zentrum des Landsitzes der O´Brians darstellte. Die Ländereien zogen sich über viele Kilometer die Küste entlang bis weit ins Hinterland. Aber der Großteil des Vermögens machten die drei Fabriken aus, die Nanochips für elektronische Komponenten produzierten. Es waren die einzigen Fabriken dieser Art, die in Europa existierten. Lediglich in der Republik Taiwan waren mehr Firmen mit dieser Produktpalette angesiedelt. Sie hat nach ihrem Studium in Dublin und Oxford zehn Jahre dort gearbeitet und dabei auch Gaylord kennengelernt, der für eine

Marketing Agentur aus London tätig war. Und seit zwei Monaten war sie zurück in ihrer Heimat, um wieder als Verwalterin auf Baldwin Woods zu arbeiten. Außerdem versuchte sie durch ihre Arbeit ihren Vater davon zu überzeugen, ihr einen Platz im Aufsichtsrat der Holding zu geben, die die industriellen Investitionen verwaltete. Neben den Chipfabriken gehörten mehrere Zulieferer für Windkraftanlagen dazu. Maureen war weder gierig noch krankhaft ehrgeizig, aber sie war eine gute Managerin und wollte es auch beweisen. Seit sie ein kleines Kind war, wollte sie die Anerkennung von Daddy. Er sollte stolz auf sie sein.

* * *

Die fünf Russen arbeiteten konzentriert in einer Lagerhalle im Hafen von Dublin. Sie hatten an einem langen Holztisch Platz genommen, auf dem vier Waagen und neben Kunststofftüten auch einige Schüsseln standen, die mit Milchpulver gefüllt waren. Sie mischten das Heroin mit den Milchpulver und verpackten es in kleine Portionen. Ursprünglich war ihr Plan, die Drogen unverschnitten an eine Gruppierung aus Amsterdam zu verkaufen, die sich dann selber um den Straßenverkauf zu kümmerten. Aber der Deal war geplatzt, nachdem die holländischen Libanesen zwar die Drogen übernehmen, aber die Ware nicht bezahlen wollten. Die Libanesen waren mit acht Mann über den Kanal gekommen, in der festen Absicht Gegner zu überrumpeln. Zwei der Russen befanden sich mit dem Heroin im Innenhof einer ehemaligen Brauerei, als sich vier der Libanesen von der Straße aus sich durch die Industrieruine dem Innenhof näherten. Zwei bewachten die Fahrzeuge und die zwei letzten Libanesen sollten den Rückzug sichern. Zuerst mussten die beiden Bewacher der PKW daran glauben, die von einem der Russen mit einer russischen PSM 5,45 x 18 mm erschossen wurden. Die Waffe war nicht laut und auf dem abbruchreifen Fabrikgelände war keine Menschenseele, die den Knall hören konnte. Die beiden Posten, die für die Absicherung des Rückzug zuständig waren, wurden durch zwei Russen überrascht und getötet, die sich in der Ruine versteckt hatten und die zwei Libanesen von hinten mit Garotten erwürgten. Über ein vereinbartes Signal hatte der erste Russe die zwei im Innenhof gewarnt. Diese standen so weit auseinander, daß die vier Libanesen einige Sekunden zu lange zögerten, als sie den Innenhof betraten. Die Russen zündeten mit einem Funksignal drei Claymore Minen, deren Splitterregen die vier Gangster regelrecht zerfetzten. Die Minen waren aus amerikanischer Produktion und stammten, wie die meisten Waffen, aus britischen Armeebeständen. Alle acht Libanesen waren tot und die Russen fotografierten alle Leichen und schickten die Fotos als Warnung an die Kontaktnummer. Der Kontaktmann in Amsterdam gab die Bilder an seinen Boss weiter, der die Botschaft verstand. Er konnte froh sein, daß nur sein Killerkommando getötet wurde. Aber wenn er und seine Leute Pech hatten, dann würden die Russen sich unter Umständen rächen und ihrerseits ein Hit-Team schicken.

Danach verschwanden die fünf Russen vom Schauplatz, wohl wissend, daß die irische Polizei Zeit und Kapazitäten in die Aufklärung stecken würde, aber das sie den Russen trotzdem kaum auf die Spur kommen würden. Es sah zu sehr nach einem Bandenkrieg aus und die Russen waren in ganz Europa bei den Behörden nicht bekannt. Die Polizei war nun nicht in der Lage, ihnen auf die Schliche zu kommen. Stattdessen kontaktierten die ehemaligen

Agenten eine lokale Bande, die den Stoff in der Drogenszene von Dublin direkt an die Süchtigen vertrieb. Es dauerte zwar etwas länger, aber dafür war der Gewinn wesentlich höher. Und eine weitere Lieferung aus Süd-Ost-Asien war bereits unterwegs. Nur ein Problem war noch zu lösen. Diese O`Brian musste noch beiseite geschafft werden. Vor einigen Monaten war der Trupp zu einer ähnlichen Aktion in Dublin unterwegs. Ein Organisator des Schmuggels hatte beschlossen, mit Leuten der georgischen Mafia zu verhandeln. Die Russen verabscheuten Konkurrenz, besonders wenn es sich um die verhassten Georgier handelte. Der Schmuggler saß mit einem Georgier in einer Kneipe im Studentenviertel, als die Russen rein stürmten und die zwei erschossen. Da in der Kneipe keine weiteren Gäste waren und der Barkeeper im Keller war, gab es keine weiteren Zeugen. Sie entfernten sich über den Vordereingang vom Tatort, als Maureen zufällig die Straße entlang fuhr. Sie hatte noch nicht einmal zum Eingang herüber geschaut, aber die Russen waren der Überzeugung, daß sie die zwei Männer gesehen hatte. Das Kennzeichen war gut zu erkennen, allerdings dauerte es eine Weile, bis sie Maureen an der Küste aufgespürt hatten. Das Glenkerry einen Hafen hatte war von Vorteil, denn am Tag würden die Russen in dem kleinen Ort zu sehr auffallen. In der dunklen Nacht konnten sie besser operieren. Das Boot war ein gutes Versteck, wenn es am Aussenpier lag. Es war eine unauffällige Operationsbasis, um Ruhe Informationen über Maureen und Glenkerry einzuholen. Unter anderem fanden sie die Beziehung zu Gaylord heraus.

*   *   *

Ein kurzer Piep-Ton ließ Maureen auf ihr Mobiltelefon blicken, denn eine Kurzmitteilung war eingetroffen. Sie war von Gaylord.

Komm heute Nachmittag um fünf zu dieser Kirche auf Lamarg Hill. Ich möchte dich zu einem Picknick einladen und ich habe eine Neuigkeit für dich.

Sie runzelte die Stirn, denn Neuigkeiten bei einem Picknick an einem sogenannten romantischen Ort konnten nur eines bedeuten. Gaylord wollte ihr einen Heiratsantrag machen. Obwohl es bestimmt im Sinne ihres Vaters war, so hatte sie selber Bedenken. Gaylord war so dann und wann ein netter Kerl, aber die meiste Zeit hatte er eine arrogante und sehr überhebliche Art an sich. Aber wenn sie herausfinden wollte, was er vorhatte, dann sollte sie hinfahren. Maureen brauchte zehn Minuten von Glenkerry aus, dann parkte sie ihren dunkelblauen Audi Q 5 neben dem Range Rover von Gaylord, der oben am Hügel stand und eine Weinflasche in die Höhe hielt. Also marschierte sie den verschlungenen Pfad hinauf, wobei Maureen sich ärgerte, weil sie ihre neuen teuren Stiefel angezogen hatte, denn der Weg war matschig und sie die Stiefel noch nicht imprägniert. Als sie oben war, schaute Gaylord sie mit einem schmutzigen Lächeln an. Sie wusste, was er vorhatte, doch sie fand, daß die wunderschöne, alte Kirchenruine als Schauplatz für ein Stelldichein mit anschließenden Quicky angelehnt an der Mauer mehr als unpassend war. Es war nicht die Tatsache, daß es sich bei diesem Ort um geweihte Erde handelte. Lamarg Hill war nun mal ein Kälteloch und es lag in einer Windschneise. Selbst im Hochsommer war es hier immer unangenehm kühl. Aber Gaylord hatte einen seltsamen Sinn für

Romantik. Aus dem Beutel holte er zwei Gläser hervor und suchte vergeblich nach dem Korkenzieher. Maureen seufzte still und holte aus der Tasche ihres Tweedjacket ein Taschenmesser, daß sie ihm reichte. Er schaute sie mit einem leicht erbosten Gesichtsausdruck an, dann riss er den halben Korken ab, als er versuchte, die Flasche zu öffnen. Er hasste es, wenn es nicht so lief, wie er sich das vorstellte. Sie konnte dieses Verhalten, wie so vieles an ihm, nicht sonderlich leiden. Das war sicherlich auch der Grund, warum sie der Gedanke an einen Heiratsantrag nicht sonderlich begeistere.

*   *   *

Maureen hörte plötzlich ein sehr unangenehmes Knirschen hinter ihrem Rücken, was sie dazu brachte, sich umzudrehen. Sie erschrak, als sie den Mann sah, der um die Ecke kam. Sie schätzte ihn auf 1,90 Meter groß, mit sehr kurzen blonden Haaren und einem breiten slawischen Gesicht. Bekleidet war er mit einer schwarzen Lederjacke, schwarzen T-Shirt und einer schwarzen Hose sowie schwarzen Sneakers. Sein Gesichtsausdruck wirkte gnadenlos. Was sie am meisten verstörte, war das Sturmgewehr, das er in den Händen hielt. Gaylord hatte inzwischen auch aufgeschaut und sie hörte einen erstaunten Ausruf und dann das Klirren von Glas. Vermutlich war es die Weinflasche oder die Gläser.

„Sind sie Maureen O`Brian?"

Die Aussprache klang osteuropäisch und bevor Maureen die Situation weiter erfassen konnte, hob der Unbekannte die Waffe und gab einen Schuß ab. Der Schuß musste Gaylord gelten, der sich aus dem Staub machte. Anders konnte Maureen sich die Laufgeräusche nicht erklären. Obwohl ihre Gedanken durcheinander waren, verspürte sie nur ein unangenehmes Angstgefühl und keine Todesfurcht, deshalb war sie empört über seine panische Flucht. Der Mann fluchte auf russisch, denn sie verstand das Wort Gawno. Er wollte die Waffe auf Maureen richten, als der Mann die Augen verdrehte und besinnungslos nach vorne fiel. Perry war wie ein Geist hinter ihm aufgetaucht und hatte den Gegner mit einem Schlag ausser Gefecht gesetzt. Er hatte einen starken Ast als Schlagwaffe genutzt und Maureen blickte Perry ungläubig an.

„Was machst du denn hier? Was ist hier los? Und wer ist dieser Mann hier?"

Perry sagte zunächst kein Wort, während er den bewußtlosen Mann durchsuchte. In der Innentasche waren einige Kabelbinder, die er dazu nutzte, den Mann zu fesseln. Dann nahm er ihm mehrere Magazine und ein langes Messer ab. Papiere fand er keine. Er steckte die Munition ein und hob das Gewehr auf, während er aufstand.

„Es war Zufall, daß meine Laufstrecke heute hier vorbei führt. Maureen, es scheinen Russen oder Weißrussen zu sein. Weiter unten am Parkplatz war ein weiterer von ihnen als Sicherung. Ich habe ihn überwältigt und mir dabei einige üble russische Flüche anhören dürfen. Die Waffen stammen aus ehemaligen Beständen der britischen Armee. Also ich vermute, sie wurden während der siebziger oder achtziger Jahren aus einem Depot gestohlen, wahrscheinlich von der Official IRA oder den Provos. Vermutlich wurden die Waffen bei den spätere Friedensverhandlungen nicht den Behörden übergeben, sondern sind auf dem schwarzen Markt gelangt. Wobei das meiste von dem Zeug in die Staaten gebracht wurde und dort unter der Hand verkauft wurden. Das K-Bar könnte sonst wo her stammen."

Perry wirbelte das Messer einmal um die eigene Achse und fing es am Griff wieder auf. Dann fuhr er weiter fort.

„Habt ihr Probleme mit einigen Ehemaligen aus dem Untergrund oder mit Mitbewerbern aus dem Ostblock? Immerhin sind eure Produkte weltweit begehrt und ausser in Taiwan gibt es keine nennenswerte Fabrikationsstandorte. Vielleicht sind sie hinter dir her, um die Firma zu erpressen."

„Das glaube ich jetzt weniger. Ich bin nicht im Aufsichtsrat tätig und während meiner Zeit in Dublin war ich im Controling und der Revision. Also der Zahlenfips, der Prozesse optimiert. Zudem ist in der Wirtschaft bekannt, daß bei einer Entführung von unserer Seite niemals Lösegeld gezahlt wird. Mein Vater hat das entsprechend geregelt."

Bevor Perry antworten konnte, war ein Knall und ein Schwirren zu hören, gefolgt von einem Rasseln von Steinsplittern. Er zog Maureen runter, so daß die Steinmauer ihnen Deckung gab.

Wieder schlug ein Geschoss knapp oberhalb ein und einige Steinsplitter regneten runter. Maureen schaute zu Perry hin, der ihr gegenüber lag. Sein entspannter Gesichtsausdruck strahlte Ruhe und Zuversicht aus. Im Gegensatz zu Gaylord war er nicht planlos geflohen, sondern geblieben.

„Alles in Ordnung, Maureen? Es wird Zeit, diese Party zu verlassen. Die Petit Four sind zu trocken und der Wein korkt."

Maureen konnte diese frechen Art einfach nicht fassen. Nahm dieser Mensch überhaupt nichts ernst? Aber er schien zu wissen was er tat.

„Es sollte gehen. Bist du sicher, daß wir das schaffen?"

„Klar, es würde mir sehr leid tun, wenn du dabei drauf gehen würdest."

Maureen in die Hocke, dann rannte sie auf sein Zeichen los, während er mit dem FAL einige Schüsse abgab. Sie erreichte ohne weiter Probleme den hohen Steinwall. Der Scharfschütze feuerte zurück. Perry lugte durch einen Schlitz und sah die Position des anderen. Es war eine Hecke, die zwar einen Sichtschutz bot, aber sonst keinerlei Schutz bot. Er gab einen Feuerstoß ab und rannte dann selber in Richtung Wall, wo Maureen auf ihn wartete. Zusammen liefen sie zum Auto und gedeckt durch die Senke gelang ihnen die Flucht. Das Gewehr hatte er in den Kofferraum des Q 5 gelegt. Nach einer Minute hatte sich ihr Atem wieder soweit beruhigt, daß sie ihm eine Frage stellen konnte.

„Warum würde es dir leid tun, wenn ich sterben würde?"

„Nun, ich bin ...äh, ich mag dich, ...obwohl du mich anscheinend nicht sonderlich gut leiden kannst. Ich weiß, ich bin..."

22

„Jetzt mal ganz langsam, Perry Miller. Du bist hier der Mann mit der dunklen Vergangenheit und den vielen Frauen im Bett. Was soll ich davon halten? Für dich wüsste ich den passenden Musiktitel."

„Und der wäre?"

„So Kiss Me, I`m Shitface. Also erzähle mir mehr von dir. Bring einfach Licht in deine dunkle Vergangenheit."

„Charmant, bis zuletzt. Nun, ich war bei der bayerischen Polizei in der Nähe von München. Dort gehörte ich zu einer Sondertruppe, dem USK. Wir haben bei Demonstrationen Sicherungsaufgaben übernommen, Vor allem haben wir bei besonders gefährlichen Zugriffen unterstützt. Nur sind wir dabei nicht sonderlich zimperlich vorgegangen. Die Politiker haben uns immer verabscheut und bei einer Aktion ist ein Mitglied einer linksgerichteten Terrorbande bei einem Feuergefecht umgekommen. Sie haben daraus eine riesige Affaire gemacht und einige von uns mussten den Dienst quittieren. Zu diesem Zeitpunkt hatte ich mit dem Schreiben von Liebesromanen angefangen und konnte mich so ganz gut über Wasser halten. Ein Urlaub in Dingle hatte dazu geführt, daß ich dieses Land auf Anhieb schätzte. Dann habe ich einen Krimi geschrieben, der erfolgreich war und mit dem Geld konnte ich mich hier niederlassen. Vier weitere Krimis und drei Politthriller sowie unzählige Liebesschnulzen später hatte ich meine Sparbüchse ganz gut gefüllt. Ich bin gut situiert, wobei ich mit einer Gutsbesitzerin und Industriebaronin nicht mal im Ansatz mithalten kann."

Maureen schüttelte den Kopf. Aber ihr Blick war jetzt freundlicher.

„Mit Geld kannst du mich bestimmt nicht beeindrucken. Leider muß ich feststellen, daß du Humor, Manieren und ein Herz aus Gold hast. Und anstatt wegzurennen, bleibst du bei mir und rettest mich. Wie in einem schlechten Roman. James Bond, Indiana Jones und Supermann in einem."

„Also zu mir passen besser Han Solo oder Batman. Aber was heißt hier leider?"

„Weil ich meinem Vater beibringen muß, daß ich von solchen Typen wie Gaylord die Nase voll habe. Fahr bitte zum Hafen unter. Ich brauche einen Drink und im Máistir Cuain haben sie einen guten halbtrockenen Sherry."

„Habt ihr keinen in eurer Hausbar?"

„Doch, aber es gibt einen weiteren Grund, hier im Pub zu trinken."

Inzwischen hatten sie den Hafen von Glenkerry erreicht und Perry parkte den Audi neben der Hafenmauer. Er drehte sich zu Maureen um und schaute sie an.

„Welchen weiteren Grund?"

„Weil es sich gehört, daß der Mann seiner Lady einen Drink spendiert beim ersten Date. Und jetzt küß mich, Shitface."

24

„Erstes Date? Shitface? Einen Drink spendieren? Habe ich unterwegs irgendetwas verpasst?"

„Nein! Du bist einfach nur der Mann, den ich mir immer gewünscht habe. Ein Ritter in schimmernder Rüstung auf einem weißen Ross."

„Ich bin aus der verbeulten und rostigen Rüstung etwas raus gewachsen, und meine Pferd ist grün lackiert."

„Perry, du versuchst seit zwei Monaten mit mir zu flirten. Kriegst du jetzt kalte Füße?"

Er schüttelte den Kopf und ihre Lippen näherten sich.

„Ich fürchte, ich habe immer noch Probleme, dir zu folgen."

Der Kuß fühlte sich unendlich lang an. Maureen berührte mit liebevollen Lächeln sein Gesicht mit ihrer Hand.

„Du musst mich nicht verstehen, sondern einfach nur lieb haben."

Perry schaute sie ungläubig an und man sah ihm an, daß er jetzt völlig neben der Spur stand. Maureen sprach weiter.

„Also Perry, als ich dich vor zwei Monaten kennengelernt habe, hatte ich keine hohe Meinung von dir. Du warst mir einfach zu windig, auch wenn alle anderen im Dorf dich ins Herz geschlossen haben. Dann habe ich gemerkt, daß du wirklich einer feiner Kerl bist. Aber heute hast du mein Herz im Sturm erobert. Und ich habe dabei gemerkt, daß ich jahrelang an der falsche Stelle gesucht habe. Ich dachte immer, mein Mann muß Geld, Macht und Einfluß haben. Und das war ein Irrtum. Denn alle meine Ex-Freunde waren Enttäuschungen. Eine schöne Fassade, aber dahinter war nur heiße Luft. Und dann kam Perry. Hinter dem Kindskopf mit der großen Klappe steht ein ehrlicher und zuverlässiger Mann, der schlicht liebenswert ist. Und in den habe ich mich gerade verliebt. Und ich hatte auch immer das Gefühl, daß ich dir auch nicht egal bin. Deine Blicke erzählten wesentlich mehr, als du vielleicht preisgeben wolltest. Und so wie du dein Leben riskierst und mir gleichzeitig Mut gemacht hast, daß macht man nicht mal ebenso. Ich gebe zu, es war schäbig von mir, daß ich dich anfänglich immer ignoriert habe."

„Und ich gebe zu ich kann es immer noch nicht glauben, daß wir hier so zusammen sitzen. Nur treib bitte keine Spiele mit mir."

„Das habe ich noch nie gemacht und erst recht nicht mit dir. Versprochen!"

Sie nahm seine Hand und verschlang ihre Finger mit den seinen und schaute ihn direkt ins Gesicht."

„Ich dachte immer, ich wüsste wie mein Traummann aussieht. Aber seit heute weiß ich es. Und jetzt laß uns reingehen. Ich möchte mit dir angeben. Und dann würde es mich interessieren, wie du lebst. Von außen sieht dein Haus ganz manierlich aus, aber es ist so untypisch für diese Gegend. Ich würde so etwas eher in der Normandie vermuten.

26

03 - The Emerald Lady

Auf dem Weg zum Pub bot Perry ihr den Arm an und sie hakte sich ein. Im Máistir Cuain war der übliche Betrieb und die beide wurden freundlich begrüßt.

„Na endlich, das wurde aber auch Zeit, daß ihr zwei zueinander findet."

Ohne zu Fragen stellte Sean zwei Gläser Sherry und zwei Kilkenny vor den beiden auf den Tresen.

„Auf euch beide. Maureen, dieser Inselaffe war nie etwas für dich. Im Gegensatz zu Perry, der passt zu dir. Das sieht doch jeder."

Maureen nahm den Sherry mit einem Lächeln entgegen. Das augenblicklich erstarb, als Gaylord durch die Tür den Pub betrat. Er ging, mit einem wütenden Gesichtsausdruck, direkt auf sie zu.

„Was treibst du dich hier herum? Vor allem mit diesem Bastard."

„Du solltest jetzt besser verschwinden. Was du dir oben auf Lamarg Hill geleistet hat, war erbärmlich. Du bist ein Feigling und ich habe deine Arroganz endgültig satt."

Eine Weile lieferten sie sich vor den anderen Gästen eine lautstarke Auseinandersetzung. Dabei wurde Gaylord recht laut und als er es wagte, die Hand zu erheben, erhob sich Perry zeitgleich mit Bobby Sands, James Finnegan und Pasquale Firrenze. Gaylord merkte, daß es Ärger geben könnte.

„Du stehst nicht mehr unter dem Schutz von Maureen. Deine Zeit hier ist endgültig abgelaufen, Sassenach. Trink aus und verschwinde von hier!"

Bobby Sands hatte diesen unnachgiebigen Gesichtsausdruck. Er kippte sein halbvolles Glas über Gaylords Schuhen aus, um seinen Worten Nachdruck zu verleihen

„Ihr werdet noch sehen, was ihr davon habt, wenn ihr mich so absrviert. Ich komme wieder."

Alan Boyington, der örtliche Vertreter der Garda, trat ebenfalls vor und stellte sich genau vor Gaylord.

„Ich denke, du solltest jetzt tatsächlich gehen. Es gibt da Hinweise von der Finanzabteilung der Garda. Die haben zahlreiche Akten über Finanztransaktionen, Insidergeschäften an der Börse und Steuerhinterziehung. In diesem Fall werden wir mit den Behörden der Krone zusammenarbeiten."

Keine zehn Sekunden später war Gaylord verschwunden. Eine Stunde später wanderten die beiden Arm in Arm den sanften Hügel zu seinem Haus hoch, wo Perry die Tür öffnete und Maureen auf die Arme nahm und über die Schwelle trug, was Maureen mit einem Kopfschütteln quittierte.

„Ich weiß, daß ihr auf dem Kontinent uns für ein wenig merkwürdig haltet und den Begriff murky öfters benutzt als wir selbst, aber das Tragen über die Schwelle erfolgt erst nach der Trauung. Nur weil wir auf der linken Seite fahren und Plumpudding lieben, heißt nicht ... aber ich mag diese Geste. Aber du darfst mich jetzt wieder runter lassen."

Mit einem Kuß stellte er sie wieder auf ihre Füße.

„Mach es dir bequem, ich koche uns einen Tee. Komm mit in die Küche."

Maureen schlüpfte aus ihrer Jacke und den Stiefeln und setzte sich mit angezogenen Beinen auf das Küchensofa. Obwohl die Heizung lief, war ihr kalt, also legte sie die blaue Decke über ihre Beine, die auf dem Sofa lag. Während er den Tee aufsetzte, hatte Maureen einige Fragen an ihn.

„Wie kommt man als Hardboild-Bulle dazu, schnulzige Liebesromane zu schreiben?"

„Ich habe mit einfachen Krimis nebst Liebesgeschichte angefangen. Die fand ein Verlag gelungen und so bin ich zu meinem Vertrag gekommen. Ich habe die Krimis und die Junge liebt Mädchen Plots getrennt und wild drauflos getippt. Die Krimis wurden wesentlich härter und die Schnulzen prickelnder. Die Liebesromane wurden durch einen Verlag veröffentlicht, der für Groschenromanen bekannt ist. Meine Werke wurden dabei zu regelrechten Kultromanen und bringen durch die hohen Auflagen viel Geld ein und meine Politthriller und Krimis sind im angelsächsischen Raum sehr beliebt. In meiner Heimat werden die Bücher verschmäht, weil meine Helden keine psychischen Defekte haben oder Frauen unterlegen sind und gelegentlich einen Hang zur Selbstjustiz haben. Genauso wenig sind meine Protagonisten lächerliche

Tollpatsche, die nichts auf die Reihe kriegen. Die Kritiker in Deutschland hassen meine Werke, was mich sicher eine Reihe von Leser gekostet hat. Aber auch dort habe ich einen treuen Kreis von Fans. Die Liebesromane werden inzwischen auch hier auf der Insel veröffentlicht und bei den Iren immer beliebter, also ist mein Lebensabend gesichert. Dabei habe ich noch einige gute Ideen im Kopf, also schreibe ich weiter. Ich habe schon einige Reisen durch die vielen Buchläden der Welt gemacht und sehr positive Resonanzen von den Lesern erhalten. Es macht einfach Spaß, für die Leute zu schreiben."

Inzwischen servierte er ihr den Tee und sie trank geziert mit kleinen Schlucken. Entgegen seiner sonstigen Gewohnheit hatte er ihr statt der üblichen großen Pötten eine zierliche Porzellantasse gegeben. Maureen stellte die Tasse ab, dann nahm sie seine Hand und zog ihn aus der Küche und ging mit ihm die Treppe hinauf. Oben drehte sie sich zu ihm um und er nickte mit dem Kopf zu der dritten Tür rechts hin. Im Schlafzimmer blickte sie sich kurz um.

„Das hier ist also dein Lotterbett. Denk daran, ein guter Liebhaber befriedigt nicht jede Nacht eine andere Frau, sondern er befriedigt jede Nacht immer dieselbe Frau. Die Bedingung habe ich. Mehr nicht."

„Mit der richtigen Frau ist alles möglich. Und wenn du nicht die Richtige bist, wer dann? Aus dir und mir wird ein uns."

„Klingt wie aus einem deiner Liebesromane."

30

„Die sind in der Regel sehr schwülstig. Möchtest du noch etwas hören?"

„Bitte Perry, du solltest doch uns Iren kennen. Wir lieben das Mystische und die Poesie. "

„Mo ghràdh, tha stoirm ag eirigh nam chridhe. Mairidh mo ghaol gu bràth."

Maureen lächelte Perry an, dann küsste sie ihn, bevor sie antwortete.

„Mein Lieber, auch in meinem Herzen tobt ein Sturm und auch meine Liebe wird für immer sein."

„Tha mi airson a bhith ri feise leat agus a'suirghe do òrdagan."

Sie gab ihm einen Klaps auf dem Oberarm.

„Du elendiger Drecksack. Du kannst es gar nicht erwarten. Aber ich bin bestimmt nicht hier in deinem Schlafzimmer, um ein gutes Buch zu lesen. Und was das andere betrifft, Helen Duncan ist eine gute Freundin von mir und hat mal so ein paar Andeutungen gemacht, nachdem sie mit dir mal zusammen war. Wenn ich damit ein Problem hätte, wäre ich jetzt nicht hier. Zumindest noch nicht, aber diesen Wunsch werde ich dir immer gerne erfüllen. Und nun beweise mir, wie ernst es dir damit ist."

Perry küsste sie zärtlich, während er den Hosenknopf ihrer Cordhose öffnete.

„Ehrlich gesagt, ich will endlich wissen, wo deine Sommersprossen enden."

* * *

Der Schütze überlegte, ob er der Frau und ihrem Begleiter folgen sollte, entschied sich aber dann dagegen, denn der Typ konnte gut mit Waffen umgehen. Die Einschläge der Geschosse, die der Unbekannte abgegeben hat, sind sehr dicht an seiner Stellung eingeschlagen. Er befreite seine Komplicen und sie fuhren zurück zu ihrem Unterschlupf, ein stark besuchtes Hotel, wo sie unter den zahlreichen Touristen nicht sonderlich auffielen. Wenn der Anführer geahnt hätte, daß der Anschlag derartig scheitern würde, dann wären alle fünf zusammen in den Einsatz gegangen. Aber er und der Stellvertreter waren in Rotterdam, um eine weitere Transportroute auszuhandeln und gerade zurück gekehrt. Die fünf Russen trafen sich im Park des Hotel und berieten sich darüber, wie sie weiter vorgehen wollten. Zudem mussten sie Kontakt mit Moskau aufnehmen. Sie gehörten zu einer Gruppierung früherer Angehöriger des Inlandsgeheimdienst der Russischen Föderation, Federalnaja Sluschba Besopasnosti. Über fünfzig früherer Agenten gehörten zu der von der russischen Mafia unabhängigen Zusammenschluß von Drogenhändler. Die fünf früheren Geheimdienstmitarbeiter beschlossen, die Angelegenheit O`Brian zuende zu bringen und bei einer Recherche entdeckten sie einen abgelegenen Pier, der ideal wäre, dort unauffällig mit der Yacht anzulegen.

Drei Tage später kehrte Pasquale mit seinem Kutter von einem Törn zurück. Im dichten Nebel war die Hafeneinfahrt nur schwer zu erkennen, aber zwischendurch lichtete er sich und eine Yacht am

Aussenpier erregte seine Neugier. Vor allem die zwei Männer an Deck, die unzweifelhaft Gewehre in der Hand hielten. Er verständigte Alan über sein Mobiltelefon, der wiederum Bobby informierte. Innerhalb kurzer Zeit wusste man in halb Glenkerry über die Russen Bescheid. Als in der Nacht zwei der Russen sich im Ortskern umsahen, wurden sie ständig von mehren Personen überwacht. Auf ihrem Weg durch das Dorf fanden sie in einer Gasse einen Brief auf dem Bürgersteig, auf dessen Umschlag Russki stand. Sie hoben ihn auf und öffneten den Umschlag, Auf dem Blatt Papier stand nur ‚Murry Hill 12:00 - Козёл'. Darunter war das Bild eines toten Bären. Die Botschaft war eindeutig. Die Russen brachen ihre Spähmission ab und kehrten zum Boot zurück. Perry und Bobby fuhren umgehend zu der alten und zerfallenen Festungsanlage, um zu sehen wann und wo die Russen Stellung bezogen. Sie wurden später von Sean und George abgelöst. Bobby machte sich Gedanken über einen Schlachtplan, während Perry im Pub dem Rest der Truppe erste Instruktionen gab. Sean hatte einige Waffen aus einem alten Versteck geholt. Maureen bestand darauf, mit dabei zu sein. Obwohl alle dagegen waren, blieb sie stur. Zu Ende der Diskussion siegte ihre Argumentation. Denn sie brauchte so keine extra Bewachung, denn allen war klar, daß sie das primäre Ziel war. Zudem konnte sie mit Waffen umgehen und war ein treffsicherer Schütze. Im Kreise ihrer Freunde war sie schlicht am sichersten Platz.

04 - The Emerald Confrontation

Es lag wieder Nebel über den grünen Hügeln, als die beiden mit dem Audi die kurvenreiche Straße entlangfuhren. Kurz vor Barnicle Bay bog Perry nach links ab und folgte der Strecke weiter nach Murry Hill, eine alte verfallene Festung aus dem 14. Jahrhundert. Unterhalb der Festungsanlage schloß sich ein Wäldchen an. Am Waldrand war ein alter Schuppen, in dem er den Wagen abstellte. Sie stiegen aus und gingen zu Fahrzeugheck.

„Ich würde sagen, wir spielen heute das Gefecht am OK Coral nach."

„Perry, ich habe Angst vor dem was kommt und du machst blöde Witze.

„Mir ist so auf die Schnelle nichts besseres eingefallen. Wir werden es alle schaffen. Aber für einen richtig ernsthaften Vergleich mit der Operation Market Garden sind wir viel zu wenige."

Er hatte das FN FAL aus dem Kofferraum geholt und sich umgehängt. Dann reichte er Maureen die Flinte und eine Schachtel mit 12/70 Flintenlaufgeschossen. Sie schob die Munition in das Röhrenmagazin unter dem Lauf und prüfte, daß der Abzugs gesichert war. Dann setzte sie sich ihre Brille auf und schaute Perry streng an. Es war eine dieser riesigen 80er Jahre Brillen, die inzwischen wieder in Mode waren.

„Wehe du lachst. Meine Kontaktlinsen sind alle und ich mag diese Brille nicht, aber sonst treffe ich nicht einmal

34

ein Scheunentor. Ich frage mich sowieso, warum ich mir dieses Brillengestell vom Optiker aufschwatzen ließ."

Perry konnte sich ein Grinsen und Prusten nicht verkneifen, als er sie ansah. Allerdings verging ihm das Lachen, als Maureen auf ihn zuschritt. Sie drückte ihm die Remmington in die Hand.

„Halt mal!"

Darauf hin haute sie ihm kräftig auf den Oberarm. Perry holte kurz Luft, dann reichte er ihr die Flinte wieder zurück.

„Halt mal!"

Dann fasste er sie an den Schultern und küsste sie auf den Mund. Maureen erwiderte den Kuss leidenschaftlich.

„Halt mal."

Sie gab ihn die Flinte zurück, schob sich die Brille in die Haare hoch und küsste ihn ein weiteres Mal, dann nahm sie ihm wieder die Waffe aus der Hand.

„Wir spielen ein gefährliches Spiel."

„Stimmt, die Waffe ist geladen. Einer von uns hätte aus versehen die Decke erschießen können."

„Perry, werden wir diese Sache überleben?"

„Natürlich werden wir da heil rauskommen. Versprochen! Ich will mit dir in vierzig Jahren Gin Tonic im

Schaukelstuhl schlürfen. Und wir ziehen nicht alleine in die Schlacht. Vier weitere Teams sind bei uns. Ich bin mir sicher, daß Bobby bei gewissen Auseinandersetzungen im Norden dabei war. Ebenso wie George und Sean. "

„Es gibt zwar das eine oder andere Gerücht, aber es sind nur Gerüchte."

Perry nahm das FAL vom Rücken und steckte ein volles Magazin rein und lud die Waffe fertig, dann gab er Maureen noch einen Kuß. Zusammen verließen sie den Schuppen und bewegten sich an der Mauer entlang. Dort trafen sie auf Bobby, während Sean, George, Patrick sowie Geoff und Brian bereits auf ihren Posten waren. Die drei begaben sich ebenfalls auf ihre Positionen, als sich um 11:00 die Russen gedeckt annäherten.

* * *

George schlich sich von hinten an den großen Mann ran, bis er auf fünf Meter herankam. Die alte Browning, die wie fast alle andern Waffen ursprünglich aus britischen Depots stammt, die während der Troubles bei Überfällen durch die diversen Gruppierungen gestohlen wurden, lag schwer in seiner Hand. Ohne jegliche Regungen drückte er auf den Abzug und das mit Kupfer ummantelte Bleigeschoß verließ den Lauf und durchschlug den hinteren Schädelknochen des Russen, pilzte auf, zerstörte weiteres Gehirngewebe und trat an der Stirn hervor, wobei jede Menge Blut und Hirnmasse nach vorne spritzte. George hatte ihm nicht den Hauch einer Chance gelassen. Er vermutete einen weiteren Russen bei dem Hohlweg und lief rüber, da Patrick dort zur Sicherung war. Und der junge Mann war ausgesprochen unerfahren. Viel

zu unerfahren für geschulte Mörder, die beim Militär
oder Geheimdienst ausgebildet wurden.

* * *

Von ihrer Position aus konnte sie die erhöhte Stellung
sehen, wo einer Russen mit einem Präzisionsgewehr im
Anschlag lag. Sie sah das große Zielfernrohr, daß oben auf
dem Waffengehäuse montiert war. Der Schütze selber
war hinter einer Steinmauer geschützt. Die Entfernung
waren geschätzte fünfzig Meter. Sie zielte mit dem
Leuchtpunkt-Visier, das nachträglich angebracht worden
war und zog langsam den Abzug durch. Der Schlagbolzen
schnellte nach vorne und zündete die Patrone. Der
Gasdruck, der durch die Verbrennung des Pulvers
entstand, trieb ein über 30 Gramm schweres Bleiprojektil
durch den glatten Lauf. Es flog mit einer pendelnden
Bewegung durch die Luft und traf das Zielfernrohr. Die
Waffe wurde dem überraschten Schützen aus der Hand
gerissen und gegen einen Steinhaufen geschleudert.
Zumindest die Waffe war jetzt unbrauchbar. Flach wie
eine Flunder kroch Maureen hinter eine große
Felsformation und suchte sich anschließend eine andere
Stellung.

* * *

Patrick schlich den den Hohlweg entlang, als er das
metallische Klicken hörte. Obwohl er ausgesprochen
rasch reagierte und sich blitzschnell umdreht, traf ihn
etwas am Oberschenkel. Er gab noch einen Schuß aus
seiner Browning ab, bevor ihm seine Beine den Dienst
versagten. George kam ihm zu Hilfe, schaute aber
zunächst nach dem Russen, der auf dem Anhang des
Hohlweges lag. Der lag auf dem Rücken, so daß George
die riesige Wunde sah. Der Russe war tot, was George

veranlasste, sich um Patrick zu kümmern. Während der Wundversorgung schaute sich beide an.

„Hast du Hollowpoints geladen?"

„Vermutlich, ich habe eine Schachtel mit Munition aus der Kiste genommen und wohl diese Sorte in die Hände bekommen."

„Auf jeden Fall ist die Austrittswunde ist groß wie ein Scheunentor."

„Dabei habe ich noch nicht einmal richtig zielen können. Es ging so furchtbar schnell. Aber ich habe ihn erwischt."

„Anfängerglück."

„Das Ergebnis zählt. Einer weniger. Aber seid ihr sicher, daß dieses ehemalige Soldaten sind - die schießen so schlecht wie die Sturmtruppen bei Star Wars."

„Dann sei froh, daß du keinen roten Pulli trägst, sondern müsste ich sagen ‚Er ist tot, Jim', also wünsch dir mehr solcher Gegner."

* * *

Perry blickte zu Bobby, als dieser die Handgranate werfen wollte.

„Manchmal muß man die Dinge loslassen können und alles Negative um sich herum entfernen, um wieder im Frieden mit sich zu sein."

38

Der zog vor lauter Überraschung die Augenbraue hoch, um dann die Granate hinter den Wall zu werfen. Während der Troubles hatte er im Gefecht eher selten flapsige Sprüche gehört. Drei Sekunden später ging die Sprengladung hoch und beide hörten das Prasseln der Splitter, die gegen die Steine flogen. Perry lugte in die Senke runter und er sah den toten Russen.

„Den könnten wir als erledigt betrachten. Gehen wir zu den anderen."

* * *

Maureen bewegte sich an einer Steinmauern entlang, als sie einen heftigen Schlag gegen die Schulter spürte und sie gegen ein Vorsprung schleuderte. Sie hörte noch den Nachhall des Schußgeräusches und spürte einen starken Schmerz. Sie fasste hin und es fühlte sich feucht an. Es war Blut. Sie lag halb an die Mauer gelehnt und hielt sich die geprellte Schulter, die von einem Geschoss getroffen worden war. Dann hörte sie, wie sich mit schweren Schritten jemand näherte. Es war einer der fünf Russen, der gleiche, der sie schon einmal bedroht hatte. Er brachte mit ausdruckslosen Gesicht eine Kalaschnikow in Anschlag und zielte in aller Ruhe. Sie schloss die Augen und versuchte sich auf das Gesicht ihrer Mutter zu konzentrieren, das sie sich vorstellte. Sie hörte Feuerstöße, wobei diese ganz nahe waren, aber sie spürte nichts. Dann merkte sie wieder den Schmerz in ihrer Schulter. Sie öffnete die Augen und sah noch, wie der Russe hin und her schwankte. Sie wunderte sich noch, weil der Schädel so eine komische Form hatte und Blut aus seinen Augen lief. Dann fiel die Gestalt einfach nach recht um und rührte sich nicht mehr. Dann erst registrierte sie Sean und Perry, die mit ihren Waffen an der Schulter den Bereich sicherten. Aus dem Durchgang auf der rechten Seite stürmte ein weiterer Russe, der direkt vor die Mündung von Perry lief, der zwei Feuerstöße abgab, die den Angreifer trafen und ihn von den Füßen fegten. Dann wandte Perry sich Maureen zu, während Sean den Bereich weiter sicherte und beobachtete.

05 - The Emerald Solution

Perry blickte sich weiterhin um, denn sie waren sich alle nicht sicher, ob wirklich jeder Gegner ausgeschaltet war. Sean und Bobby sicherten ebenfalls, während Brian die letzte Leiche eines Russen brachte. Nun waren alle fünf Leichen beisammen. Geoff machte sich auf den Weg, um den Van zu holen. Brian und Bobby durchsuchten die Kleidung der Leichen, fanden aber ausser einigen Magazinen und Messer keinerlei Hinweise. Sie prüften die Arme und Oberkörper nach Tätowierungen, fanden aber kein einziges Tattoo. Bobby schaute Sean an, der eine Vermutung von sich gab.

„Scheint eine unabhängige Gruppierung zu sein. Wory wären lebendige Wandgemälde. Aber die hier sind unbeschriebene Blätter."

„Für den Inhalt kriegst du die Note A, für den Ausdruck ein F. Und ich dachte immer, ich habe die morbide Gedanken."

Perry konnte sich ein Grinsen nicht verkneifen.

„Aber er hat recht. Wory w zakone dokumentieren ihre Karriere als Verbrecher mit Tätowierungen. Ebenso die meisten Gruppierungen, die man laienhaft als Russenmafia bezeichnen könnte. Selbst die SpezNas oder reguläre Soldaten verzichten selten auf Tattoos. Aber beim FSB oder SWR achtet man peinlich darauf, daß keine zusätzlichen Merkmale zur Identifikation zu schaffen. Besonders bei ihren HUMIT Leuten. Und ich vermute, das sind frühere Geheimdienstangehörige."

„Yep. Aber wir sollten anfangen, die Sauerei aufzuräumen. Wenn Geoff zurück bist, dann bringen wir die Leichen und die Waffen zum Hafen, verladen alles auf die Yacht der Russen und fahren raus. Finnegan kennt eine Untiefe, wo wir alles auf den Meeresgrund schicken können. Die beiden Autos der Russen stellen wir in Bandon ab. Ich habe die Nummer einer Bande von Autodieben oben in Cork, die nehmen die Fahrzeuge mit und machen sie zu Geld. Der Anruf ist anonym, also kann man die Spur nicht hierher verfolgen. Maureen und Patrick können von Doc Kelly versorgt werden. Mit etwas Glück werden die restlichen Russen den Wink verstehen und sich von dieser Gegend fernhalten. Wenn sie aber die Gewissheit haben, daß wir ihre Leute umgebracht haben, könnten sie auf Rache aus sein. Aber wenn jedoch alle Beteiligten wie vom Erdboden verschwinden, einschließlich Boot und Waffen, dann wissen sie nicht, was passiert ist. Das schreckt doch sehr ab. Und ich vermute, daß diese Gruppierung auf bloßen Verdacht nicht unendlich Männer schicken kann, trotz des vielen Geldes, daß sie vermutlich in der Hinterhand haben."

„Versuch unwichtig auszusehen, vielleicht haben sie wenig Munition."

„Perry, du hast es auf den Punkt gebracht. Aber wir sollten uns ranhalten. Es ist noch einiges zu erledigen. Und vor allem sollten wir alle eine Kerze in der Kapelle anzünden. Ist euch eigentlich klar, daß wir ein massives Feuergefecht überlebt haben. Gegen fünf Vollprofis."

Alle Umstehenden nickten ihm zu, wobei Sean einwarf:

„Wir haben die Ortskenntnis, kennen uns untereinander und ganz so unerfahren sind wir auch nicht. Wir waren ebenso entschlossen und damit haben die Russen nicht gerechnet. Aber mit der Kerze gebe ich dir recht."

„Trotzdem hätte es anders ausgehen können."

„Wir haben es geschafft und nur das zählt. Ni neart go cur le chéile."

Maureen war noch in der Lage, mit ihren Wagen nach Glenkerry zu fahren, um sich zusammen mit Patrick beim Doktor behandeln zu lassen. Harry und Tim fuhren die beiden Limousinen der Russen in die Ortschaft Bandon, die vierzig Kilometer entfernt lag. Geoff würde die zwei dann später abholen, wenn er die anderen am Hafen abgesetzt hatte. Im Van war eine Rolle mit dicker Plastikfolie, die sie nutzten, um die Leichen einzuwickeln. Im Van sollten so wenig wie möglich Blutspuren und andere Beweismittel zurückbleiben. Zudem versuchten sie die Patronenhülsen einzusammeln, damit später keine Spaziergänger darüber stolperten. In den nächsten Tagen würden sie alle die Gegend wieder absuchen, um noch restliche Beweismittel zu finden. Schließlich rückten sie alle ab, wobei der Van in Richtung Hafen abbog. Die Yacht der Russen lag außerhalb der Hafenanlage am Außenkai, der völlig im Dunkeln lag. Mit ausgeschalteten Lichtern hielt der Van auf Höhe des Schiffs an und die Leichen und Waffen wurden an Bord gebracht und unter Deck in einer der Kajüten verstaut. Sean fing sofort an, die Leichen mit Seilen und Kabelbinder festzumachen, um zu verhindern, daß jemals wieder eine an die Wasseroberfläche zurück kommt. Perry, der einen Bootsführerschein hatte, legte ab und näherte sich dem Trawler von James, der inzwischen aus dem Hafen gekommen war und dann an Fahrt aufnahm. Mit James würden die drei wieder zurück an Land kommen. Sie hatten Glück, denn Nebel kam auf. Die Yacht der Russen fuhr durch die unruhige See. Bobby und Perry standen auf der Brücke und folgten weiterhin dem Trawler von Finnegan, der vor ihnen durch die Wellen pflügte. Sean war noch unter Deck und fixierte weiterhin die Leichen in der Kajüte am Bootsheck.

„In einer halben Stunde sind wir an der Untiefe. James hat ein gutes GPS Navigationsgerät an Bord, sowie den Radar. Wenn wir dort sind, verlassen wir diesen Kahn und zünden die Ladung im Rumpf."

„Wo hast du diese Fähigkeiten gelernt? Oben im Norden?"

„In dir steckt immer noch der Bulle. Sagen wir es mal so, drüben auf der Insel darf ich mich nicht sehen lassen. "

„Also kein Freund der RUC und derjenigen, die einen Ort Londonderry nennen. Bist du immer davon gekommen?"

„Einige Zeit in Long Kesh. H-Blocks."

„Official oder Provos?"

„Lange Zeit bei den Provos. Und dann Continuity IRA."

Bobby zündete sich eine Zigarette an, während Perry am Ruder den Kurs hielt. Die nächste halbe Stunde schwiegen die beiden, wobei Bobby einen Flachmann aus der Jacke holte und abwechselnd mit Perry den 15 Jahre alten Scotch tranken. Bobby klopfte dem Rudergänger auf die Schulter.

„Wir sind gleich da, mo charaid."

„Aye, mo bhràthair. Ist Sean soweit?"

Wie auf das Stichwort kam Sean die steile Treppe hoch und nahm ebenfalls einen Schluck aus dem Flachmann, den ihm Bobby hinhielt. Vor ihnen drehte im Dunst der Trawler bei. Perry steuerte längsseits, wobei er das Seitenstrahlruder im Bug nutzte. Bobby und Sean warfen einige der Fender aus, dann vertäuten sie die beiden Schiffe miteinander. Perry stellt den Motor ab und Bobby machte im Rumpf eine letzte Kontrolle, dann wechselten alle drei auf den Trawler und lösten die Leinen und sofort manövrierte James sein Schiff weg von der Yacht. Nach einer Minute gab Bobby das Funksignal zur Zündung der Sprengladung. In den Seitenscheibe der Kabine waren drei Lichtblitze zu sehen und die Yacht wurde kurz erschüttert. Dann sank das Boot langsam in den Atlantik. Nach fünf Minuten war nichts mehr zu sehen und die Pawlow sank auf den Meeresgrund, der an dieser Stelle ungewöhnlich tief war. Sie sammelten sich auf der Brücke des Trawlers, wo James zusammen mit George war. Bobby reichte noch einmal den Flachmann und jeder der Anwesenden nahm einen Schluck. Keiner sprach ein Wort, bis die Lichter der Hafeneinfahrt zu sehen war. Mit leise tuckernden Motor lief das Fischerboot in den Hafen ein und James steuerte seinen Liegeplatz an der Kaimauer an und ging längsseits. Letztendlich waren Perry und Sean von der Reling auf die Kaimauer gesprungen und machten das Schiff fest. Alan Boyington hatte die ganze Zeit dem Anlegemanöver zugesehen, denn er wartete auf die Gruppe. Nach fünf Minuten waren die Arbeiten auf dem Trawler beendet und James, George, Bobby, Sean und Perry standen bei ihm und schauten ihn an.

„Ich habe von der Radarstation auf Mount Gabriel und von meinen Kontakten bei der Oglaigh na hEireann erfahren, daß euer Ausflug auf dem Boot nicht entdeckt worden ist. Eine große Familie mit vielen Cousins zu haben ist manchmal von Vorteil. Wir sollten also sicher sein."

Sean nickte in Richtung des Máistir Cuain und holte den Schlüssel für die Eingangstür aus der Hosentasche.

„Ich denke, wir trinken eine letzte Runde zusammen, bevor wir nach Hause gehen."

Die Gruppe ging zum Pub und alle sechs sammelten sich an der Bar, wo Sean jedem ein Glas Bier und einen Whisky hinstellte. Die Männer schauten sich gegenseitig an, dann tranken sie sowohl den Whisky als auch das Bier aus.

„Morgen wie üblich hier im Pub?"

„Was sonst? Ich gehe jetzt zu Doc Kelly, um nach Maureen zu sehen."

„Du solltest endlich diese Frau heiraten."

„Das ist eine ganz, ganz, ganz, ganz exquisite Idee. Warum bin ich nicht selber darauf gekommen."

„Dann geh endlich zu ihr. Sie braucht dich. Maureen wird nur ausgesprochen selten angeschossen."

„Wir sehen uns morgen."

Perry eilte die Häuserzeile entlang und betrat die Praxis von Doc Kelly. Die Ärztin stammte wie Perry ursprünglich aus Deutschland, wobei sie schon seit fast vierzig Jahren in dem kleinen Küstenort lebte. Regina Wagner hatte während des Medizinstudiums den bei der Rheinarmee stationierten Soldaten Donald Kelly kennengelernt. Nach ihrer Assistenzzeit in einem städtischen Krankenhaus folgte sie Donald nach Irland. Donald war ursprünglich aus Belfast und hatte seinen Dienst bei einer Panzerbrigade in Deutschland absolviert. Da sich der Bürgerkrieg immer mehr intensivierte, ließ sich das frisch getraute Paar an der Südküste nieder. In Glenkerry wurde ein allgemein praktizierender Arzt benötigt und Regina konnte fließend Englisch und Französisch sprechen. Im Laufe der Jahre lernte sie noch Gälisch und nur noch die ganz alten Dorfbewohner konnten sich daran erinnern, daß sie ursprünglich aus Deutschland kam. Ähnlich wie bei Perry interessierte es aber keinen mehr. Die Praxis befand sich im Parterre eines Eckgebäudes am Fuße des Hügels. Im Behandlungsraum saß Maureen mit verbundener Schulter. Das Tank-Top war lädiert, eben so wie die Bluse, die über einem Stuhl hing. Doc Kelly stand daneben und ihr Blick war ausgesprochen finster. Obwohl sie inzwischen weit in den siebziger war, hatte sie etwas zeitloses an sich, als ob die Zeit bei ihr keine Spuren hinterlassen hatte. Sie fuhr Perry recht ungehalten an.

„Bist du eigentlich wahnsinnig geworden? Welcher Teufel hat euch alle geritten, Maureen dieser Gefahr auszusetzen?"

Maureen versuchte die Ärztin zu beruhigen.

„Doc, ich habe schon immer bei den Jungs mitgespielt und wollte schlicht mit dabei sein."

„Da du die Vernünftige von euch beiden bist, hättest du links und rechts für diese bodenlose Dummheit eine verdient. Das war kein Spiel mehr, sondern eine mehr als blutiges Angelegenheit. Und du machst auch noch dabei mit. Bobby und Sean haben nichts anderes gelernt, aber du solltest schlauer sein. Und was dich betrifft, Peter, von einem ehemaligen Polizisten erwarte ich, daß er sich an die Gesetzte hält und keinen Kleinkrieg anzettelt. Und nicht daß er ein anständiges Mädchen einem solchen Alptraum aussetzt. Und ein Junge wie Patrick hatte dort auch nichts verloren. Bei ihm war es zum Glück nur ein Durchschuss, ohne das ein Knochen oder eine Ader verletzt wurde. Seine Freundin hat ihn schon nach Hause gebracht."

Regina hatte sich in Rage geredet und holte nun tief Luft.

„Wenn ich dich noch ein einziges mal dabei erwische, daß du Maureen in Gefahr bringst, dann kriegen wir beide Probleme miteinander, hast du mich verstanden? Und jetzt kümmere dich um sie. Es waren nur Kratzer, aber sie muß die Schulter noch schonen. Du bist mir für sie verantwortlich und wechselst ihr täglich den Verband. Morgen Abend schaue ich mir das Ganze noch einmal an."

„Yes, Mam."

Maureen und Perry schauten beiden verschämt zu Boden, bevor sie die Praxis verließen und den Straßenverlauf bergaufwärts folgten. Bei Perry angekommen, half er ihr aus der Jacke und den Stiefeln.

„Willst du erst was Essen und dann ein wenig schlafen?"

„Doc Kelly hat mir eine Spritze verpasst, ich bin einfach platt. Aber du könntest mir einen Tee machen und mich ins Bett bringen."

„Mit Vergnügen. Geh schon mal rauf. Im Bad habe ich dir ein Fach eingeräumt. Der Tee kommt sofort."

Maureen musste lächeln, denn in dem Fach lag neben einem Handtuch auch Seife und eine noch verpackte Zahnbürste, sowie eine Flasche mit Parfüm. Ein sehr teures Parfüm, daß eine Note nach Zitrone hatte und verführerisch duftete. Vorsichtig zog sie sich aus und wusch Blut und Dreck ab. Sie warf ihre Kleidung in den Wäschekorb, den Perry im Bad aufgestellt hatte und ging leicht fröstelnd ins Schlafzimmer, wo sie das alte T-Shirt anzog, daß er auf die auf der Seite, wo sie schlafen sollte, auf die Bettdecke gelegt hatte. Dann schlüpfte sie unter die Bettdecke. Einige Minuten später brachte ihr Perry einen Pott Tee, den sie dankbar entgegennahm.

„Komm zu mir. Ich brauche einfach deine Nähe. Und ich hoffe, daß du meine Alpträume vertreibst. Denn die werden nach dem Tag wohl kommen. Für eine gefühlte

Ewigkeit habe ich damit gerechnet, daß ich das nicht überlebe."

„Ok, laß mich vorher noch duschen."

Während Perry im Bad rumorte, schaltete Maureen den Fernseher ein, aber nach fünf Minuten war sie erschöpft eingeschlafen. Perry kam aus dem Bad, löschte das Licht, machte den Fernseher wieder aus und legt sich zu Maureen ins Bett und legte den Arm um sie, worauf sie sich im Halbschlaf an ihn ankuschelte.

*   *   *

Gegen zehn Uhr am nächsten Morgen trafen sich die Kampfgefährten vor dem Pub und führen mit mehren Autos zurück zum Schauplatz. Patrick und Maureen waren wegen ihrer Verletzungen nicht mit dabei, während der Rest das Gebiet nach Kampfspuren absuchte. Sie teilten sich auf, sammelten Hülsen ein, nahmen noch die liegengebliebenen Waffen mit und Sean und Perry deckten die Kuhle mit Grassoden ab, die die Handgranate hinterlassen hatte. Für den Abend war starker Regen angekündigt, der Fußspuren und Blut wegspülen würde. George hatte noch zwei der Mobiltelefone gefunden und Geoff holte das Gewehr des Scharfschützen.

*   *   *

Die nächsten Tage kümmerte sich Perry um Maureen, brachte sie zur Kontrolle bei Doc Kelly und die Abende verbrachten sie auf ein Bier im Pub und dann bei Perry im Wohnzimmer. Zwischendurch schrieb er einige Zeilen, während Maureen sich ausruhte. Bobby und Sean schauten zwischendurch vorbei und berichteten von den

Folgen ihres kleinen Disput mit den Russen. Die Garda hatte Hinweise erhalten und ermittelte. Der Gruppe aus Moskau wurde der Aufwand durch die Fahndung zu groß, gemessen an den Erträgen, und konzentrierte sich auf den kontinentalen Bereich Europas. Alan hatte erfahren, daß alle Kontakte abgebrochen waren und mehre verdächtige Personen das Land verlassen hatten oder untergetaucht waren. Einer der Kontaktmänner aus Amsterdam hatte Information erhalten, daß die Russen das Irlandgeschäft abschrieben und sich lieber mit den lohnenden Märkten beschäftigten.

*　　*　　*

Mrs. O`Brian besuchte ihre Tochter und war sehr erleichtert, daß ihre Tochter mit einem blauen Auge davon gekommen war. Aber ähnlich wie Doc Kelly hielt sie Maureen ein Standpauke. Danach führte sie mit Perry ein langes Gespräch, bei dem sie sich ein Bild von ihren zukünftigen Schwiegersohn machte, denn das war ihr sofort klar. Auch wenn weder Maureen noch Perry sich übertrieben liebestoll benahmen, Jennifer O`Brian war sich nach wenigen Minuten im klaren, daß die beiden zusammengehörten. Ihr Mann kehrte übermorgen von einer dreiwöchigen Geschäftsreise zurück und sie wollte ihn die ganze Angelegenheit schonend beibringen.

*　　*　　*

Maureen fuhr die lange Kiesauffahrt zum Anwesen rauf. Ihr wurde zum ersten mal das typische Knirschen der Reifen bewusst, dann erreichte sie das große Haus und parkte den Audi neben Grand Cherokee ihres Vaters. Ein Butler öffnete die Tür und führte Maureen in den großen Salon, wo ihre Eltern waren. Obwohl sie hier ihre Kindheit verbracht hatte, war ihr das Haus fremd geworden. Ihre

Jugend hatte sie in dem Internat von Kylemore Abbey verbracht, das an der Westküste der Insel lag. Und danach hatte sie ihr Studium auf dem Trinity College in Dublin begonnen. Wenn sie an die vergangenen Wochen zurückdachte, so fühlte sie sich bei Perry daheim. Er bevorzugte Grautöne als Farbe, Ledersofas und seine Dekorationen waren eindeutig männlich. Aber als sie heute früh beim Frühstück mit einander plauderten, machte sie ihm eine Reihe von Vorschlägen bezüglich der Einrichtung.

„Also Maureen, wenn du mir so ganz dezent mitteilen willst, daß du mit mir zusammenleben willst, dann sind deine Vorschläge absolut ...“

„Ich will dich nicht bedrängen, aber es ist wichtig für mich.“

„Fàilte. Is e mo dhachaigh do dhachaigh.“

Für einige Sekunden versuchte Maureen den Sinn dieser Worte zu begreifen, bis sie völlig gefasst zu Perry ging und ihn lang und innig küsste.

„Maureen, du bist das Beste, was mir je passiert ist. Und wenn du hier heimisch werden willst, dann braucht diese Haus deine persönliche Note. Außerdem bist du eine Frau, du kannst nicht anders.“

„Vorsicht. Sonst sieht das hier ab morgen wie ein Barbie-Puppenhaus aus.“

Sie musste grinsen, als sie seinen entsetzten Blick sah. Das Geräusch der Klinke riss sie aus ihren Gedanken, denn der Butler öffnete die beiden Türflügel, was ihrem Eintritt in den Salon eine dramatische Note gab.

„Maureen, bin ich froh, daß es dir gutgeht. Deine Mutter hat mir bereits alles erzählt. Die väterliche Standpauke werde ich mir jetzt ersparen, denn die hat noch nie etwas gebracht. Mir ist aber zu Ohren gekommen, daß du dich mit einem Schriftsteller triffst."

„Dad, ich habe meine Wahl getroffen. Ich habe mit Perry Miller den richtigen Mann gefunden. Und wenn ich ehrlich bin, von Typen wie Gaylord bin ich endgültig kuriert. Perry war Polizist und er ist ein renommierter Schriftsteller. Also brauchst du dir um das Finanzielle keine Sorgen machen."

Hamisch O´Brian ging zu der Anrichte herüber, wo er sich etwas Single Malt in einen Tumbler eingoss und gab zwei Eiswürfel dazu. Dann drehte er sich zu seiner Tochter um und schaute sie mit einem verschmitzten Lächeln an.

„Could be worse. Unsere Tochter hat mehrfach bewiesen, daß sie ein Sturkopf ist, eigene Entscheidungen trifft und dabei ... ausgesprochen erfolgreich ist. Maureen, in Dublin hast du über Jahre hinweg mehr als hervorragende Arbeit geleistet und ich bin wirklich stolz auf dich. Wenn dein Herz an Mr. Miller hängt, dann hast du meinen Segen. Denn deine Arbeit wird zukünftig hier sein, weil ich dir im nächsten Jahr die Verwaltung von Baldwin Woods übertrage. Und nächsten Monat wirst du die Nachfolge von Lord Hesketh im Aufsichtsrat übernehmen. Du hast es dir mehr als verdient. Während dein Bruder sich lieber an den Stränden von Goa herumtreibt, hast du dich jeden Tag für die Firma engagiert. Wenn ich ehrlich bin, ich habe bei dir einiges gut zu machen. Und heute Abend kommst du zum Abendessen und stellst uns Mr. Miller vor. Ich möchte schließlich auch meinen zukünftigen Schwiegersohn kennenlernen."

„Aufsichtsrat, zukünftiger Schwiegersohn - habe ich jetzt etwas verpasst?"

„Heute Abend um sieben Uhr. Es gibt Irish Stew, denn nach den ganzen Restaurantmahlzeiten freue ich mich richtig auf ein schlichtes essen und Martha macht das beste Irish Stew weit und breit."

„Also um 18:30 zum obligatorischen Sherry. Ich gebe zu, ich bin etwas überrascht."

„Deine Eltern wissen manchmal mehr, als ihr Kinder immer glaubt."

„Jetzt brauche ich auch einen Single Malt."

„Diesmal mit Eis?"

3 Jahre später

Für einen kurzen Augenblick starrte Maureen über das weitläufige Tal, das sich in einer smaragdgrünen Farbenpracht vor ihr erstreckte. Sie saß auf einer Bank an dem Aussichtspunkt am östlichen Ende und schaute dann die Gestalt an, die neben ihr Platz genommen hatte.

„Larry, du bist die Liebe meines Lebens. Was würde ich nur ohne dich tun? Heute hast du beim Treffen der hiesigen Landwirte alle für dich eingenommen. Gratulation. Es war ein voller Erfolg. Du bist richtig genial, mein Schatz."

Larry wandte sich zu Maureen um, sagte aber keinen Ton, bis er seine Aufmerksamkeit in die Ferne richtete. Er schien angestrengt zu lauschen. Kurze Zeit später hörte sie das Röhren eines Motors, bis ein Auto schwungvoll um die Kurve fuhr und neben der Bank zum Halten kam. Ein Mann stieg aus und ging auf die Bank zu.

„Hast du mir nicht am Telefon gesagt, daß du eine Panne hast."

Währenddessen begrüßte er Larry.

„Eine Panne mit einem deutschen Auto? Das kann auch nur jemand glauben, der etwas von British Leyland fährt. Ich lieb den Platz hier und wollte dich bei mir haben."

Perry setzte sich neben Maureen und küsste seine Gattin, bevor der schwarzweiße Bordercollie Larry sich zwischen sein Frauchen und Herrchen drängelte und mit hängender Zunge das Kraulen der beiden genoss.

„Du hättest mich einfach fragen können."

„Ich bin eine Frau, ich liebe es zwangsläufig kompliziert und verwirrend. Aber dafür lade ich dich im Pub zum Bier ein, bevor wir nach Hause fahren. Der Tag war lang und du könntest mir ein wenig bei der ... Entspannung helfen."

„Oh, da könnte mir etwas einfallen."

Maureen und Perry wohnten weiterhin in dem Haus an der Küste, denn dort fühlte sie sich wohl. Zusammen fuhren sie jeden Morgen nach Baldwin Woods, um dort zu arbeiten. Maureen führte das Anwesen, wobei Perry ihr gelegentlich dabei assistierte, wenn er nicht gerade an seinem Romanen arbeitete. Er hatte herausgefunden, daß er auf dem Anwesen ebenfalls in Ruhe schreiben konnte. Es inspirierte ihn dazu, seine Liebesromane in die Welt des Landadels zu setzen und sie noch ein wenig obszöner zu schreiben. Und einer seiner Polit-Thriller spielte in der Zeit vor dem ersten Weltkrieg. Die Abende verbrachten sie gerne so dann und wann im Pub mit ihren Freunden, wie es Irland schon lange Tradition war. Was dann noch später in der Nacht geschah blieb ihrer beider Geheimnis. Aber Maureen hatte sich einige Passagen aus seinen Romanen gut gemerkt. Zu ihrer beider Vergnügen.

2 - Sink The Bismark

Kapitel 01 - Onboarding

Die Mittagssonne am Himmel über der Küste Frankreichs brannte auf mich herunter und so langsam fragte ich mich, ob es so eine gute Idee war, diese Reise anzutreten. Seit weit über einer Stunde wartete ich auf die Dolmetscherin, die mich bei diesem Trip begleiten sollte. Eine Möwe hockte auf der Mauer und schien mich die ganze Zeit anzustarren. Wenn die Sorte hier genauso frech war wie die Biester auf Sylt, dann konnte ich jetzt froh sein, daß sich kein Fischbrötchen oder eine Waffel mit Eis in meinen Händen befand. Möwen waren selten wählerisch. Ein Blick auf meine Armbanduhr sagte mir, daß es Zeit wäre das Büro zu betreten, denn in fünf Minuten sollte der Gesprächstermin beginnen. Aber am Besten fange ich ganz am Anfang an.

Seit über sechs Jahren war ich bei der Werkssicherheit eines riesigen Chemiekonzerns tätig und mit einigen Kollegen für die persönliche Sicherheit des Aufsichtsrats zuständig. Meine Aufgabe war unter anderem die Betreuung der Wohnhäuser. Ich kümmerte mich um die Alarmanlagen, überprüfte das Personal und organisierte die Handwerker. Wie meine Kollegen war ich in diesen Kreisen gut bekannt und wir hatten ein vertrauensvolles Verhältnis zum Führungsbereich, wobei wir aber den gebührenden respektvollen Abstand wahrten. Trotzdem war ich etwas überrascht, als ich zu einer Besprechung in die siebte Etage gerufen wurde. Dort war der Vorstandsbereich untergebracht sowie die Bürotrakte des Aufsichtsrats. Zusammen mit meinem Chef Marc Krätzig, dem Leiter der Sicherheitsabteilung Deutschland, machte ich mich auf den Weg. Die Sekretärin des Vorsitzenden des Aufsichtsrats führte uns in sein Büro, wo Dr. Rosenberg uns persönlich begrüßte.

„Guten Morgen. Schön sie beide zu sehen. Kommen wir gleich zur Sache. Herr Lüders, ich habe einen ungewöhnlichen Auftrag für sie."

Die Aufgabe fiel tatsächlich etwas aus dem Rahmen. Dr. Rosenberg hatte ein Sportboot gekauft, das von Frankreich über die Nordsee zum zukünftigen Heimathafen bei Lübeck überführt werden sollte. Dabei sollte der Motor eingefahren und die restliche Technik geprüft werden, damit ein paar Wochen später das Boot für eine längere Tour bereit war. Dr Rosenberg war durch seine Termine zu sehr eingespannt, um die Vorbereitungen selber zu erledigen. Er reichte mir hierzu einen Ordner mit Unterlagen.

„Sie finden dort alle nötigen Unterlagen. Die Seekarten sind hier in der Transportröhre. Wenn sie sich zutrauen, diese Fahrt über die Nordsee zu machen, würde ich sie um die Erledigung dieser Aufgabe bitten. Außer von ihrer Seite würde etwas dagegen sprechen, Herr Krätzig. Sie müssen die Fahrt sowieso nicht allein antreten. Eine Mitarbeiterin aus Pinneberg ist als Dolmetscherin mit dabei und wird sich auch um die finanziellen

Angelegenheiten kümmern. Sie würden sich mit ihr bei der Werft in Dünkirchen treffen"

Ich überlegte kurz, dann sagte ich zu und fing im Geiste schon mit der Planung an. Daß eine Dolmetscherin mit von der Partie war, fand ich ein wenig übertrieben, denn meine Englischkenntnisse waren sehr gut. Für die Reise wurden 10 Tagen eingeplant, wobei eine Reisezeit von sechs Tagen unter perfekten Bedingungen möglich war. Zur Vorbereitung hatte ich eine weitere Woche zur Verfügung. Die Dolmetscherin sollte zusätzlich die Reisekasse verwalten und mich bei der Reise unterstützen. Nun gut, was die Spritkosten betrifft, bei den hohen Summen ist es immer besser, wenn man das vier Augen Prinzip beachtet. Zumindest brauche ich mich nicht um diesen Papierkram kümmern. Die Planung und Navigation waren keine Atomphysik, aber neben den weiteren Tätigkeiten auf dem Boot war es doch eine sehr umfangreiche Arbeit. Ein letzter Blick auf meine Armbanduhr sagte mir, daß der Termin jetzt losgehen würde. Ich hasste Verspätungen und diese Tante hat es wohl nicht nötig, pünktlich zu einem Termin zu erscheinen. Assistenz des Vorstands - am Arsch. Die ganze Truppe war nicht umsonst im alten Verwaltungsbau in Pinneberg untergebracht worden. Beim Aufsichtsrat und den Gesellschaftern war der Personalbereich unbeliebt, da sie es immer wieder schafften, unnötige und unbeliebte Maßnahmen zu treffen, die meistens auch noch viel Geld verbrannten. Darum hatte man die Truppe vor einigen Jahren aus dem

60

Hauptquartier vertrieben und in die Provinz verbannt. Dort, ohne ständige Aufsicht, wurde aus der Abteilung ein immer größer werdender Haufen nutzloser Angestellter, die den Rest des Konzerns jede Menge Geld und Nerven kostete. Die richtig guten Personaler saßen an den Standorten und kümmerten sich dort um das Tagesgeschäft. Also wurde der baldige Rückumzug der Abteilung nach Schnelsen ins neue Hauptquartier beschlossen. Der scheidende Personalvorstand hatte bereits sein Büro im HQ bezogen um die letzten Projekte zu erledigen, während die Abteilungen Revison und Controling den Kahlschlag in der Personalabteilung vorbereiteten. Es würde sicherlich ein Blutbad werden, wobei an den Standorten einige freie Stellen vorhanden waren, aber das Leben dort war halt nicht so glamourös. Wobei Pinneberg, eher bekannt für seine dösigen Rentner, nicht wirklich mit Flair punkten konnte. Dementsprechend hatte ich keine hohe Erwartungen an diese Dame. Ohne weiter abzuwarten betrat ich das Gebäude der Werft, wo mich der Vertriebsleiter Jean Poulet mit Marcel Laudin, einem Mitarbeiter des Hafenmeisters, bereits erwarteten. Wir begrüßten uns, dann klärten wir innerhalb von einer halben Stunde alle Formalitäten. Jean würde mich dann zum Anleger bringen, wo die Yacht lag. Alle beide sprachen, nebenbei bemerkt, sehr gut Englisch und wir verstanden uns auf Anhieb. Die Fahrt zum Anleger war auch für mich gleichzeitig die erste Fahrt mit einem Golfwagen, obwohl ich in meiner Jugend einige Jahre als Caddy gearbeitet hatte. Jean ging zusammen mit mir die gesamte Technik des Bootes durch, zeigte mir die zahlreichen Wartungszugänge und wir plauderten dabei über Boote und die Fahrt nach Lübeck, wobei er mir noch den einen oder anderen guten Tipp gab. Die Yacht war fast 16 Meter lang, war mit Radar, GPS, Sonar, Funk und Seitenstrahlruder am Bug und am Heck ausgestattet. Sie besaß zwei große Kabinen, nebst Bad und einen großzügigen Salon und eine kleine Kombüse. Die Aufbauten waren in Weiß und Blau gehalten. Die ganze Yacht war schnittig und elegant, ohne dabei protzig zu wirken. Die Fleur war ein Schmuckstück und ich freute mich auf die Fahrt bis nach Schlutup, ein kleiner Hafen an der Trave kurz vor Lübeck. Dieses Boot war das reinste Vergnügen. Jean verabschiedete sich, denn meine Reisebegleitung war bei der Werft eingetroffen und er versprach, sie mir vorbeizubringen, damit wir die letzten Vorbereitungen treffen konnten, um dann morgen abzulegen. Nach zwanzig Minuten lud ein Angestellter die Mitreisende ab. Ich hatte bei dem Anblick sehr ambivalente Gefühle, denn ihr Blick zu mir hoch sprach Bände. Arrogant war die freundlichste Bezeichnung, aber passen würde auch überheblich oder angepisst. Sie betrachtete mich, als ob ich eine tote Maus auf ihrem Küchentisch wäre. Dabei war sie durchaus sehr ansehnlich. Sie hatte ein schmales Gesicht, daß stark geschminkt war. Die kupferroten Haare waren kurz, wie bei der Figur Liz aus dem Film Sneakers. Oder Jill St. John in Diamantenfieber. Aber das traf es nicht so ganz. Ich wusste, in einem Film hatte ich diesen Typ schon einmal gesehen. Es war vor allem die schilffarbene Bluse, die zwei Knöpfe zu weit offen stand, ohne dabei zuviel Busen zu zeigen, die in meinem Kopf diverse Gedanken wirbeln ließ. Dazu trug sie einen hellbraunen Rock und Slouchstiefel mit hohem kubischen Absatz in der Farbe Cognac. Ich grübelte weiter, und während die Frau ihre beiden Reisetaschen an den Aufbauten vorbei zum Heck trug, die drei Stufen zur Heckplattform hinaufstieg und auf mich zuging, tönte in meinem Hirn die Titelmelodie des A-Teams. Jetzt wusste ich, wem diese Frau auf das Haar genau glich. Donna Anderson hatte in der Serie in einer der Folgen eine Sekretärin gespielt, die von B.A. und Hannibal mit einer überraschenden Anlieferung eines Tresors in die Bredouille gebracht wurde. Sie war hübsch, wirkte aber ... nun, ich könnte den Begriff abgefuckt oder verbraucht verwenden, aber diese Bezeichnungen wären ihr gegenüber unfair gewesen. Sie hatte bestimmt schon so manchen Kummer durchlebt und man sah, daß sie in den Vierzigern war, aber sie hatte diese erotische Ausstrahlung einer Frau, die sowohl klug als auch hübsch war. Aber leider auch hochnäsig, denn mit ihrem Blick schien sie direkt durch mich hindurchzusehen. Das konnten noch lustige Tage werden. Eine Frau mit Sex-Appeal, die für mich und für alle Zeiten unerreichbar war. Trotzdem wollte ich höflich bleiben und begrüßte sie.

„Hallo, willkommen auf der Fleur. Ich bin Arne Lüders, der Schiffsführer. Sie müssten demnach Frau Haffner sein."

Ich reichte ihr zur Begrüßung die Hand, die sie mit einem schlaffen Griff entgegen nahm.

„Ruth Haffner. Wo kann ich mein Gepäck unterbringen?"

Ihre Stimme hatte einen dunklen Unterton, der angenehm klang, aber die Überheblichkeit nicht dämpfen konnte.

„Es gibt zwei Kabinen, eine im Vorderschiff und eine zweite unterhalb des Achterdecks. Die hat einen größeren Kleiderschrank und das größere Bad. Sie können sie gerne haben. Ich schlage vor, sich für das Leben an Bord zweckmäßiger zu kleiden. Die Treppe runter und gleich die Tür rechts."

Vor allem der vorletzte Satz brachte mich sicher um einige ansehnliche Ausblicke, aber es war besser so. Mit Bootsschuhen würde sie selbst auf einem nassen Deck nicht ausrutschen und mit den hohen Absätzen würde sie nur den Deckbelag beschädigen.

„Danke, ich bin bereits vom Hafenmeister aufgeklärt worden. Ich zieh mich gleich um."

Den Rest des Nachmittags verbrachte ich damit, mich mit dem Boot vertraut zu machen und die Kurse zur Navigation zu berechnen. Vor allem ging es um die Abweichung zwischen dem Kurs auf der Karte und dem tatsächlichen Kurs, der sich durch die Berechnung der magnetischen Abweichungen ergibt. Zudem berechnete ich noch einmal die Strecken, um am Ende des Reisetags den nächsten Hafen zu erreichen. Nachts auf See zu fahren war nicht ungefährlich, aber machbar, aber wozu unnötige Risiken eingehen, wenn tagsüber die Sicht besser war. Es gilt immer das Prinzip ‚Nordsee ist Mordsee‘ und zudem herrschte in dieser Ecke der Weltmeere teilweise recht reger Schiffsverkehr. Nach zehn Stunden Fahrt auf See ist man sowieso froh über eine gute Mahlzeit und eine Portion Schlaf. Auf See muß man ständig die Umgebung, das Wetter, die Navigation sowie regelmäßig die Maschine und die Antriebswelle kontrollieren. Vor allem bei der Antriebswelle war die Dichtigkeit das A und O. Frau Haffner kam nach fünfzehn Minuten wieder aus der Kabine, diesmal hatte sie einen prall gefüllten Stoffbeutel dabei.

„Ich werde heute Nacht im Hotel schlafen. Ist der Starttermin immer noch acht Uhr morgen früh?"

„Auslaufen ist um sieben Uhr. Wir haben ablaufendes Wasser. Also sind sie bitte um halb sieben auf dem Boot."

Ihr Gesichtsausdruck sprach Bände - ich müsste jetzt tot umfallen und im Hafengewässer versinken. Vermutlich hatte ich ihren Zeitplan komplett durcheinander gebracht. Ohne mich eines weiteren Blicks zu würdigen, verließ sie das Boot und marschierte eilig den Steg entlang. Ich schaute ihr hinterher, ohne aus ihr auch nur ansatzweise schlau zu werden. Auf jeden Fall wird das eine Katastrophe mit dieser Frau und es wird eine sehr lange

Woche. Mit einem Achselzucken machte ich mich wieder daran, das GPS-System zu justieren, sowie die Karten und das nautische Besteck am Steuerstand bereitzulegen.

Jean hatte einen Mitarbeiter der Werft beauftragt, in einem Supermarkt Vorräte besorgen und zum Boot zu bringen. Der Angestellte half mir, die diversen Kartons mit Essen und Getränken an Bord zu bringen, die ich dann verstaute. Jetzt war genug Verpflegung für die Tour an Bord. Mineralwasser und Limo, Kekse und Schokolade, Aufbackbrötchen, Aufschnitt, Käse, und weitere haltbare Lebensmittel. Sowie diverse Pakete Kaffee und Zigaretten. Sicherlich nicht sonderlich gesund, aber haltbar und ohne zu kochen servierfertig. Denn die Kombüse sollte nicht zum Kochen verwendet werden. Später backte ich mir in dem kleinen Ofen einige Brötchen für mein Abendessen auf und schaute mir noch „Murder By Death" auf meinem Laptop an, dann löschte ich das Licht und war innerhalb von Minuten eingeschlafen.

Kapitel 02 - Over Board

Um sieben Uhr in der Früh bin ich selten gut gelaunt, aber drei Becher Kaffee und eine Schüssel Cornflakes verhinderten zumindest einen Mord. Das Boot war klar zum Auslaufen und wer fehlte, war natürlich Frau Haffner. Der Nebel lichtete sich und die kühle Morgenbrise hatte etwas angenehmes und erfrischendes. Um fünf nach sieben schlenderte sie in aller Ruhe auf dem Steg und bestieg das Boot. Da ich den Motor bereits eine Weile laufen ließ, war das Öl warm genug und ich legte ab, ohne ein weiteres Wort zu verlieren. Ich hatte einfach keine Lust, mit ihr zu reden. Über Funk meldete ich mit bei dem diensthabenden Mitarbeiter vom Sperrwerk ab, das die Hafenzufahrt sicherte. Außerhalb im Fahrwasser konnte ich die Geschwindigkeit erhöhen. Die erste Fahrt verlief ereignislos. Der Antriebsstrang war in einem tadellosen Zustand, die See war ruhig und Frau Haffner glänzte durch Abwesenheit. Jedenfalls verließ sie ihre Kajüte nur für eine Tasse Kaffee. Und erwartungsgemäß machte sie mir keinen mit, also kochte ich mir selber so dann und wann eine Kanne. Das koffeinhaltige Heißgetränk und die eine oder andere Zigarette hielten mich bei Laune. Das Navigieren war in der Küstennähe noch einfacher, wenn man einer Fahrwasserstraße folgen konnte. Als Zielhafen hatte ich Blankenberge ausgewählt, ein kleiner Hafen zwischen Ostende und Seebrügge. Der Verkehr nahm zu und bei Rotterdam würde es sportlich werden. Aber warum sollte ich mir jetzt schon den Kopf zerbrechen. Ich nahm Funkkontakt mit den örtlichen

Behörden auf und bewegte mich auf den Liegeplatz zu. Der Motor lief mit leichter Drehzahl, als ich schräg auf die Kaimauer steuerte, drehte dann das Ruder hart links bis das Boot parallel lag, dann stellte ich den Gashebel auf Leerlauf und dreht das Ruder auf rechts. Durch einen sanften Gasstoß im Rückwärtsgang zog ich dann die Yacht an die Mauer. Mit einem Satz sprang ich ans Ufer, machte die Leinen fest, kletterte zurück aufs Boot und stellte den Motor ab. Schon an der Tür zum Salon roch ich den Küchendunst. Diese hohle Frucht hat in der Kombüse gekocht, viel schlimmer, sie hat etwas in der Pfanne gebraten. Der Fettgeruch war gut zu riechen. Die Anweisung war eindeutig: Kaffee und Brötchen zum Aufbacken waren erlaubt, heißes Wasser aus dem Wasserkocher für eine Instantsuppe war ebenfalls genehmigt, aber ansonsten war die Benutzung der Kombüse tabu. Dafür war das Budget für Spesen sehr großzügig aufgestellt, sowohl für Restaurants als auch für alles, was nicht gekocht werden muss. Wenn nötig, könnten wir Kekse essen, die mit Blattgold überzogen sind. Aber der Eigner hatte klipp und klar gesagt, daß er keine Essensdünste im Boot haben möchte. Insbesondere Frau Rosenberg war strikt dagegen. Die Yacht war hauptsächlich für Ausfahrten mit Freunden und Bekannten gedacht, also wäre die Kombüse lediglich der Ablageort für Sekt und Häppchen. Ruth Haffner stand an der Arbeitsplatte der Kombüse gelehnt und trocknete eine Schüssel mit einem Tuch ab. Sie trug nun eine knielange Stoffhose mit einer beigen Bluse und hatte die

Stiefel gegen Pantoletten mit einem hohen Keilabsatz getauscht. Mit den hellen Sohlen würde sie auf der weißen Oberflächenbeschichtung des Decks weder Striemen noch andere Beschädigungen hinterlassen. Aber ich musste zugeben, sie sah attraktiv aus mit diesem Outfit.

„Kotzdonner, was an den Worten ‚Keine Benutzung der Kombüse zum Kochen.' haben sie nicht verstanden? Die Anweisungen waren eindeutig. Vor allem was die Verwendung von Bratfett betrifft."

Ich schaute auf die Dose Bami Goreng, deren Inhalt die dumme Nuss in aller Seelenruhe verdrückt hatte. Sie schaute mich mit einer Mischung aus Spott und Desinteresse an, ein Blick, der eine sehr eindeutige Botschaft enthielt: ‚Leck mich!'. Nur war ich für diese funkelnagelneue Yacht verantwortlich und diese Frau Haffner könnte mich in eine sehr unangenehme Lage bringen.

„Stellen sie sich nicht so an. Ich habe den ganzen Tag nichts gegessen, da habe ich mir eine Kleinigkeit gemacht. In einer Stunde ist nichts mehr zu riechen."

„Kleinigkeit? Welcher Idiot schleppt Dosennudeln im Gepäck mit rum. Müsliriegel und BiFi sind leichter und machen auch satt. Das war das allerletzte Mal, daß sie hier Essen zubereiten. Ist das klar?"

„Sie können mich mal kreuzweise, sie Käptn Iglo Verschnitt."

Sie verschwand in ihrer Kabine und ich hörte, wie sie den WC-Deckel hochklappte. Ich gab ihr eine Minute Zeit, ging zum neben der Treppe hängenden Hauptschaltkasten und schaltete den Strom ab und ließ den Metalldeckel ins Schloß einrasten. Nun brauchte sie den Hauptschlüssel zum Öffnen. Aus der Heckkabine kam ein unterdrückter Schrei und ein dumpfer Knall. Wie einst Luis de Funes in seinem Film Brust oder Keule begleitete ich den Lärm mit dirigierenden Handbewegungen und einem zufriedenen Lächeln, dann verschwand ich vom Boot. Bis zur Promenade war es nicht weit, denn ich wollte im Ort in Ruhe einen Happen essen. Der Rückweg wäre dann gleichzeitig ein angenehmer Spaziergang. Der Hafen wirkte wie die Anfangsszene aus dem Film ‚Der Greifer'. Die Häuser im 60er Jahre Stil, gemischt mit den älteren Gebäuden und der grellen Werbung, hatten etwas Faszinierendes an sich, und waren sogar gut gepflegt. Es herrschte reger Betrieb, ohne daß man sich bedrängt fühlte. In einem Restaurant bestellte ich Seezunge mit frittierten Garnelenkroketten, die ich mit drei Gläsern Duvel herunterspülte. Später spazierte ich noch durch die Straßen des Hafenbereichs, wo ich eine kleine Bar fand, in der ich noch zwei Tassen Kaffee trank. Ich flirtete dabei ein wenig mit der Bedienung, bis es Zeit wurde zum Boot zurückzugehen. Wenn es morgen pünktlich um acht wieder auf See gehen sollte, wollte ich nicht zu spät in die Koje. Für ein Glas Wein war sicherlich

70

noch Zeit, um den Tag ausklingen zu lassen also nahm ich noch eine kleine Flasche Rosé mit. Der Weg zurück zum Boot dauerte keine zehn Minuten. In aller Seelenruhe stieg ich wieder auf die Fleur, ging die Reling entlang, und stieg dann die drei Stufen zur Heckplattform hoch, wo mich Ruth bereits erwartete. Sie kochte vor Wut, das konnte ich ihr genau ansehen.

„Sie blödes Arschloch, warum haben sie mir den Strom abgedreht? Sie sind für das Boot verantwortlich und lassen mich alleine zurück. Sie spinnen doch."

„Tja, da sie die Kombüse zum Kochen genutzt haben obwohl der Eigner das nicht möchte, daß seine Kabine mit Essensgerüchen versaut wird, musste ich weitere Versuche dieser Art unterbinden, und sie haben sich dann nur sich selbst etwas zubereitet, anstatt mir auch etwas mit in die Pfanne zu hauen. Da musste ich im Ort essen gehen und als Schiffsführer muß ich eine Schiffswache einteilen, und den Strom habe ich aus Sicherheitsgründen abschalten müssen. Sie können doch mal für einen Augenblick ohne Strom auskommen."

„Drei Stunden? Sie sind so ein mieser Drecksack."

„Aber, aber, wie unhöflich. Etwas weniger Egoismus und mehr Team Player, dann klappt es auch mit dem Strom, Frau Haffner. Haben sie schon den Treibstoff für übermorgen bestellt? Oder sind sie damit überfordert?"

„Na warte, Mistkerl!"

Mit diesen Worten versuchte Frau Haffner, mir eine heftige Ohrfeige zu verpassen. Ich hatte mich lässig an die Reling angelehnt und sah den Schlag schon im Ansatz. Ich brauchte mich einfach nur wegdrehen und den Kopf wegstrecken, um dem Schlag ausweichen zu können. Die Frau war barfuß, was auf einem Bootsdeck schiefgehen kann. Durch den Schlag bekam sie Übergewicht nach vorne und da sie eine feuchte Stelle auf dem Deck erwischte, rutschte der Fuß weg. Mit dem Schwung segelte sie über die Reling und fiel drei Meter tief ins Hafenbecken. Ich schaute gleich hinterher, denn bei Bedarf mußte ich sie dann rausholen. Aber ich konnte sehen, daß sie an die Oberfläche kam, einen Schwall Wasser ausspuckte und in Richtung Heck schwamm. Über die Heckleiter stieg ich auf die schmale Plattform, die kurz über der Wasserlinie das Bootsheck achtern abschloss. Es war für Badeausflüge gedacht und man konnte dort bequem sitzen, um in Ruhe eine Zigarette zu rauchen. Ich öffnete den Drehverschluß, nahm einen Schluck Wein und hatte sogar noch die Zeit, mir eine Zigarette anzuzünden. Frau Haffner kam angepaddelt und sah aus wie ein nasser Pudel und mit Mühe zog sie sich auf die Plattform. Sie lehnte sich an den Aufbau, strich sich die nassen Haare aus dem Gesicht. Dann tastete sie die Brusttasche ihrer Bluse ab. Das Päckchen mit den Zigaretten war naß und frustriert warf sie es ins Wasser. Mit hängendem Kopf und angewinkelten Beinen saß sie mir gegenüber. Für einen kurzen Augenblick hatte ich Mitleid mit ihr. Ich zündete eine zweite Zigarette an, nahm einen Schluck aus der Flasche und stupste ihr Knie an, als ich mich zu ihr nach vorne beugte. Sie blickte zunächst nicht auf, erst als ich sie ein zweites Mal antippte, schaute sie zu mir hin. Ich hielt ihr die Flasche Rosé und die zwischen die Finger geklemmte Zigarette hin.

„Das Wasser im Hafenbecken hat einen mehr als fiesen Beigeschmack. Versuchen sie es mal hiermit."

Ruth schaute zunächst ungläubig, dann nahm sie beides entgegen und bedankte sich mit einem scheuen Lächeln. Ich konnte es im Lichtschein der Laterne sehen, die bei unserer Anlegestelle auf dem Steg angebracht war. Zusammen, ohne dabei ein Wort zu sprechen, tranken wir den Rosé aus und rauchten die Zigaretten zu Ende. Ruth fing in der durchnässten Kleidung an zu zittern und stieg die Leiter zum Deck hoch. Der Stoff der Caprihose klebt an ihrem Po und es sah verdammt gut aus. Und sollte sie Unterwäsche tragen, dann war es ein String aus Zahnseide. Ich folgte ihr und schaltete das Stromnetz wieder zu. Kurz darauf hörte ich die Dusche rauschen. Beim Tanken würde ich auch gleich den Wasservorrat wieder ergänzen. Bevor ich mich hinlegte, machte ich noch einen Rundgang übers Boot und sperrte die Außentür ab. Ruth blieb in ihrer Kabine, also legte ich mich in meine Koje, schaute noch eine Folge ‚Banshee', drehte mich in die Decke ein und mein letzter Gedanke vor dem Einschlafen galt dem ansprechenden, feuchten

Hinterteil von Frau Haffner. Sie hatte wirklich einen geilen Arsch.

*　　*　　*

Am nächsten Morgen waren die Verhältnisse wieder wie zuvor. Frau Haffner ignorierte mich, und wenn sie mich nicht ignorierte, dann war sie einfach nur unfreundlich. Sie hatte sich Kaffee gemacht, wobei für mich eine halbe Tasse abfiel. Nach dem Frühstück öffnete ich einige Bodenluken, um den Antriebsstrang genauer nach Leckagen zu prüfen. Im Schein meiner Taschenlampe konnte ich keinerlei Probleme erkennen, stutzte aber über einen beweglichen Schatten im Lichtschein. Bei einer genauerer Betrachtung war es ein Stück Klebeband, das sich im Luftzug bewegte. Also entfernte ich neugierig eine weitere Bodenplatte, um zu sehen warum es dort hing. Leider war es keine Schlampigkeit der Werft, sondern gehörte zur Befestigung einiger Päckchen, die in Folie verpackt waren. In meinem Magen fing es an zu Grummeln und ein eiskaltes Gefühl stieg in mir auf. Mit hoher Wahrscheinlichkeit waren es Drogen, vermutlich Heroin oder Kokain, möglicherweise auch Crystal Meth oder Ecstasy. Dieses Boot wurde für den Schmuggel benutzt. Aber wer hat es dort verstaut? Und wer war der Drahtzieher dieser Angelegenheit? Dr. Rosenberg schied für mich aus. Erstens war er integer und zweitens hatte er als Gesellschafter und Vorsitzender des Aufsichtsrats besseres zu tun, als sich diesem Risiko auszusetzen. Zudem war mir seit langem bekannt, daß er Drogen verabscheute, seit einer seiner Freunde an seiner Sucht verstorben war. Und er wusste aus Erfahrung, daß ein aufmerksamer Skipper sein Schiff umsichtig prüft, und da wäre dieses Versteck über kurz oder lang aufgefallen.

Also deckte ich die Schächte wieder zu und beschloss, mir während der Fahrt weiter Gedanken darüber zu machen.

Nach dem Ablegen prüfte ich Kompass sowie GPS und grübelte über die Situation nach. Auf jeden Fall bleibt diese Haffner außen vor. Nur, was war das Vernünftigste? Die Drogenpakete bei der ersten Gelegenheit im Meer zu versenken oder sie da zu belassen? Da es ein riesiges Problem sein könnte, wenn man einer professionellen Drogengang erklären muß, daß ihr Stoff futsch ist, sprach zunächst alles dafür, das Paket an seinem Platz zu lassen. Wenn uns allerdings der Zoll aufbrachte, dann steckte ich in der Klemme, denn daß ich von den Drogen nichts wusste, würde der Staatsanwalt nicht glauben. Ganz im Gegenteil, wenn sich die Strafverfolgungsbehörden wesentlich intensiver mit meiner Tätigkeit bei Aegis beschäftigen würde, dann wäre ich in richtigen Schwierigkeiten.

Kapitel 03 - Again On Board

Seit drei Stunden bewegten wir uns mit zehn Knoten vorwärts, bis ich die Drehzahl mit dem Gashebel herunterdrehte, um die Geschwindigkeit etwas zu reduzieren. Mit dem Handpeilkompass visierte ich jeweils die markanten Funktürme an der Küste an, um meine Position zu prüfen. Meine Berechnungen zur Navigation waren stimmig und ich beschloss, mir einen Kaffee zu machen und in Ruhe eine Zigarette zu rauchen. Dann fiel mir auf, daß ich die Frau schon eine ganze Weile nicht mehr gesehen hatte. Sie war weder auf den vorderen Aufbauten zu sehen, noch auf der Heckplattform. Bevor ich in der Kabine nachschaute, riskierte ich einen Blick auf das Dach des Steuerstands. Das Dach war so gebaut, daß es neben den Halterungen für das Toplicht, Funkantenne, Radarsender und GPS Empfänger auch für ein bis zwei Personen als Sonnendeck dienen konnte. Also kletterte ich die Leiter rauf, wo ich sie auch tatsächlich fand. Sie lag, schlafend und splitterfasernackt, auf der Plattform, die Beine gespreizt. So konnte ich ihre rasierte und gepiercte Muschi sehen. Ich stieg noch drei Sprossen weiter hoch, um sie im Ganzen betrachten zu können. Mir gefiel ihr weiblicher Körper, der nicht makellos war, aber ihre Beine waren wohlgeformt, der Busen war klein und hübsch geformt und die Proportionen stimmten einfach. In einem Zeitungsartikel, den ich vor vielen Jahren mal gelesen hatte, war von einem neuen Typ Frau die Rede. Der Typ wurde damals ‚la femme charnelle' genannt, die fleischige Frau. Also eine Frau mit weiblichen Rundungen

76

und mehr Fettpölsterchen als den schwindsüchtigen Models aus den 80er Jahren erlaubt waren. Mit einem Bedauern wurde mir wieder bewusst, daß ich bei dieser Frau niemals zum Zuge kommen würde. Frau Haffner war zu arrogant und definitiv zu unfreundlich, um sie näher kennenzulernen. Aber ich hatte jetzt zwei Möglichkeiten. Entweder ich stieg wieder leise runter und ließ ihr ihre Würde. Oder ich machte mir einen Jux und gab ihr einen mit. Da mir die zweite Option wesentlich besser zusagte, zündete ich mir mit meinem Sturmfeuerzeug eine Kippe an. Es machte beim Öffnen des Deckels ein sehr markantes Geräusch, welches sie aus dem Schlaf weckte. Sie öffnete die Augen und für einen Augenblick sah ich einen überraschten Gesichtsausdruck, der sich in eine Mischung aus Enttäuschung und Peinlichkeit verwandelte. Frau Haffner richtete sich auf, während sie dabei gleichzeitig einen Arm über ihren Busen legte. Dann zog sie ihren Kimono ran, um ihre Nacktheit zu bedecken. Ich setzte ein freundliches Lächeln auf.

„Möchten sie auch einen Kaffee?"

Sie schaute mich nun mit einem verletzten und traurigen Blick an, der gleichzeitig die stumme Frage beinhaltete, ob diese Situation wirklich nötig war und sie eine solche Behandlung verdient hatte. Nachdem ich zwei Sprossen hinabgestiegen war, schaute ich noch einmal zu ihr hin. Ihre Beine hatte sie inzwischen angezogen und aneinandergepresst.

„Ich mache ihnen eine Tasse mit. Übrigens, mir gefällt ihr Piercing."

Unten nahm ich noch einen Zug, dann schnippte ich die Zigarette ins Meer, als ich mit einem breiten Grinsen unter Deck ging. Während der Wasserkocher vor sich blubberte, bereitete ich das Kaffeepulver für die French Press vor und füllte dann das kochende Wasser auf. Der Duft breitete sich im Innenraum aus und ich wärmte zwei Tassen vor. Am Knarzen der Leiter hörte ich, daß Frau Haffner von dem Topdeck runter kam. Sie folgte mir in den Salon und nahm stumm die frisch gefüllte Tasse entgegen. Ihr Blick sprach Bände und ich fragte mich, ob ich etwas zu weit gegangen war.

„War das wirklich notwendig? Haben sie sich genug aufgegeilt?"

„Tja, wie man in den Wald hineinruft, so schallt es auch entsprechend raus. Karma is a bitch."

„Ihr von der Sicherheit seit wirklich ein armseliger Haufen. Alleine euer Abteilungsspitzname - Monkey Business Crew. Herr Ritterberg hat ihnen diesen Namen gegeben, um sie alle verächtlich zu machen und sie, Herr Lüders, übernehmen ihn einfach. Merken sie nicht, daß dieser Mann rein gar nichts von ihnen und den Rest der Sicherheit hält. Er wollte sie damit demütigen."

„Nun, der Personalvorstand ist Geschichte, daß wissen wir beide. Er darf im Hauptquartier noch seinen Müll

78

aufräumen und das ist mehr als nur eine Demütigung für ihn. Es ist eine öffentliche Demontage, die er sich redlich verdient hat. Und warum kümmert sich ein Vorstand um so einen Kleinkram wie die Sicherheit, während er für über 35.000 Mitarbeiter weltweit zuständig war. Er hatte schlich viel zuviel Zeit für sein Micromanagement. Mit euch Pinneberger hat keiner großartig Mitleid. Alleine seine Versuche, uns durch einen Dienstleister zu ersetzten - das Rechnungswesen hat nachgerechnet, daß die jährliche Einsparungen so an die 7.000€ gebracht hätte, bei wesentlich schlechteren Leistungen. Aber die Arbeitsstunden und die zwei Beraterfirmen kosteten 30.000€. Allein diese Rechnung... vier Jahre ohne uns, um sich zu amortisieren. Aber jetzt heißt es: ‚Not Our Circus And Not Our Monkeys And You Are Loosing The Clown.' Und was meine Spitznamen betrifft, das sollten sie besser mal meine Sorge sein lassen."

Frau Haffner wirkte weniger beeindruckt als ich dachte, obwohl, es könnte auch sein, daß sie nicht zu seinen Fans gehörte und lediglich für ihn gearbeitet hatte. Sie nahm einen Schluck Kaffee und schaute mich mit schmalen Augen über die Tasse hinweg an.

„Wie pathetisch und kitschig. Ich ziehe mich jetzt für den Landgang um. Wenn wir später im Hafen angekommen sind, werde ich essen gehen. Alleine!"

Sie stellte die Tasse in die Spüle, dann schob sie sich an mir vorbei und ging in ihre Kajüte. Ich schenkte mir noch eine zweite Tasse ein, dann ging ich wieder zum Steuerstand, prüfte ein weiteres Mal die Position und den Kurs und beschleunigte auf die Reisegeschwindigkeit von zehn Knoten. Es war kurz vor fünf, als wir in Visserhaven, die Hafenanlage von Scheveningen einliefen. Nach dem Anlegen prüfte ich wieder die Antriebswelle und den Motor, aber es war alles in Ordnung. Also machte ich mich fertig für den Landgang, denn das Abendessen lockte. Ich zog mir einen dünnen Pullover über und nahm meine Jeansjacke mit. Ruth war schon los - sie wollte tatsächliche ohne mich essen - also sperrte ich alles ab und machte mich auf den Weg. Erst jetzt fiel mir auf, daß sie zum ersten Mal einen seemännischen Begriff benutzt hatte - Landgang. Nicht das diese Frau noch Interesse an der christlichen Seefahrt fand. Was das Paket mit dem Pulver betraf - ich hatte die Hoffnung, daß die Schmuggler ihr Drogenpaket holen wollten. Immerhin haben wir eine Landesgrenze überschritten. Nach fünfzehn Minuten hatte ich ein kleines Restaurant gefunden, wo ein sehr gutes Zanderfilet serviert wurde. Da ich anschließend noch einen Kaffee trinken wollte, wanderte ich noch die Uferpromenade entlang. In der Menge sah ich Ruth, die vor mir durch die Einkaufsstraße ging. Ich erkannte ihren roten Pulli und die weiße Jeans. Sie bog in eine der Seitenstraßen ab und ich folgte ihr, einer Eingebung nachgebend. Nach einigen Metern blieb sie vor einer Boutique stehen und schaute sich die hübschen Kleider im Schaufenster an. Vermutlich erkannte Ruth mich dabei im Spiegelbild und dreht sich mit angesäuerter Miene um. Ich machte einige Schritte auf sie zu.

„Wir sollten uns nicht mehr in der Öffentlichkeit treffen, ihr Mann schöpft schon Verdacht."

Ein hochgezogener Mundwinkel war die einzige Reaktion auf meinen Scherz. Ohne mich weiter zu beachten ging sie die Straße weiter runter. Ein junger Bursche schob sich eilig an mir vorbei und als er Ruth fast erreicht hatte, riss er ihr die Handtasche von der Schulter und rannte dann wie von Sinnen los. Ich rannte ihm sofort hinterher und bog in die Nebenstraße ab, näherte mich ihm an, als dieser wieder abbog, diesmal in eine Hofeinfahrt. Im Hof selber musste ich abrupt abbremsen, denn ich stand drei mehr als zwielichtigen Gestalten gegenüber, zu denen sich der Handtaschendieb gesellte. Alle vier schauten mich grimmig an und einer der Typen näherte sich mir von rechts. Er hatte eine Glock im Bund der Hose stecke, während ich hörte, wie sich laufende Schritte von hinten näherten. Ein Blick über die Schulter reichte mir aus, denn ich sah Ruth Haffner, die links von mir stehen blieb. Der Mann, der direkt vor mir in der Mitte des Hofs stand, musste der Boss sein, denn er mache einige dirigierende Handbewegungen und griff dabei unter seinen Jacke. Mein Instinkt übernahm das Kommando. Der Mann von der rechten Flanke war nah genug an mich herangekommen, um ihm mit dem Handrücken einen Schlag ins Gesicht zu versetzen, das mir damit die Möglichkeit gab, die Glock aus seinem Hosenbund zu ziehen. Ich brachte die 9 mm Pistole gleichzeitig mit dem Gangsterboss, der nun ebenfalls einen Revolver in der Hand hielt, hoch in den Anschlag. Wir zielten aufeinander, während seine Männer ihre Waffen auf mich richteten. Es war eine unangenehme Variante des Mexican Standoff. Mir wurde schnell klar, daß ich in einem vermüllten Hinterhof zusammen mit einem obskuren Gangster sterben könnte, nur weil ein Amateur den Abzugsfinger nicht unter Kontrolle hatte. Ich fand es ärgerlich für einen ehemaligen Söldner, der im Nahen Osten mehrere Jahre ohne nennenswerte Kratzer verbracht hatte und dabei einige Gefechte erlebt hatte. Wie lauteten Murphys Gesetze des Krieges: Profis sind berechenbar, gefährlich sind die Amateure. Der Boss blickte mich an, eher nervös als ängstlich, denn mein ausdrucksloses Gesicht bedeutete ihm, daß ich nicht so einfach aufgeben würde. Seine Leute dagegen hatten, trotz ihrer Bewaffnung, die Hosen gestrichen voll. Bevor die ganze Situation entgleiten konnte, erlebte ich mein blaues Wunder. Ruth, die links von mir zum Stehen gekommen war, ging zu einem Tisch und nahm eine Gitarre auf, die zuvor dort abgelegt wurde. Scheinbar ungerührt lehnte sie sich sich an die Tischkante und fing zu spielen an. Es war das Lied „Hotel California" von den Eagles, allerdings klang es mehr wie die Variante der Gipsy Kings. Ruth konnte nicht nur mit der Gitarre umgehen, mit ihrer leicht rauen Stimme lieferte sie gleichzeitig die passende Gesangseinlage. Wir schauten sie alle völlig entgeistert an. Für einen Moment lauschten wir alle gebannt dem Klang,

82

dann sah ich wie dem Boss die Augen feucht wurden. Ich hatte eine vage Vermutung und sprach ihn auf Englisch an.

„Jemand aus deiner Familie, an den du denken musst?"

Er starrte mich an, dann nickte er. Sein Englisch hatte einen Akzent, den ich nicht einordnen konnte.

„Ich musste an meinen toten Bruder denken. Was wollt ihr hier?"

„Wir wollen nur die Handtasche der Lady zurück. Dann sind wir weg. Und wir haben gar nichts gesehen. OK?"

Er nickte wieder und steckte sein Pistole wieder in die Jacke zurück, worauf seine Leute ebenfalls ihre Waffen zurückpackten. Ich senkte die Glock, holte ein Taschentuch und wischte den Griff ab, denn reichte ich dem Boss die Waffe. Seine Antwort war ein Handzeichen, woraufhin der Dieb die Handtasche an Ruth zurückgab, die inzwischen mit dem Spielen aufgehört und die Gitarre zurück auf den Tisch gelegt hatte. Sie schaute rein und es musste alles da sein, denn sie bewegte sich zum Durchgang. Ich folgte ihr, nachdem ich mich mit einem Winken verabschiedet hatte. Zurück auf der Gasse gingen wir eilig zum belebten Hauptweg, ohne daß wir verfolgt wurden. In der Menge blieb Ruth stehen. Hektisch wühlte sie in ihrer Handtasche, bis sie ihre Zigaretten gefunden hatte. Ihre Hand zitterte, als sie vergeblich versuchte den Glimmstengel anzuzünden. Also holte ich mein Zippo aus der Tasche und gab ihr Feuer. Mit nervösen und zittrigen Gesten rauchte sie, während sie sich immer wieder umschaute.

„Frau Haffner, ich denke, wir sind in Sicherheit. Sie haben uns mit dieser Aktion den Arsch gerettet. Ich habe zwar keine Ahnung, wie sie auf diese ungewöhnliche Idee gekommen sind, aber es hat funktioniert. Da vorne ist eine Bar, dort trinken wir einen Kurzen auf den Schreck."

„Wenn ich ehrlich bin, dann weiß ich selber nicht, wie ich auf diese Idee gekommen bin. Es war wohl eine spontane Eingebung, der ich gefolgt bin. Das Lied kann ich seit dem Gitarrenunterricht bis heute auswendig spielen und die Interpretation der Gypsy Kings hat mir immer gut gefallen."

Ruth brauchte drei Tequila, bis sich ihre Nerven wieder beruhigt hatten und wir zusammen zurück zum Boot wanderten. Am Horizont zeigten sich dunkle, schwarze Wolken. Der Wetterdienst hatte einen Sturm vorausgesagt, der unter Umständen über vierundzwanzig Stunden dauern würde. Ich merkte gleich, wie der Wind stärker wehte. Je länger wir unterwegs waren, umso stiller wurde Ruth, bis sie fast abweisend wirkte. Für einen Augenblick war diese Frau sympathisch, aber dieser Augenblick endete anscheinend vor der Yacht auf dem Bootssteg. Ohne ein weiteres Wort zu sagen, ging Ruth in ihre Kajüte. Um mich abzulenken, prüfte ich die Leinen und Knoten, um anschließend Luken, Fender sowie

84

Ordnung auf dem Boot zu kontrollieren. Die Drogen waren leider auch noch an ihrem Platz. Dann verzog ich mich in meine Kajüte, schaute auf dem Laptop noch einen ‚Carry On' Film, bevor ich endlich Ruhe fand.

Kapitel 04 - Night On Board

Das Knarzen der Vorspring, die an der Reling scheuerte, weckte mich mitten in der Nacht auf. Der Wind pfiff um die Aufbauten und durch den Wellenschlag bewegte sich die Yacht stärker als sonst auf und ab. Ein Blitz erhellte für einen Sekundenbruchteil die Kabine, worauf danach das Donnergrollen zu hören war. Ich stand auf, denn wenn ich schon mal wach war, dann konnte ich auch einen Schluck Wasser trinken. Ein Blick aus dem Seitenfenster bestätigte meine Vermutung, daß alles in bester Ordnung war, denn die auflandigen Sturmböen drückten das Boot wie vermutet vom Steg weg. Also nichts, worüber man sich Sorgen machen müsste. Ein Schniefen aber war nun das Letzte, mit dem ich gerade gerechnet hatte. Meinen Rücken lief ein Schauer runter und schneller als ich wollte, drehte ich mich in Richtung der Quelle um. Es war Ruth, die im Halbdunkel der Notbeleuchtung schräg gegenüber auf der Bank, wie ein Häufchen Elend zusammengekauert, saß. Mit dem Schlafshirt und einem Teddy im Arm wirkte die fast fünfzigjährige Frau für mich wie ein verängstigtes Mädchen. Wieder zuckte ein Blitz und ich ahnte, was mit ihr los war. Ruth hatte Angst vor Gewittern. Obwohl wir uns bis zu diesem Augenblick die ganze Zeit nur gesiezt hatten, sprach ich sie instinktiv mit ihrem Vornamen an.

„Ruth, alles in Ordnung? Ist es der Sturm? Oder das Gewitter?"

Sie nickte bloß mit dem Kopf. Eine meiner Ex-Freundinnen hatte auch Angst vor Gewittern, was sie sich selber nie so richtig erklären konnte, denn meine Ex war die Rationalität in Person. Und doch verängstigte sie dieses Wetterphänomen so sehr, daß sie sich damals bei jedem Grollen am Himmel unter der Bettdecke verkroch. Ruth hob den Blick an und schaute mich mit großen Augen an.

„Na komm, ich bring dich wieder ins Bett. Deine Kabine ist gut gedämmt, da hörst du den Donner nicht so sehr."

Seit der ersten Begegnung hat mir diese Frau mit diesen unglaublich reizvollen Beinen gefallen, aber ihre arrogante und durchtriebene Art stieß mich ab. Ihre Reaktion bei dem Standoff dagegen war richtig beeindruckend und ich sah sie mit etwas anderen Augen. Sie konnte richtig taff sein. Aber jetzt wirkte sie in ihrer Verletzlichkeit schlicht zauberhaft. Sie hatte die Beine seitlich angezogen auf die Bank gelegt, und wieder trug sie diese hohen Pantoletten mit dem Keilabsatz. Alles zusammen wirkte sehr erotisch, aber nicht aufgesetzt. Ruth stand auf und folgte mir zur Heckkabine. Dort schlüpfte sie unter ihre Bettdecke, wobei sie weit bis an die Wand herüberrutschte. Dabei murmelte sie etwas, das wie,Kannstdueinenaugenblickhierbleiben?' klang. Der ganze Raum roch nach ihr, aber auf eine angenehme Art. Es war ein Hauch Parfüm, die Pfefferminze der Zahncreme und ihr persönlicher Hautgeruch, der nicht zu erfassen, aber trotzdem auf angenehme Weise präsent war. Unter der Decke war es immer noch warm. Sie tastete nach mir und fand meine Hand. Ihre Finger waren eiskalt und ich spürte ein Zittern. Ohne weiter etwas zu sagen, rutschte Ruth nah an mich ran. Ich versuchte, mein Becken so weit von ihrem Po fernzuhalten, damit sie meinen Ständer nicht mitbekam. Aber das war ein vergeblicher Versuch. Ihr Po lag ganz nah dran und die Erektion mußte sie einfach spüren. Ihr ganzer Körper fühlte sich kühl an. Als ich dann meinen Arm um ihren Körper legte, presste sie sich noch näher an mich ran. Nach ein paar Minuten hörte ich ihren ruhigen Atem. Ruth war endlich eingeschlafen und jetzt wäre wohl der richtige Zeitpunkt zu gehen. Wobei - es fühlte sich zu gut an, das Bett mit dieser Frau aneinander geschmiegt zu teilen, und schlicht neben ihr einzuschlafen, anstatt einfach zu gehen. Um bei der Wahrheit zu bleiben, es fühlte sich richtig an.

And now for something completely different.

Ruth hatte schon immer Angst vor Gewittern gehabt, auch wenn es für sie keinen rationalen Grund gab. Wetterkunde und die Grundsätze der Physik waren ihr bekannt, aber seit sie mit sechs Jahren alleine in ein Gewitter geraten war, hatte sie einen Knacks weg. Sie hatte sich unter einer Bank versteckt, als ein Blitz in der Nähe einschlug. Dazu das laute, ständige Rumpeln sowie das Stürmen und Tosen des Windes, der sie verängstigte. Irgendwann hatte ihr Vater sie gefunden und zurück ins Haus gebracht. Seit der Zeit kehrte diese Angst immer

*wieder zurück, sobald es am dunklen Himmel grollte. All
die Jahre war sie dann immer zu ihrem Papi gelaufen,
wenn ein Donnergrollen zu hören war, und hatte bei ihm
jedesmal Schutz und Trost gefunden. Sein früher Tod, als
sie 16 Jahre alt war, hatte ihr dann das Herz
herausgerissen. Ihr Beschützer und wichtigste
Bezugsperson fehlte ihr bis heute. Später hatte sie
versucht, den Trost bei den Männern in ihren Beziehungen
oder den Gspusi zu finden. Aber immer hatten diese
Männer sie ausgelacht oder bemerkt, sie soll sich nicht so
anstellen. Seitdem hatte sie sich bei Gewittern alleine zu
Hause verkrochen, bis das Unwetter vorbei war.
Ansonsten war sie immer die selbstbewusste Frau, die
sich nicht einschüchtern ließ und ihren Weg ging. Aber auf
dem Schiff bei diesem Sturm, das war etwas völlig
anderes. Und dann musste sie mit diesem mehr als
zwielichtigen Menschen arbeiten. Ruth hatte einige Tage
vor der Fahrt einen Blick in seine Personalakte geworfen.
Acht Jahre hatte er für eine Firma namens Aegis Defence
Services Ltd. gearbeitet. Daraufhin hatte sie ein wenig
recherchiert. Aegis war ein sogenannter Privat Military
Contractor - eine Firma, die weltweit Söldner vermittelt.
Einzelheiten hat sie zunächst nicht erfahren, aber eine der
Sekretärinnen wusste mehr. Arne war wohl einige Jahre
im Nahen Osten unterwegs gewesen, also in der Gegend,
wo es sehr unruhig zuging. Es war einerseits etwas
beängstigend, einen Menschen neben sich liegen zu
haben, der unter Umständen schon Menschen ins Jenseits
befördert hatte. Aber trotzdem fühlte sie sich bei ihm*

sicher und hatte dieses beruhigende Gefühl, wenn er in ihrer Nähe war. Zu keinem Zeitpunkt hatte sie das Gefühl, daß er ihr etwas antun könnte. Sein Humor war zwar sarkastisch, aber gleichzeitig war die pragmatische Handlungsweise professionell. Er strahlte die gleiche schnodderige Loyalität aus, die schon John McClane ausgezeichnet hatte.

Als das Unwetter begann und das Boot immer mehr im Wellengang auf und ab schaukelte, blieb sie noch ruhig und gelassen. Als aber dann das Donnergrollen loslegte, war es schlagartig mit der entspannten Ruhe vorbei. Nach einer Weile fühlte sie sich in der Kabine eingesperrt und sie setzte sich auf die gepolsterte Bank gegenüber der Kombüse, in den großen Salon. Hier konnte sie freier atmen, aber bei jedem Blitz zuckte sie zusammen und drückte ihren Teddybären, den sie seit ihrer Kindheit hatte, an sich. Er war ein Geschenk von ihrem Papi und eine Erinnerung an ihn. Jeder ihrer Partner hatte sie wegen dem Bären ausgelacht oder belächelt, aber Arne hatte kein Wort darüber verloren. Innerlich hoffte sie, daß er wach wurde und zu ihr kam. Seine Gesellschaft würde hoffentlich beruhigend wirken, auch wenn sie sich sicher war, daß er sie genauso auslachen würde wie all die Anderen. Aber sie war froh, daß er stattdessen einfach nur lieb zu ihr war und sie nun im Arm hielt. Die Angst war nicht verschwunden, dafür fühlte sie sich getröstet und sie empfand nun eine Zuneigung zu ihm, die tiefer ging, als sie es bei ihren letzten Beziehungen in Erinnerung hatte. Die Geste mit der Zigarette hatte in ihr einen Funken

entzündet und nun brannte ein Feuer, daß sich
unkontrolliert ausbreiten konnte. Die Situation, als er sie
nackt beim Sonnenbaden überrascht hatte, war für sie
peinlich, war aber auch erregend und sie hatte ein sehr
angenehmes Kribbeln gefühlt. Sein Blick hatte dabei
etwas bewunderndes gehabt und er hatte die restliche
Zeit keine anzüglichen Bemerkungen mehr gemacht.

*   *   *

Der Sturm ließ, wie vorhergesagt, am Morgen etwas nach, als die kühle Dämmerung mich weckte. Ruth lag immer noch tief schlafend in meinen Armen. Allein damit sie meine Morgenlatte nicht mitbekam, versuchte ich mich davonzustehlen, aber sie war schon wach, denn sie hielt mich mit einem sanften Griff fest.

„Vielen Dank, es war lieb von dir, daß du mich wegen meinem Teddy nicht ausgelacht hast."

„Ein Teddy ist nicht ungewöhnlich und manchmal braucht man etwas, woran man sich festhalten muß. Ich hab meinen auch noch, aber er hat seinen Platz auf dem Nachttisch. Manchmal schnarcht er sogar."

„Hör auf mich zu verarschen."

„Nein ich will dich nicht verarschen, aber manchmal schläft die Katze von meinen Nachbarn bei mir und Milky schnarcht tatsächlich. Aber ich mag deinen Teddy."

„Übrigens, du hast fast die ganze Nacht über einen Steifen gehabt. Ich bin zwei oder dreimal kurz wach gewesen und jedesmal konnte ich ihn deutlich spüren."

„Sorry, betrachte es als Kollateralschaden."

„Ich hatte eher gehofft, daß es als Kompliment gemeint war."

Sie drehte sich um und blickt mich an, als wenn sie versuchen wollte, meine Gedanken zu lesen.

„Nun, er reagiert auf schöne Frauen, aber wenn ich ehrlich bin, für mich bist du immer noch ein Miststück, daß nur auf seinen eigenen Vorteil bedacht ist."

„Ich kann es dir nicht einmal übelnehmen, aber ich bin nicht diese Art von Frau. Wenn du mir etwas Zeit gibst, dann wirst du merken, daß ich anders bin. Was hältst du von folgendem Vorschlag? Wer zuletzt mit der Morgentoilette fertig ist, der macht das Frühstück. Einverstanden?"

Ich putzte mir die Zähne, versuchte mich mit dem dünnen Wasserstrom frisch zu machen und rasierte mich. Das Polohemd musste heute noch ein weiteres Mal herhalten. Ich habe wahrlich nicht getrödelt, aber als ich auf die Kombüse schaute, war ich völlig baff. Ruth hatte sich in der gleichen Zeit geschminkt, die Haare lagen perfekt und mit dem blauen Pulli, der weißen Cargohose und den Pantoletten sah sie einfach zum Anbeißen aus. Der Pulli hatte einen weiten Ausschnitt und unter dem Pulli trug sie eine weiße Bluse die offen stand, und so ein Stück vom Hals zeigte. Ruth wirkte fraulich, elegant und hatte trotzdem etwas von dem netten Mädchen von nebenan. Und sie hatte in der kurzen Zeit schon den Kaffee aufgesetzt, den Toaster bestückt, den Tisch gedeckt und legte gerade Aufschnitt sowie Käse auf einen Teller. Auf dem kleinen Tisch in der Nische stand sogar ein Krug mit Orangensaft. Ich muß wohl richtig dumm aus der Wäsche geschaut haben, denn Ruth grinste mich amüsiert an.

„Ich habe nach der Schule eine Ausbildung zur Flugbegleiterin gemacht und in diesem Job muß man gut improvisieren können. Da lernt man auch, sich innerhalb von fünf Minuten perfekt zurecht zu machen."

Sie wirbelte einen Kochlöffel, den sie in der Hand hielt, elegant mit den Fingern herum, ähnlich wie es Schlagzeuger von Rockbands oft tun. Ich hatte also die weibliche Ausführung von Keith Moon, Charlie Watts und Ringo Starr als Reisebegleitung. Ruth lächelte stolz über ihr kulinarisches Kunstwerk, dann legt sie den Kochlöffel in die Spüle und nahm am Tisch Platz. Also gesellte ich mich zu ihr an den Tisch und stellte die gläserne Kaffeekanne auf einen Korkuntersetzer.

„Ich bin in deinen Augen immer noch ein unmögliches Frauenzimmer und Miststück, stimmts?"

„Stimmt, du bist ein Miststück. Aber wer benutzt noch die Bezeichnung unmögliches Frauenzimmer? Warst du das Burgfräulein auf Lummerland, bei Alfons dem Viertel-vor-Zwölften, oder doch Ehrenmeerjungfrau auf der Santa Maria?"

Ruth schaute mich mit großen Augen enttäuscht an. Sie wollte Frieden schließen, hatte einen genialen Kaffee gemacht und ich konnte den Blick nicht von ihr abwenden. Trotzdem hatte ich nichts Besseres zu tun, als mich über sie lustig zu machen. Ich nahm noch einen Schluck von ihrem Kaffee, blickte aus dem Fenster raus, wo ich gut sehen konnte, daß der Sturm wieder stärker wurde und schaute ihr dann direkt in die Augen.

„Du warst am Anfang echt anstrengend und ich hatte öfters mal den Wunsch gehabt, dich über die Reling zu schubsen. Aber ich bin sehr stolz auf dich, denn diese Geschichte mit der Bande hast du souverän gelöst. Und ich habe mit Frauen das Kopfkissen geteilt, die nur halb so hübsch waren wie du.

„Das hört sich für mich an, als ob du mit Cruella De Vil oder Ricarda Lang ins Bett gehst. Aber wenn ich ehrlich bin, ich finde nicht, daß ich sonderlich hübsch bin."

„Das mit dieser Lang war ein regelwidriger Tiefschlag. Brrrrrr, alleine der Gedanken mit dieser ... darf man sowas als Frau bezeichnen, ohne die Frauen im Allgemeinen zu beleidigen? Aber wenn ich ... du bist ... du bist hübsch und das Miststück nehme ich zurück."

Ruth legte ihre Hand auf meine Hand.

94

„Ich kann dich verstehen. Aber ich habe Gründe für mein Verhalten. Nur, um es dir zu erklären, brauche ich etwas Zeit."

„Da wir heute erst gegen Mittag auslaufen können, hätten wir genug Zeit. Ich mache noch eine weitere Kanne Kaffee."

Wir stellten uns oben an die Heckreling. Der Wind war abgeflaut und ich zündete eine Zigarette an, die ich Ruth sanft zwischen die Lippen schob. Während ich die zweite Zigarette für mich selber anzündete, ruhte mein Blick auf ihrem Gesicht. Zum ersten Mal fielen mir die grünen Augen auf, die einen Stich ins Graue hatten, aber den Ausdruck konnte ich nicht deuten.

„Nun, ich habe nach der Schule meine Ausbildung zur Flugbegleiterin gemacht. Nach einem Jahr durfte ich die Europa Flüge mitmachen und dort lernte ich einen der Piloten näher kennen und wir wurden ein Paar. Obwohl, ich war seine Geliebte neben seiner Ehefrau und ein Jahr später war ich schwanger, und diese Affaire hat mich den Job als Stewardess gekostet. Allerdings konnte ich im technischen Support weiterarbeiten und in der Abendschule machte ich nach der Arbeit eine Ausbildung zur Industriekauffrau. Harald war zum Glück so anständig und hat mich und meine Tochter finanziell unterstützt. Später habe ich mich auf das Fachgebiet Personalwesen spezialisiert, was mich vor 10 Jahren dann nach Pinneberg geführt hat. Wobei, wenn ich gewusst hätte, das dort nur Frauen arbeiten, dann wäre ich in meinem alten Job geblieben. In diesem Hühnerstall werden sehr viele Intrigen gesponnen und der Begriff Stutenbissig wurde quasi hier erfunden. Und wenn man das viele Jahre mitmacht, dann betrachtet man seine Kollegen automatisch als Feind. Aber das Gehalt und die Sozialleistungen sind gut. Und nun kann ich mit 100-prozentiger Wahrscheinlichkeit damit rechnen, daß ich aus der Firma rausfliege. In der Personalabteilung werden viele Stellen gestrichen und ich war die zweite Sekretärin vom Vorstand, also ich zwangsläufig zu denen, die auf der schwarzen Liste stehen, obwohl ich nur die blöde Tippse war, die die unwichtigen und lästigen Aufgaben erledigen durfte."

„Ich würde mal nicht so schwarz sehen. Alleine in Heimfeld und am Hafen sind die Personalabteilungen unterbesetzt. Und wer im Bereich der oberen Führungsebene tätig war, wird nicht einfach rausgeworfen. Du hast dich bereits bewährt und das wissen die Chefs. Die wollen gute Assistentinnen, die den Laden kennen. Dort wo wirklich gearbeitet wird, da werden auch Personaler gebraucht."

„Aber nun möchte ich einiges über dich wissen. Vor allem von deiner Zeit vor TCI. Was hast du bei Aegis für Aufgaben gehabt?"

„Nun, ich kann dir einige Dinge erzählen, aber es gibt vieles, worüber ich niemals sprechen darf."

96

„Eigentlich will ich nur wissen, ob du unschuldige Menschen getötet oder schlimme Dinge getan hast. Mir ist auch klar, daß du mich anlügen kannst, aber ich frage dich trotzdem."

Ich schaute Ruth in die Augen, die plötzlich einen sorgenvollen Ausdruck angenommen hatten. Ich nahm ihr Hände und gab ihr die Antwort.

„Es ist nur fair, wenn du wissen willst, ob ich ein Monster war oder sogar noch bin. Aber ich kann dich soweit beruhigen. Im Einsatz geschehen oft böse Dinge, aber ich habe in all den Jahren nie einen Menschen ohne einen Grund getötet. Wir haben in der Regel Transportaufgaben erledigt, die aber zum Teil durch unruhigen Gegenden führten. Es gab öfters Hinterhalte und Angriffe auf unsere Konvois oder die Logistikzentren. Dabei gab es immer wieder Feuergefechte mit den Angreifern und bei einigen bin ich mir sicher, daß ich sie umgelegt hatte. Aber ich habe nie auf unbewaffnete Personen oder nur zum Vergnügen geschossen. Das kann ich dir versichern."

„Das reicht mir für den Anfang. Ich glaube dir. Aber kann es sein, daß es aufklart? Der Wind und der Regen lassen nach."

Ich nickt zustimmend, dann rief ich über mein Telefon die aktuellen Wetterdaten ab. Und ich beschloss, umgehend mit dem Auslaufen zu beginnen. Ruth wollte mich dabei unterstützen, also gab ich ihr einige Aufgaben, wie das

Einholen der Fender und das Zusammenlegen der Leinen. Kurz danach legten wir ab und Ruth setzte sich auf die Bank neben dem Steuer. Sie war jetzt neugierig und wissbegierig, denn sie fragte mich alles mögliche über das Boot und auf meinen Vorschlag hin setzte Ruth sich ans Ruder und versuchte den vom Kompass angezeigten Kurs zu halten. Die nächsten Stunden wechselten wir uns am Steuer ab. Ruth machte zwischendurch einen Kaffee für uns und erzählte mir mehr von ihrem Leben. Ihr ganzer Stolz war ihre Tochter, die nach einem Studiengang im Ingenieurswesen in der Entwicklungsabteilung der NASA in Houston arbeitete. Andererseits tat es ihr weh, daß ihre Kleine so weit weg war, aber die regelmäßigen Telefonate halfen ein wenig über die lange Trennung hinweg. Ich dagegen erzählte ihr von meiner Zeit bei Aegis, wobei ich ihr mehr erzählte, als ich eigentlich durfte, obwohl ich keine wichtigen oder relevanten Punkte erwähnte.

„Nun, und bei dem Konvoi war ich der Trunk Monkey."

„Das ist ein merkwürdiger Posten."

„Der Trunk Monkey ist derjenige, der den Konvoi nach hinten absichert. In der Regel sitzt er im letzten Fahrzeug und beobachtet alles was hinter dem Konvoi liegt. Er hockt quasi im Kofferraum. Daher der Spitzname. Ich hatte es etwas bequemer, den wir hatten gepanzerte Oskosh JLTV dabei, das sind gepanzerte Transportfahrzeuge mit einen drehbaren Waffenturm.

Aber bei der Tour gab es keinen Überfall und so wurde man auf diesen Schotterpisten einfach nur durchgeschüttelt."

„Also ein Trunk Monkey, geschüttelt, nicht gerührt. Wobei, jetzt bekommt euer Spitzname ‚Monkey Business Crew' eine ganz neue Bedeutung."

Es war halb sieben, als wir den Zielhafen auf der Insel Texel erreichten. Das Anlegen war einfach , da Ruth mir beim Festmachen half. Diese Frau war geschickt und lernte schnell. Es machte ihr richtig Freude, mir zu helfen.

Kapitel 05 - Problems On Board

Ruth half mir bei den Kontrollen, dann zog sie sich in ihre Kajüte zurück, um sich frisch zu machen. Eine halbe Stunde später hatte sie sich hübsch zurecht gemacht, mit einer engen Jeans und der schilffarbenen Bluse, in der ich sie kennengelernt hatte. Ich stand an der Seitenreling und dreht mich um, als das Missgeschick geschah. Ruth hatte ihre hochhackigen Pumps in der Hand, als sie wieder barfuß eine nasse Stelle erwischte und nach vorne über die Treppenstufe mir genau in die Arme segelte. So konnte ich sie auffangen und festhalten. Ihr Gesicht war nun ganz nah und für einen kurzen Augenblick schauten wir einander in die Augen. Ohne Nachzudenken küsste ich sie. Und Ruth erwiderte den Kuß. So standen wir einen ganze Weile eng umschlungen an der Seitenreling. Schließlich löste sich Ruth von mir und stützte sich an meiner Schulter auf, um sich die Pumps anzuziehen.

„Ich habe jetzt ein ganz merkwürdiges Gefühl im Magen."

„Hunger oder Schmetterlinge im Bauch."

„Beides. Meine Mutter hatte mal bemerkt, daß ich jeden Mist fresse."

„Das mit dem Hunger können wir an der Imbissbude lösen, die nicht weit entfernt ist. Und für diese Sache mit den Schmetterlingen, die spüre ich auch. Also sind wir zu zweit."

100

Ich stieg zuerst vom Boot und half ihr dann auf den Pier herunter.

Die Hafenanlage war nicht sonderlich groß, aber eine Imbissbude stand an dem Kai, wo die Fährschiffe an - und ablegten, die an diesem frühen Abend noch offen hatte. Sie war sauber und der Duft von frischen Pommes lag in der Luft. Wir bestellten uns dazu jeweils Backfisch und Fischfrikadellen, zusammen mit Alsterwasser. Während wir auf das Essen warteten, flirtete ich mit Ruth, die über ihr Hobby, das Schreiben von heiteren Kurzromanen, erzählte. Eine Sammlung ihrer Geschichten hatte sie in einem kleinen Verlag bereits veröffentlicht und war ganz stolz, daß sie schon eine beeindruckende Zahl verkauft hatte. Die Pommes teilten wir uns, wobei ich ein besonders langes Exemplar erwischte, das ich gedankenverloren zwischen den Lippen hielt. Ruth, die direkt neben mir stand, rückte näher und schnappte sich das andere Ende. Wie Susi und Strolch knabberten wir an dem Kartoffelstück, bis sich schließlich unsere Lippen berührten. Ein Kuß und Ruth schaute mich mit einem verklärten Lächeln an. Ich denke, in diesem Augenblick sah ich nicht besser aus. Es hatte uns beide gleichzeitig erwischt, und das wie ein Blitzeinschlag aus heiterem Himmel. Da wir unser frugales Essen bis auf ein Paar Reste vertilgt und alle mit Alsterwasser runtergespült hatten, wanderten wir händchenhaltend zurück zum Boot. Die Sonne versank mit rötlichem Schimmer am Horizont, während wir miteinander flirteten. Das Mobiltelefon von Ruth klingelte vernehmlich in ihrer Handtasche, woraufhin sie das Gespräch annahm und mit einer Freundin plauderte. Ihr Lächeln fror ein und wich einem angesäuerten Gesichtsausdruck. Ich tippte auf schlechte Nachrichten, aber ich war nicht auf die sehr heftige Reaktion gefasst.

„Du verdammter Drecksack. Also wart ihr doch daran beteiligt."

„Äh, woran waren wir beteiligt? Worum geht es?"

„Die Sache mit Ritterberg habt doch ihr von der Sicherheit eingefädelt. Ihr habt ihn in die Falle gelockt."

„In die Falle gelockt? Wir haben ermittelt, als der Verdacht aufkam. Daß er Gelder veruntreut hat, steht doch außer Frage. Und die Eigentümer können so etwas weder dulden noch darüber hinwegsehen. Wenn die Staatsanwaltschaft davon Wind bekommt, dann wird das sehr große Schlagzeilen im Blätterwald geben und euer so geliebter Ritterberg ginge dann in den Knast. So wird die Angelegenheit intern erledigt. Er kann ohne Aufsehen gehen und ist dann das Problem von jemand anderem. Und bei euch wird halt die Personalstärke reduziert. Die Guten werden immer ihren Platz in der Firma finden und die, die nichts taugen, die folgen halt dem Ritterberg."

„Du blöder Arsch. Für euch ist das ein Räuber und Gendarmspiel, aber für mich geht es um meine Existenz. Ich habe Angst, daß ich auf der Straße sitze, mein Essen bei der Tafel holen muß und mit siebzig dann

Pfandflaschen aus dem Mülleimer sammeln darf. Und mal abgesehen davon, was war da mit Barbara Jansum. Fickst du dich so nach und nach durch die ganze Personalabteilung? Wie nennt ihr uns doch so gerne - Pinneberger Personal Puff! Und dabei fängst du ausgerechnet mit der blöden Kuh etwas an. Tja, es ist ein echt tolles Gefühl, die zweite Wahl zu sein."

„Barbara wer? Ich hatte mit keiner Tussi vom Personalbüro jemals eine Affaire. Ich hatte eigentlich sogar mit niemandem aus der Firma eine Beziehung. Don`t fuck with the company!"

„Tussis? Du bist ein erbärmlicher und verlogener Hurenbock. Aber keine Sorge, dein Prinzip bleibt unangetastet. Ich dachte, daß du etwas ganz besonderes bist, aber ich habe mich geirrt. "

Wir hatten inzwischen die Fleur erreicht und Ruth stürmte in ihre Kajüte, nachdem ich den Zugang geöffnet hatte. Keine zehn Minuten später kam sie wieder mit ihren Taschen heraus und ging grußlos vom Boot. Ich wollte sie noch zurückhalten, aber Ruth war bestimmt in der richtigen Laune, mir die Augen auszukratzen. Ihre roten Fingernägel waren perfekt maniküt, nicht zu lang, aber dafür stahlhart. Und die Frau hatte wieder diesen Blick aufgesetzt, der Eines bedeutete - töten. Mit sehr eiligen Schritten verschwand sie aus meinem Sichtfeld. Das Geräusch der Stilettoabsätze war noch lange in der Abenddämmerung zu hören. Ich fühlte einen Stich im

Herz, denn ohne Ruth fühlte ich mich auf einmal einsam. Für den Job brauchte ich sie nicht, denn ich hatte eine Firmenkreditkarte, damit konnte ich die nötigen Rechnungen für Betriebsstoff, Verpflegung und alle weiteren Ausgaben bezahlen. Alle nautischen Aufgaben waren mein Tanzbereich und den Kaffee konnte ich noch selber kochen. Aber diese Frau hatte es mir doch angetan.

Den Rest des Abend verbrachte ich mit den üblichen Kontrollen und schaffte es endlich nach vielen Jahren, mir zum ersten Mal den Film ,Der dritten Mann anzuschauen. Ich brauchte die Ablenkung von meinen Gedanken über Ruth, aber ich musste mich regelrecht auf die Handlung konzentrieren. Schließlich war ich so müde, daß ich einschlafen konnte.

Am nächsten Morgen wachte ich wie gerädert auf, machte mich aber nach dem Kaffee an die Bordroutine und breitete das Auslaufen vor. Ich wartete bis halb neun, dann legte ich ab und setzte die Fahrt alleine fort. Unmittelbar nach mir folgte eine weitere Yacht, die aber wesentlich kleiner war und eher an ein Sportboot erinnerte, welches mit Sicherheit wesentlich schneller war als mein Gefährt. Ich wunderte mich darüber, solch ein Boot an der Nordsee zu finden, denn es war für die hiesigen Verhältnisse absolut ungeeignet. Wobei, es könnte sich wie bei mir um eine Überführung handeln. Ich war mir sicher, daß sie vorbeizogen, sobald wir durch das Sperrwerk durch waren, welches die Hafenzufahrt beherrschte. Die Fahrwasserrinne führte vom Festland weg, sodaß die Küstenlinie sehr schnell hinter dem Horizont verschwand. Die andere Yacht war hinter mir geblieben, fuhr aber versetzt, um den Wellenschlag im Kielwasser zu vermeiden. Nach einer Weile setzte sich das andere Boot auf meine Höhe, um dann ohne jede Vorwarnung in meine Richtung auf Kollisionskurs zu steuern. Ich erhöhte die Drehzahl und steuerte mit hartem Rudereinschlag weg, aber die andere Yacht war wesentlich schneller und versuchte, mir wieder den Weg abzuschneiden. Jetzt war ich mir sicher, daß es sich um die Eigentümer der Drogen handelte. An Deck waren der Rudergänger sowie eine weitere Person zu sehen. Mir wurde klar, daß ich mit dem Boot nicht entkommen konnte, war aber auch nicht bereit, mich kampflos abschlachten zu lassen. Zudem war rundherum kein einziges anderes Schiff zu sehen, so würde Hilfe erst dann erscheinen, wenn es zu spät war. Kurzentschlossen stoppte ich, legte mir meine Waffen zurecht und zog die dünnen Handschuhe an. Der zweite Typ sprang auf meine Yacht rüber, als das andere Boot längsseits ging. Die Signalpistole lag auf der Konsole und die erste Signalkugel traf den Rudergänger mitten auf die Brust. Ich war selber über diesen Treffer überrascht, konnte aber zunächst die Wirkung nicht weiter beobachten, denn der zweite Typ näherte sich nun dem Steuerstand. Ich trat zwischen den zwei Bänken hervor und schlug ohne Vorwarnung mit der Affenfaust zu. Der Schwung traf den Angreifer an der Schläfe, woraufhin die Gestalt ohne jeden Laut zusammensackte. Ein Blick zum anderen Boot zeigte mir, daß die Situation eine tödliche Wendung nahm. Der Treffer mit der Signalpistole hatte dem Mann auf dem Boot ein Loch in die Brust gebrannt und ich konnte noch sehen, wie er einfach über den Bootsrand ins Wasser fiel, dann schaute ich noch einmal zum Horizont, konnte aber immer noch kein anderes Schiff sehen. Der Gangster wurde wieder wach. Es war ein junger Typ, der für mich nicht hart genug für einen Profi aussah. Die Befragung war schnell erledigt. Es war eine kleine niederländische Gang, die sich auf einen großen Deal eingelassen hatte. Den Stoff haben sie zu den üblichen Preisen bekommen, mussten sich aber dafür sehr hoch verschulden. Also brauchten sie das Geld aus dem Verkauf, um die Schulden nebst Zinsen zahlen zu können. Für den Schmuggel nach Deutschland wurden die zwei ausgewählt. Das Boot zum Weitertransport hatten sich die beiden durch Zufall ausgesucht. Es war mit den Komplizen ausgemacht, kein weiteres Mitglied über das Vorgehen einzuweihen, um die Zahl der Mitwisser klein zu halten. So ein konspiratives Vorgehen war gar nicht mal so dumm. Aber es dann ausgerechnet an einer Stelle zu verstecken, die jeder Bootsfahrer immer wieder kontrollierte, war dagegen wieder Dummheit in Reinkultur. Ich half ihm, wieder auf die Beine zu kommen, dann verpasste ich ihm einen Schlag auf die Rippen. Für einen kurzen Augenblick war er paralysiert, was mir die Gelegenheit gab, ihm einen zusätzlichen Schlag auf den Kehlkopf zu verpassen, dann warf ich ihn schlicht über Bord, wo er mit dem Gesicht nach unten für einen kurzen

Augenblick auftrieb und dann versank. Der Steuermann war ebenfalls versunken, aber ich vermutete, daß beide Körper später wieder an der Wasseroberfläche treiben würden, wenn genug Gas bei der Verwesung im Körper entstehen würde. Hier war das Wasser nur zwanzig Meter tief, also kämen beide später wieder hoch. Das Drogenpaket warf ich zu dem anderen Boot rüber, daß noch nicht weit genug abgetrieben war. Die Bullen würden so einen missglückten Drogendeal vermuten. Ich fuhr wieder los und gewann Abstand zum Schauplatz. Als das Boot außer Sichtweite war, war ich weiterhin alleine auf dem Wasser. Es gab also keine Zeugen, die mich mit dem Boot der Drogenkuriere in Verbindung bringen konnten. Die Affenfaust flog nun ebenfalls ins Wasser, wo das Metallstück im Kern die Leine mit nach unten ziehen würde. Ebenso warf ich die leere Hülse aus der Signalpistole ins Wasser. Es war eine andere Marke als die, die zum Bestand der Schiffsausrüstung gehörte. Es würde also keine Munition fehlen und der Rest in der Leiche läßt sich nicht zurückverfolgen. Ich rauchte am Heck eine Zigarette, reinigte dabei die Signalpistole und hielt dabei den Kompass und die GPS Anzeige im Auge. Es war aber keine Kurskorrektur nötig. Der Tod der beiden Typen störte mich nicht besonders. Töten bereitete mir keinerlei Vergnügen oder gar Befriedigung und man gewöhnt sich auch nicht daran, aber wenn ich mich verteidigten musste, dann hatte ich keine Gewissensbisse, Gewalt anzuwenden. Ich habe in der Vergangenheit schlimme Dinge getan, aber ich habe sie zumindest nicht gerne getan. Diese Anfänger hatten sich schlicht das falsche Boot für ihren Schmuggel ausgesucht. Was auch immer sie planten, ich wollte mich nicht in Drogengeschichten reinziehen lassen und für den Rest meines Lebens vor rachsüchtigen Kartellbanden verstecken zu müssen. Für unbedarfte Zeitgenossen war ich bestimmt ein Monster, aber wenn keine andere Alternative zu finden war, ist das Überleben alles. Es gab keine Verbindung und wenn mich die Polypen befragen würden, könnte ich einen anderen Kurs angeben. Da ich den heutigen Kurs nicht in der Seekarte verzeichnet hatte, trug ich einen abgeänderten Kurs ein und passte die Geschwindigkeit an, um gegen fünf am Zielhafen einzulaufen. Es war sogar viertel nach fünf, als ich endlich Borkum erreichte und die Hafeneinfahrt passierte.

Kapitel 06 - Carry On Board

Mit langsamer Geschwindigkeit näherte sich das Boot dem Steg an, als mir die Frau neben dem Poller auffiel. Es war Ruth, neben ihr die beiden Reisetaschen. Nachdem ich längsseits anlegte, warf ich Ruth die Leinen zu. Ohne zu zögern befestigte sie das Boot, so wie ich es ihr gezeigt hatte. Schließlich stand ich ihr gegenüber. Ruth trug wieder die Kombination aus Rock, Bluse und Stiefeln, wie bei unserer ersten Begegnung, nur, daß ihr Blick nicht mehr überheblich wirkte. Ihre Augen wirkten verschleiert, als ob sie feucht wären. Ich lächelte ihr zu.

„Du bist zurück? Was ist passiert"

„Ich weiß jetzt, daß du mich nicht angelogen hast. Ich habe mit einer Freundin telefoniert, die hat mir die wahre Geschichte erzählt. Ihr wart nur hinter Ritterberg her, den Rest der Abteilung hab ihr fair behandelt. Es war übrigens ganz nett von deinem Team, daß ihr meine Kolleginnen dabei entlastet habt."

„Sag mal, wie lautet deine Personalnummer?"

„24051973H1701."

„Deine Personalnummer endet mit den Ziffern 1701?"

Ich musste in diesem Augenblick einen ausgesprochen überraschten Ausdruck gehabt haben, denn Ruth stellte die richtige Schlussfolgerung.

„Ja. Stimmt. Dann hast du..."

„Wir sollten anhand der Einlogdaten die möglichen
Verbindungen zu den Veruntreuungen von Ritterberg
prüfen. Wir haben Abgleiche mit allen Personalnummern
gemacht und so seine Helfershelfer gesucht. Dabei
konnten wir auch all diejenigen eliminieren, die nichts
damit zu tun hatten. Deine Nummer hatte ich mir wegen
der letzten vier Ziffern merken können. Du hattest keine
Ahnung von den Machenschaften. Es lief alles über den
Schreibtisch deiner Kollegin. Und mit dieser Barbara hatte
ich wirklich nichts. Außer daß wir auch bei ihr festgestellt
hatten, daß sie mit der Angelegenheit nichts zu tun hatte.
Sorry"

„Es tut mir furchtbar leid, daß ich blöde Kuh dir nicht
glauben wollte. Und du hast mir sogar noch geholfen. Du
musst mich doch für das Allerletzte halten."

Auf eine perverse Art war ich froh, daß sie mir nicht
geglaubt und vor Wut verschwunden war. Denn so mußte
sie nicht mitansehen, wie ich die Schmuggler erledigte.
Für irgendetwas musste ihr und mein Kummer gut sein.
Sie hatte mir gefehlt, was mir aber erst in dieser Sekunde
klar wurde, als ich vor ihr stand. Ich nahm ihre Hand.

„Nein, das denke ich nicht. Es ist nachvollziehbar, weil du
und die meisten anderen Kolleginnen nicht alle Details
kannten."

Ruth nahm meine Hand und legte sie unterhalb ihres Busen an die Stelle, wo ihr Herz lag.

„Dann kann ich dir nur das hier schenken. Was wirst du damit tun?"

„Ich werde auf dein geschenktes Herz besonders gut acht geben und dich liebevoll behandeln."

Für einen Augenblick schaute Ruth mich mit großen Augen und offenem Mund erstaunt an.

„Trunk Monkey, wo warst du all die Jahre, als ich dich hätte brauchen können? Du hättest mir viel Kummer erspart und ich würde mir in ein paar Jahren ernsthafte Gedanken über unsere Silberhochzeit machen."

„Man hat mich für ein paar Jahre in die Wüste geschickt. Aber an der Sache mit der Silberhochzeit können wir noch arbeiten. Du bist zurück, und das ist alles, was für mich zählt. Es ist noch eine Flasche von dem Rosé übrig. Und zu zweit schmeckt er eh viel besser. Ich lege sogar noch ein Abendessen zu zweit oben drauf."

Die Reaktion war ein langer, zärtlicher Kuß von ihr.

„Laß uns auf dem Boot etwas essen. Wir haben viel miteinander zu bereden und ich möchte jetzt einfach mit dir alleine sein. Tütensuppe mit dir zusammen ist mir jetzt lieber als ein 3-Gänge-Menü im feinsten Restaurant."

„Ich bring deine Taschen in die Kajüte. Magst du vorher einen Tee?"

„Liebend gern.

Während ich das mehr als simple Abendessen zubereitete, stand Ruth neben mir an die Anrichte.

„Manchmal habe ich das Gefühl, daß wir von Anfang an füreinander bestimmt waren."

„Wie kommst du auf diese Idee? Dein Blick, als du mich das erste Mal gesehen hast, war... nun, ich bin froh, daß ich nicht tot im Hafenbecken dümple."

„An dem Abend in Scheveningen, als ich auf dem Weg in den Ort war, habe ich mal wieder mit meiner Tochter telefoniert. Und ich habe von unseren Reibereien erzählt, und weißt du was sie mir geantwortet hatte? Tanja meinte, wir würden schamlos miteinander flirten. Mir ist die Luft weggeblieben."

„Hast du auch die Begegnung auf dem Top-Deck erwähnt?"

„Sie sagte, daß du voll auf mich abfährst, und ich dich mit allen Mitteln anmachen sollte, mit dem tiefsten Ausschnitt, dem kürzesten Rock und den höchsten Absätzen. Das war dann der Punkt, wo meine mütterliche Autorität einsetzte und ich ihr den Kopf waschen musste."

„Hat es was genützt?"

„Ich fürchte nein. Sie hat bloß gelacht."

„Das mit den Absätzen würde mir gefallen."

„Ich weiß, ich habe deine Augen beobachtet. Du hat mir oft auf die Beine geschaut. Es hat mir gefallen, denn ich mag meine Beine und ich trage liebend gerne hochhackige Schuhe. Im Büro, privat und bei ganz intimen Gelegenheiten. Ich bin die Hohepriesterin der High Heels und du wirst mir immer Tribut zollen."

„Ich werde dir zu Füßen liegen. Aber nur zu bestimmten Gelegenheiten."

„Das will ich auch hoffen. Ich habe einen Mann und keine Lusche verdient."

Die Arbeit beim Abspülen teilten wir uns. Ruth legte noch das feuchte Trockentuch auf die Ablage, schaute mich kurz mit einem ernsten Blick an, dann nahm sie meine Hand und zog mich zu ihrer Kabine.

„Komm her zu mir. Jede Nacht zu zweit beginnt mit einem Kuß."

„Nein, Ruth, jede Nacht zu zweit beginnt mit einem zärtlichen Kuß. Denk daran, wir beide könnten zusammen noch sehr viel Zeit haben. So an die dreissig Jahre, wenn du das möchtest."

„Ich hätte dir wirklich wesentlich früher begegnen müssen. Komm, wir haben schon viel zuviel Zeit verloren. Und ich würde auch vierzig Jahre an deiner Seite bleiben."

Mit diesen Worten gab sie mir einen langen Kuß. Ihre Hand legte sie auf eine Stelle, an der man körperliche Reaktionen sehr gut ablesen kann. Es wurde eine lange Nacht und Ruth kuschelte sich beim Einschlafen ganz dicht an mich ran. Diesmal war keine störender Stoff dazwischen und ich stellte zum wiederholten Male fest, daß Ruth ein Apfelshampoo nutzte.

Kapitel 07 - Danger On Board

Der Beginn an diesem Morgen war ganz anders. Neben ihr aufzuwachen war etwas ganz besonderes. Was mich für einen Augenblick irritierte, war ein Gefühl der Vertrautheit, so als wenn wir schon seit vielen Jahren zusammenleben würden. Ruth hatte die Augen geschlossen, aber sie mußte gespürt haben, daß ich sie eine Weile angeschaut hatte.

„Morgens sehe ich immer wie ein geplatztes Sofakissen aus. Da ist es mir lieber, wenn du mich noch nicht anschaust."

„Der ultimative Test, der beweist, daß man wirklich zusammengehört, ist der Morgen danach. Und das, was ich sehe, gefällt mir ausgesprochen gut."

„Für dieses Kompliment mache ich uns das Frühstück. Und jetzt gib mir meine Zeit im Bad. Für eine Weile möchte ich noch den Nimbus des Geheimnisvollen und der Perfektion behalten. Das alte Wrack lernst du noch früh genug kennen."

„Und du gewöhnst dir bitte sofort diesen Blödsinn ab, sonst werfe ich dich ins Hafenbecken."

Sie richtete sich auf den Knien auf und präsentiert ihren nackten Körper.

„Das wirst du sowieso nicht tun, denn du möchtest auf das hier nicht mehr verzichten. Gefällt dir das besser?"

„Ich gehe mal in meine Kabine und mache mich hübsch für dich."

Ruth lachte und gab mir einen gehauchten Luftkuss.

*　*　*　*　*

Nach dem Frühstück machten wir zusammen die Vorbereitungen für die Weiterfahrt, denn heute war der langweiligste und gleichzeitig der sicher anspruchsvollste Teil der Reise an. Es war die Fahrt durch den knapp 100 Km langen Nord-Ostsee-Kanal, den wir bis heute Abend bis zum letzten Tageslicht durchquert haben mussten. Zumindest bis zu der Steganlage einer Werft vor der Schleuse bei Kiel Holtenau, bei der wir für die Nacht unterkommen konnten. Die Einfahrt bei Brunsbüttel verlief ruhig und ab dem Zeitpunkt fuhren wir die vorgeschriebenen zwölf Kilometer die Stunde durch die künstliche Wasserstraße. Der Verkehr im Kanal war dicht und große Schiffe verursachten starken Wellenschlag, auch wenn die Geschwindigkeitsbegrenzung schlimmeres verhinderte, sowohl was die Verkehrssicherheit betraf, als auch die Haltbarkeit des Kanals betraf. Die Uferanlagen hielten nun mal länger, wenn die Kraft von Wasserwellen begrenzt wurde. Bei Bornholt setzte Ruth sich an das Ruder, nachdem sie mich mit Kaffee versorgt hatte. Ich konnte ein wenig abschalten, blieb aber an Deck, um bei Bedarf eingreifen zu können. Ruth hatte

116

Brote auf Vorrat geschmiert und Kaffee, Cola und Wasser war reichlich vorhanden. Bei einem der riesigen Frachter sog Ruth zischend die Luft ein und ich merkte, das sie panisch reagierte.

„Ganz ruhig bleiben. Wir haben Platz genug, also bleib von Schiff weg. Du kannst noch ein Stück näher ans Ufer rann. Nimm etwas das Gas zurück."

Nach knapp einer Minute waren wir vorbei und Ruth erhöhte wieder die Geschwindigkeit. Wir wechselten uns immer wieder am Ruder ab, bis wir endlich die kleine Werft erreichten, wobei die Anlage schon eine gewisse Größe hatte und ziemlich unübersichtlich war. Ich übernahm wieder das Ruder fürs Anlegemanöver. Der Verteilerkasten für den Stromanschluss war hinter einem kleinen Schuppen. Ich nahm die Kabeltrommel auf und sprang von Bord, um uns für die Nacht mit Strom zu versorgen. Ich ging um die Hütte herum und beugte mich zu dem Verteilerkasten runter. Das Geräusch hinter mir brachte meine Nackenhaare zum Kräuseln, aber ich spürte nur einen Schmerz, dann wurde es dunkel um mich herum.

*   *   *

Schließlich wurde ich wieder wach, brauchte aber eine gewisse Zeit, um mich orientieren zu können. Man hatte mich an einen Stuhl gefesselt, der in einer Lagerhalle stand. Die Beleuchtung war spärlich und diffus, reichte dennoch aus, die umstehenden Lagerwaren zu erkennen.

117

Das meiste waren hölzerne Transportkisten, was mich in der Hoffnung bestärkte, daß wir uns noch im Hafenbereich aufhielten. So hätte Ruth eine Chance, Hilfe zu holen und den Suchbereich einzuschränken. Ich hatte nur wenig Zeit, Gedanken zu machen, denn zwei Typen näherten sich. Einer von den beiden war lang und schlaksig, der andere war eher klein, mit einem ausgesprochen tückischen Gesichtsausdruck, der mich an einen Giftzwerg erinnerte. Genau der baute sich vor mir auf und schlug mir ohne Vorwarnung mit der Faust ins Gesicht. Es folgte ein zweiter und ein dritter Schlag, ohne daß er Fragen stellte. Für einen kurzen Augenblick schaute er mich.

„Wo ist das Zeug?"

„Was für ein Zeug?"

Unvermittelt erhielt ich den nächsten Schlag.

„Ach so, sagt das doch gleich. Das Bier ist im Kühlschrank."

Und wieder schlug der Giftzwerg zu. In seinem Gesicht stand nun die blinde Wut.

„Viezerik! Wo sind die Drogen, Mof?"

„Die Beutel mit dem Pulver? Sind auf eurem Schnellboot. Die anderen zwei haben es mir abgenommen."

„Du lügst, Mof. Du hast meine Freunde umgebracht. Du Klootzak. Ich prügel dich tot. Wo ist das Zeug?"

Bevor er wieder zuschlagen konnte, war von draußen ein Klappern zu hören. Auf ein Handzeichen vom Giftzwerg machten sich die beide auf die Suche und verschwanden in der Dunkelheit. Kaum waren sie weg, trat Ruth aus einem Schatten hervor, schlich zu mir hin und trennte die Seile auf. Ohne ein Wort zu sprechen verschwanden wir hinter einigen Kisten, als die beiden Holländer zurückkamen. Aus dem folgenden Dialog verstand ich nur: „Da`s zware kloten.", aber die Stimmen wurden schrill und laut. Leise trat nun eine dritte Gestalt aus der Dunkelheit. Ein großer Mann, bärtig, mit einer Pistole in seiner Hand, der sich in das Gespräch einmischte. Er erinnerte mich an einen afghanischen Taliban, den man in einen Anzug gesteckt hatten. Ich gab Ruth ein Handzeichen, daß wir gehen sollten. Ruth verschwand leise durch die Hintertür, während ich weiter das Gesehen beobachtete. Der Afghane hatte inzwischen eine Pistole in Anschlag gebracht und fingen an, die auf Holländer zu schießen. Ich tippte auf ein 22er Modell, denn der Lärm war verhältnismäßig gering. Er leerte auf die beiden Drogenhändler das komplette Magazin, um völlig sicherzugehen, daß die Opfer auch wirklich tot waren. Die brutale Vorgehensweise war gleichzeitig eine Botschaft an anderen Drogenhändler. Nur hatte es der Giftzwerg noch geschafft, ebenfalls zwei Schüsse mit dem 38er abzugeben und der Afghane lag tot neben den Holländern. Ich wartete einen Augenblick, dann prüfte ich

119

bei allen drei Körpern, ob sie tatsächlich tot waren, sammelte die Seilreste ein, dann verließ ich ebenfalls die Halle durch die Hintertür. Das Boot lag aber im Bereich des Segelvereins auf der anderen Seite der Hafenanlage. Wenn kein Zeuge mich oder Ruth hier sehen würde, dann könnten wir hoffen, nie wieder mit diesen Typen zusammenzukommen. Ruth wartete an der Ecke der anderen Halle auf mich, während sie sich nervös umschaute.

„Was ist passiert, haben die sich gegenseitig umgebracht? Dann sollten wir besser von hier verschwinden."

„Du bist Hellseher? Woher weißt du, was passiert ist?"

„Weibliche Intuition und die Schüsse waren bis hierhin zu hören. Zudem hatte ich immer mal die Hoffnung, daß die Guten gewinnen könnten."

„Ich weiß nicht, ob wir schon gewonnen haben. Aber es gibt keine Zeugen und keiner weiß von unserer Beteiligung. Und die Drogen werden auch nicht mehr auf den Markt kommen."

„Zumindest haben die Bösewichter offensichtlich verloren. Komm, laß uns bitte endlich verschwinden. Mir wird das hier zu unheimlich. Es gibt Filme von Quentin Tarantino, da wurden weniger Waffen verwendet."

„Auf jeden Fall hat du heute wieder sehr viel Mut
bewiesen. Ich bin mehr als stolz auf dich. Aber du hast
recht, es wird Zeit zu gehen."

Nach wir unsere Umgebung beobachteten hatten,
bewegten Ruth und ich uns von den Hallen weg und
kamen wieder zum Anleger, ohne das wir Verfolger oder
Beobachter entdeckten. Auf dem Boot kontrollierte ich
alle Bereiche, dann legte ich ab und fuhr 100 Meter
weiter und abseits vom Ufer warf ich den Anker. Wir
schliefen beide unruhig in der Nacht und jedesmal, wenn
ich wach wurde, schaute ich im Boot nach dem Rechten.
Bei Sonnenaufgang holten wir den Anker ein und fuhren
weiter, bis wir Scharbeutz erreichten. Ich beschloss,
einfach für heute Schluß zu machen. Wir waren beide
richtig müde und warfen wieder den Anker.

Danach setzten wir uns mit einer Flasche Wein an Deck,
um in Ruhe die Umgebung im Auge behalten zu können.
Ruth hatte sich umgezogen und trug nun ein dünnes
Sommerkleid. Sie saß mit überschlagenden Beinen auf
der Bank an der Heckreling und ließ immer wieder die
Pantolette an den Zehen baumeln. Wir flirteten die ganze
Zeit miteinander, während ich ihr von meiner
ereignislosen Schulzeit erzählte. Nach kurzer Zeit hatte
ich mich endgültig entspannt, auch wenn meine
Wachsamkeit nicht nachlies. Von den bestimmt vierzig
Sport- und Segelbooten waren nur zwei weitere Boote an
dem Abend bemannt, die weit entfernt am Pier lagen.
Ruth hatte wohl beschlossen, die ,keine Unterwäsche

Meisterschaft' zu gewinnen. Ihr Kleid war vorne mit einer Knopfleiste geschlossen, und sie öffnete einige Knöpfe zuviel. Wie zufällig wechselte sie immer wieder die Beinposition, um mir zu zeigen, daß sie keinen Slip trug. Beiläufig zeigte sie auch mal mit dem Finger an die besagte Stelle. Der Gesichtsausdruck wechselte von einem süffisanten Grinsen zu einem verführerischen Lächeln, um dann diesen glasigen Schlafzimmerblick zu bekommen. Ruth stand auf, öffnete die restlichen Knöpfe und ging an mir vorbei, um unter Deck zu gehen. Beim Steuerstand ließ sie das Kleid ganz fallen und ich sah, daß auch keinen BH trug. Bevor sie ganz unter Deck verschwunden war, dreht sie sich um.

„Komm mit. Du wolltest mich, jetzt hast du mich. So schnell wirst du mich nicht mehr los. Und ich will dich. Jetzt!"

„Ich bin schon mit schlimmeren Sprüchen zum Sex aufgefordert worden."

„Erwarte keine Prosa von E.L. James von mir. Ich habe von Natur aus öfters mal schmutzige Gedanken."

„Beurteile eine Frau immer nach dem was sie tut, nicht nach dem was sie sagt."

„Dann komm."

„Yes, Mam. Ihr Wunsch ist mir Befehl."

Kapitel 08 - Offboarding

Wir bogen in die Flußmündung ein, an Travemünde flussaufwärts vorbei, bis wir nach einigen Kilometern in die Sichtweite von Lübeck kamen. Der Stadtteil Schlutup lag am Südufer der Trave, direkt an der Landesgrenze zu Mecklenburg-Vorpommern und hatte einen großzügigen Anleger für Segelboote. Ein letztes Mal legte ich die Fleur an, machte die Kontrollen, während Ruth das Gepäck und einen Teil der Vorräte an Deck brachte. Ein Mitglied des Seglervereins stand bereits an der Steganlage bereit, das Boot im Auftrag für Dr. Rosenberg zu übernehmen. Wir gingen die Übergabeliste durch, er machte einige Notizen und nach einer halben Stunde war alles erledigt. Ein Helfer des Vereins brachte unsere Sachen zum Parkplatz, wo ein Mietwagen bereitgestellt war. Das Mobiltelefon von Ruth hatte vorhin geklingelt und sie hatte etwas Abseits telefoniert. Jetzt steckte sie ihr Mobiltelefon wieder ein und kam langsam zu mir zurück.

„Das war die Personalabteilung in Schnelsen. Sie bieten mir die Leitung der Gehaltsabrechnung an."

„Nun, es ist sicher nicht so prestigeträchtig wie Assistentin bei einem Vorstand, aber..."

„Spinnst du? Ich hätte mein eigenes Team und würde wieder etwas sinnvolles tun. Aber es könnte ein Problem aufkommen - wir zwei als Paar, das wird man im Hauptquartier nicht so gerne sehen."

„Du weißt aber schon, daß das Hauptquartier in zwei Gebäuden aufgeteilt ist und die liegen 100 Meter auseinander. Ihr seit in dem Glaskasten gegenüber dem Friedhof. Ich sitze nebenan in Area 51."

„Area 51?"

„Das Entwicklungszentrum III, auch bekannt als Area 51, geheimnisvoll und sagenumwoben. Die meisten Forscher und Entwickler im Labor benehmen sich wie Aliens. Aber was diese Pärchen-Problematik betrifft, wir wären nicht das erste Paar in der Firma. Wir sind beide ungebunden, nicht mit einem anderen verheiratet und wenn du dich weiterhin so bist, wie du dich jetzt gibst, dann werde ich in ein oder zwei Jahren vor dir knien und die berühmte Frage stellen."

„Du willst mich erst in zwei Jahren um die Erlaubnis bitten, für immer und ewig den Abwasch machen zu dürfen und mir als devoter Sklave zu dienen."

„Du hast da sehr diffizile Gedanken über die eheliche Gemeinschaft und außerdem dachte ich, der Geschirrspüler ist im Paket mit drin?"

Ruth musste kichern, dann legte sie ihre Arme um meinen Nacken.

„Stell mir die Frage der Fragen und ich werde mit fliegenden Fahnen zustimmen. Aber ich habe es nicht eilig, denn ich möchte genau wie du das Zusammenleben testen. Wobei, ich habe da ein ganz gutes Gefühl.

*　　*　　*

Auf dem Parkplatz des Yacht Clubs stand ein Mietfahrzeug für und bereit. Ich verstaute unser Gepäck im Kofferraum, schloß die Heckklappe und wollte zur Fahrerseite gehen, als Ruth mich mit einer Handgeste stoppte. Mit ihrem diebischen Grinsen schaute mich an und hielt die Hand auf.

„Den Wagen habe ich angemietet, also bin ich der Fahrzeugführer und du der Trunk Monkey. Her mit dem Schlüssel."

„Wenn du so Auto fährst, wie du ein Boot steuerst, dann erleiden wir noch vor der A1 Schiffbruch."

„Ich glaube, es hackt. Ich hatte meinen Führerschein schon zu einer Zeit, da bist du noch die 24 Minuten rund um den Wohnzimmertisch mit dem Tretauto gefahren."

„Jetzt bilde dir bloß nichts darauf ein, daß du ein paar Jahre älter bist. Aber ich weiß, ihr alten Damen redet immer gerne über den letzten Krieg. Nur wusste ich nicht, daß es bei dir die punischen Kriege waren."

„Den Schlüssel, Freundchen. Sonst kannst du nach Hamburg laufen. Oder hast du etwa Angst, bei mir mitzufahren? Ich habe auf dieser Reise mehrfach meinen

Mut bewiesen und das hast du mir immer wieder
bestätigt. "

Mit einem Seufzen warf ich ihr den Autoschlüssel zu und
nahm auf dem Beifahrersitz platz. Ruth fuhr anständig,
also entspannte ich mich und suchte einen passenden
Radiosender. Durch Zufall erwischte ich einen Rocksender,
was Ruth mit einem anerkennenden Nicken quittierte. Sie
mochte also Black Sabbath. Dabei hatte ich bei ihrem
Musikgeschmack eher auf Helene Fische, Andrea Berg
oder Wolfgang Petry getippt. Wenn Karma eine ‚bitch' ist,
dann musste ich in der Vergangenheit auch mal ein
braver Junge gewesen sein.

*   *   *

Man könnte meinen, daß ein Forschungsstandort
durchaus der Gipfel der Merkwürdigkeiten ist, wenn man
sich die zum Teil weltfremden Wissenschaftler anschaut,
die in Area 51 arbeiten. Aber selbst die sind harmlos im
Vergleich zu den Bewohnern des Hauptquartiers.
Zumindest im Speisesaal herrschte eine Sitzordnung wie
in einer amerikanischen Highschool. Selbst wir von der
Sicherheit hatten einen Stammtisch, den wir zusammen
mit der Haustechnik und der Poststelle mit Zähnen und
Klauen verteidigen. Aber an jenem Tag, drei Monate nach
dem Bootstrip, saß ich mit Ruth alleine an einen kleinen
Tisch neben dem Zugang zum Raucherraum und tranken
eine Kaffee, denn heute war Salattag und Ruth meinte,
sie identifiziere sich heute nicht als Kuh. Und ich esse

nichts, dessen Namen ich nicht unfallfrei schreiben kann. Bei Tomaten oder Gurkensalat wäre ich dabei, aber wer mag schon Quinoa?"

„Ich habe übrigens Dr. Rosenberg von der Fahrt erzählt. Er wollte wissen, wie die Zusammenarbeit war."

„Was hast du ihm erzählt?"

„Das alles wie am Schnürchen geklappt hatte. Allerdings musste ich an deinen legendären Wassersprung denken. Wenn wir noch die eine oder andere Ausfahrten mit einem Boot machen, dann kannst du bei ‚Wetten Dass teilnehmen'. Wir könnten wetten, daß du jeden Hafen in Europa am Geschmack vom Hafenwasser erkennen kannst . Und der passende Wettpate für dich wäre...Aua. Das tat weh."

Ihre Antwort war eine schmerzhafter Tritt vors Schienenbein, garniert mit einem diebischen Grinsen. Bevor wir aber mit unserer Konversation weitermachen konnten, setzten sich mein Chef zu uns an den Tisch. Marc Krätzig war nie der Typ, der sich mit Plaudereien aufhielt und kam gleich zu Sache.

„Wie ernst ist die Sache zwischen ihnen beiden?"

Ruth, die mir gegenüber saß, sah mein Grinsen, denn ich wusste wie ich die Frage meines Chef deuten musste. Wir antworteten zeitgleich, während wir meinen Vorgesetzten anschauten.

„Sehr ernst, was dachten sie denn?"

Um die Aussage zu unterstreichen, klatschten wir uns mit der Faust ab, ohne uns dabei anzuschauen. Es wirkte wie perfekt eingespielt und er war sogar ein wenig beeindruckt. Mein Chef nickte kurz und damit war für ihn die Sache erledigt. Mit einem freundlichen Gruß verließ er den Tisch und ich konnte Ruth fragen.

„Was wolltest du vorhin noch zu mir sagen?"

„Für diese Indiskretion wirst du deinen Tribut bezahlen. Heute Abend wirst du mich mit deiner Zunge sehr oft glücklich machen. Und ich werde sehr anspruchsvoll sein. Und denk daran, du hast damals an Bord mein Herz gestohlen und jetzt hast du eine verrückte Furie am Hals."

„Ich bitte doch darum, dich für immer am Hals zu haben. Ich könnte mir nichts Schöneres vorstellen."

3 - The Mile High Club In The Basement

01 - Up, Up and Away

Zusammen mit meiner Kollegin Tamara stand ich am Zugang zur der A 320, mit der wir heute den Flug von Toulouse nach Amsterdam machen werden. Beide trugen wir unsere Uniform mit Rock, Boarding-Schuhen und den neuen Halstüchern, deren gelbe Farbe sich vom Dunkelblau der Uniform abhob. Tamara meinte, daß die gelbe Farbe wunderbar zu meinen roten Haaren passte. Während meiner Schulzeit in Gera habe ich sie gehasst, denn bis zu meinem fünfzehnten Lebensjahr wurde ich nur Rotfuchs oder Karottenkopf genannt, dann war ich für die Jungs hübsch genug und sie verglichen mich mit Antje Garden. Als ich eine Zeitlang mit einem gelben Blazer und schwarzen Rollkragenpullover herumlief, wie ihn die Moderatorin bei einem ihrer letzten Fotoshootings trug, bin ich von vielen Passanten sogar um ein Autogramm gebeten worden. Mit der Ähnlichkeit habe ich schließlich meinen Frieden gemacht und da mein Name Antje Gole ist, handelte es sich um Schicksal und da kam man nicht herum. Inzwischen kennen sowie nur noch gelernte DDR Bürger die Frau.

* * *

Die Passagiere zogen an uns vorbei und wurden von uns begrüßt. Ein besonders attraktiver Geschäftsmann wurde sogar mit einem ‚Herzlich Willkommen' angesprochen, was dieser aber mit einem kurzen Nicken beantwortete. Kurz danach betrat ein Mann das Flugzeug, der mit Jeans und Lederjacke eher leger gekleidet war. Er grinste uns mit einem freundlichen Lächeln an. Sein Blick blieb für einen längeren Augenblick an mir hängen. Er versuchte mit mir zu flirten, aber ich blieb bei meinem starren

130

Lächeln. Er ging wie alle anderen in die Kabine zu seinem Platz. Systematisch gingen wir die Vorbereitungen wie den ‚Crotch-Watch' oder die Vorführung der Sicherheitsmaßnahmen durch, dann meldete Michael, der als Purser unser Teamleiter war, dem Piloten, daß in der Kabine alles bereit war, und die Maschine konnte abdocken und rollte in Richtung Startbahn. Der Typ mit der Lederjacke war mir im Gedächtnis geblieben, auch wenn er sicherlich kein problematischer Passagier war. Er saß auf Sitz Nummer 7D, verhielt sich freundlich und strahlte jedesmal, wenn ich den Gang entlang ging. Ich fand es putzig, aber er war ein mustergültiger Gast. In der Galley holte ich den Trolly mit den Kaltgetränken und verteilte die Getränkedosen nebst Becher. Michael half dabei und ließ seinen höflichen Charme spielen. Eine junge Blondine versuchte mit ihm zu flirten, aber er konnte aus Zeitgründen nicht darauf eingehen. Zudem war Michael schwul, was er aber eher diskret behandelte. Aber so dann und wann riskierte er auch mal einen Blick. Er schaute auf den leeren Sitz von 7D und meinte nur lakonisch:

„Ich würde gerne mal 7 Tage in Dänemark verbringen."

Es war unter Flugbegleitern eine Art Geheimcode, wenn man einen Passagier besonders anziehend fand und mit ihm am liebsten ins Bett gehen würde. Er hatte nicht gemerkt, daß 7D direkt hinter ihm stand. Und ich konnte ihn auch nicht vorwarnen, da ich die große Gestalt meines Kollegen vor Augen hatte und den Gang zunächst nicht einsehen konnte. Michael sah an meinem Gesichtsausdruck, als ich an ihm vorbeischaute, daß 7D nicht nur den Spruch mitbekommen hatte, sondern auch die Bedeutung kannte. Wie üblich sprachen wir die ganze

Zeit auf Englisch, außer wenn wir in unserem kleinen Refugium, der kleinen Küche im Heck der Maschine, waren. Der Passagier war Deutscher, was ich der Namensliste entnehmen konnte, die ich vor Flugbeginn geprüft hatte. Es war schon verwunderlich, wie viel ich über 7D wusste, obwohl er absolut uninteressant war.

„Ich fürchte, ich bin da der falsche Adressat, aber ich nehme es einfach als Kompliment."

7D sprach ein gutes Englisch, mit einem für Deutsche typisch harten Akzent. Er setzte sich auf seinen Sitzplatz und schnallte sich wieder an. Michael war für einen Augenblick völlig perplex, also sprang ich für ihn in die Bresche und entschuldigte mich bei ihm. Er lächelte uns beide freundlich an.

„Alles gut, warum sollte ich ihnen den Kommentar jetzt übel nehmen? Aber zugegeben, wenn ihre Kollegin diesen Spruch gesagt hätten, wäre ich jetzt im siebten Himmel."

Michael räusperte sich, um sich bei 7D persönlich zu entschuldigen, was er dann auf Deutsch machte. 7D war nun selber perplex, denn plötzlich auf Deutsch angesprochen zu werden, damit hatte er nicht mehr gerechnet.

„Es tut mir sehr leid, denn es steht mir nicht zu, gegenüber Passagieren unserer Luftfahrtgesellschaft derartige Bemerkungen zu machen. Es ist mehr als unangemessen und als Purser bin ich der Chef der Crew, da muß ich erst recht ein professionelles Verhalten an den Tag legen."

„Und als Passagier steht es mir zu, auch mal fünf gerade sein zu lassen. Wie wäre es, sie bringen mir einen Becher Kaffee und die Angelegenheit ist erledigt."

Es ist schade, daß es viel zu wenige Passagiere wie 7D gibt, die uns durch ihr Verhalten die Arbeit erleichtern und dazu eine große Portion Humor haben. Michael eilte zur Galley, während ich mir eine kleine Spitze nicht verkneifen konnte.

„Sie schnallen sich während des Fluges an, sehr vorbildlich."

„Nun, es könnte sein, daß der Pilot spontan Lust hat, sich mit einer gegnerischen 747 einen Dogfight zu liefern."

Ohne es verhindern zu können, musste ich kichern. Sein Humor war knochentrocken.

*   *   *

Der weitere Flug verlief ereignislos und wir landeten in Schiphol. Der Flieger dockte an und sofort standen alle Passagiere auf, um ihr Gepäck aus den Fächern zu holen und die übliche Hektik zu verbreiten und nach zehn Minuten hatten sie, bis auf ein oder zwei Nachzügler, die Maschine verlassen. Tamara war beim wasten in der Galley, als 7D mit seinem Pilotenkoffer den Gang entlang ging. Als er mich an der Tür sah, setzte er wieder das schiefe Grinsen auf. Tamara hatte recht, es hatte gleichzeitig etwas Freches und Sympathisches. Ich wußte jetzt auch den Grund. Seine Augen lächelten mit. Er blieb kurz vor mir stehen.

133

„Schade, daß der Flug schon zuende ist. Der Service war sehr charmant."

„Ah, das freut uns ganz besonders. Was war für sie denn so besonders an unserem Service?"

„Ihr Lächeln. Man sollte es in Flaschen aufziehen, denn das wäre der Verkaufsschlager."

Für einen kurzen Moment war ich so baff, daß ich weder mitbekam, wie Tamara an uns herantrat, noch die Tatsache erkannte, daß sie dieses Kompliment mitbekommen hatte. 7D war über die Fluggastbrücke in Richtung Terminal verschwunden und für einen Sekundenbruchteil fühlte ich ein Bedauern. Die Reinigungsmannschaft betrat die Maschine, was für die Crew bedeutete, daß wir nun den Flug beendet hatten und wir deplane konnten, mit anderen Worten, wir und die Pilotencrew gingen aus der Maschine. Tamara, Michael und ich beschlossen mit einem Taxi zum Hotel zu fahren, da die Piloten noch zu einem Briefing mussten. Wir bewegten uns den Gang zum zentralen Terminalbereich entlang, als aus einem Seitengang ein Mann herausstürmte und mich über den Haufen rannte, woraufhin ich mich mit meinem Hinterteil auf dem Fußboden wiederfand. Der Mann rannte weiter in Richtung des Hauptterminals, ohne sich weiter umzudrehen. Überraschenderweise blickte ich in das Gesicht von 7D, der sich über mich beugte, um mir beim Aufstehen zu helfen.

„Wissen sie, wenn sie in ihrer Freizeit mehr Eishockey spielen würden, dann wären sie besser auf solche

Einschläge vorbereitet und es klappt auch mit dem Gegencheck."

Michael musste laut auflachen und für einen Augenblick wollte ich 7D den Hals umdrehen, aber sein Lächeln war weder überheblich noch spöttisch. Eher freundlich und leicht amüsiert. Er reichte mir seine Hand, half mir hoch und stellte meine Trolley wieder auf. Tamara und mein Kollege schauten uns dabei zu, beide mit einem breiten Grinsen in den Gesichtern. Ich hatte nicht die geringste Ahnung, wieso die zwei auf diese Vermutung kamen, denn ich wusste, worauf die beiden anspielten. Aber 7D war definitiv nicht mein Typ. Zu gewöhnlich, Bauchansatz, vom Kleidungsstil zu salopp, auch wenn er anscheinend viel Humor besaß und charmant war. Und das wussten die beiden nur zu gut, denn wir waren schon sehr lange ein Team. Mit einem Augenzwinkern verabschiedete er sich und ging weiter.

Zehn Minuten später erreichten wir das Ibis Hotel von Schiphol, wo wir übernachten würden. Michael rauchte vor dem Lobbyeingang noch eine Zigarette und Tamara musste dringend zur Toilette, während ich mich um das Einchecken kümmern wollte. Vor mir stand, unverwechselbar erkennbar an seiner hüftlangen Lederjacke, Passagier 7D. Ich stand ganz nah bei ihm, nahm den leichten Duft seines Aftershaves wahr, was mich zu einem kleinen Streich anstiftete.

„Wir sollten uns nicht mehr so auffällig treffen, mein Mann schöpft schon Verdacht."

7D drehte sich um, ohne sich zu erschrecken, lächelte mich an und gab mir prompt contra.

„Das ist das dritte Treffen, das kostet einen Drink."

„Klar, wenn sie zahlen."

„Nachher, in der Hotelbar?"

Für einen Augenblick musterte ich ihn, dann nickte ich.

„Um sieben Uhr. Black Russian."

Seine rechte Augenbraue wanderte nach oben, gleichzeitig nahm sein Gesicht einen beeindruckten Gesichtsausdruck an.

„Sehr gerne. Dann fallen heute für mich Weihnachten und Ostern auf einen Tag zusammen."

„Na, das wäre eine schöne Bescherung."

„Dabei habe ich noch nicht mal das Eiersuchen erwähnt. Dieses Jahr sollen die ja sehr bunt sein."

Sein Spruch kam dummerweise wieder trocken rüber und ich bekam einen meiner berüchtigten Lachanfälle. Schon in der Schule konnte es mir passieren, daß ich unkontrolliert minutenlang kichern musste. Meistens musste ich dann stoßweise Luftholen, während ich ein quietschendes Geräusch von mir gab. Meinen Klassenkameraden fanden das immer ganz lustig und es wurde sogar ausdrücklich in unserer Abiturzeitung erwähnt. 7D schaute mich mit seinem amüsierten Grinsen an, während ich versuchte, Luft zu kriegen. Er musste noch einen daraufsetzen.

„Sorry, ich fürchte, es war jetzt zu eindeutig zweideutig."

Mit einem Hustenfall konnte ich mich endlich beruhigen und holte tief Luft.

„Sorry, ich habe mir gerade nur die bunten Eier vorgestellt. Darüber würde ich mich zu Ostern auch freuen"

„Als Flugbegleiterin kommt man doch durch die Welt, da kriegt man doch über kurz oder lang welche zu sehen."

„Seltener, als man im Allgemeinen annimmt."

Nachdem ich von Hendrik, dem langjährigen und mir gut bekannten Concierge des Hotels, die Schlüsselkarten erhalten hatte, ging ich hoch auf mein Zimmer. Tamara und Michael wollten später ebenfalls an die Bar kommen. Oben stellte ich den Koffer ab, bereitete eine frische Uniform für den morgigen Flug vor und legte mich kurz aufs Bett, wo ich sofort einschlief. Viertel vor sieben schreckte ich hoch und verfluchte mich selber. Sicherlich könnte es mir egal sein, wenn ich irgendeinen Typ versetzte, den ich vermutlich nie wiedersehen würde, aber ich freute mich tatsächlich auf die Einladung. Also nutze ich die wenige Zeit, mich zurechtzumachen, um mit fünfminütiger Verspätung an der Bar zu erscheinen. 7D hatte sich umgezogen, denn er hatte eine schwarze Jeans an, dazu ein weißes Hemd und ein schwarzes Jackett. Der Barmann stellte gerade zwei Gläser vor ihm hin, gefüllt mit einer dunklen, fast schwarzen Flüssigkeit mit Eiswürfeln. 7D schob eines der Gläser auf der Serviette über den Tresen zu mir rüber.

„Black Russian. Neben Gin Tonic einer meiner Favoriten. Cheers."

Ich hob mein Glas, prostete ihm zu und nahm einen Schluck.

„Ich heiße übrigens Antje."

„Thorsten Ottokar, aber den verwenden nur noch Behörden und meine Mutter. Für den Rest der Welt bin ich seit meinem zehnten Lebensjahr Toto."

Wir plauderten miteinander, ohne daß das Gespräch ins Stocken geriet. Toto war nicht nur ein braver Passagier, er hatte auch ein realistisches Bild über unseren Beruf. Für ihn waren wir nicht einfach bloß Saftschubsen, sondern hatten einen äußerst verantwortungsvollen Job. Toto selber erzählte von sich, blieb bei seinem Beruf aber ziemlich vage - irgendwas mit Brandschutz. Tamara und Michael gesellten sich nach einer halben Stunde zu uns und machten den Vorschlag, noch in die Stadt zu fahren. Dort gab es eine Bar, die bevorzugt von Piloten und Flugbegleitern besucht wurde. Toto und Michael verstanden sich, was wohl auch daran liegt, daß Toto auf den Spruch von Michael entspannt und humorvoll reagiert hatte. Tamara konnte ihn von Anfang an gut leiden und fragte ihn über sein ganzes Leben aus. Es war ihre Methode, mir die Informationen über ihn zu verschaffen und seinen Humor auszutesten. Wobei wir seit dem Flug wissen, daß er davon jede Menge besitzt. Die Bar war gut besucht, aber nicht überfüllt und wir hatten uns eine Sitzecke ausgesucht, wo wir uns unterhalten konnten.

138

„Wir sind seit fünf Jahren ein Team. Es liegt wohl daran, daß wir uns seit der Ausbildung kennen und alle aus der gleichen Gegend stammen. Antje kommt aus Gera, Michael stammt aus Erfurt und ich bin in Jena aufgewachsen."

„Mir ist gar nicht aufgefallen, daß ich heute mit der Interflug unterwegs war."

„Vorsicht, wir sind stolz auf unseren Job. Und wir sind gut. Wir können alle drei den Inhalt einer Tasse mit Kaffee an jede beliebige Körperstelle platzieren. Besonders auf den Schritt, ohne dabei den Sitz zu versauen."

02 - The Flying Squad

Zu fortgeschrittener Stunde verließen wir nach einem vergnüglichen Abend zusammen die Bar und gingen die Straße entlang zum Taxistand, als eine vermummte Gestalt aus einer dunklen Seitenstraße trat, bewaffnet mit einem Messer. Ich blieb erschrocken stehen, während Michael, der mit Toto hinter Tamara und mir herging, sich vor uns stellte. Der Vermummte hielt einen Beutel vor uns hin.

„Je gooit nu al je geld in deze zak. En geen domme trucjes."

Was er von uns wollte, war klar. Aber in diesem Augenblick trat Toto vor. Er hatte ein paar dünne Handschuhe übergezogen und trat direkt vor den Gangster. Der versucht möglichst bedrohlich zu wirken und nahm eine aggressive Haltung ein. Toto wirkte unbeeindruckt und machte eine wischende Handbewegung. Er hatte die Messerklinge ergriffen und dem anderen das Messer aus der Hand gehebelt, gefolgt von einem Schlag ins Gesicht. Der vermummte Mann taumelte mit einem unterdrückten Schrei nach hinten, dann floh er zurück in die Gasse. Toto dreht sich zu uns um, und ich konnte sein erleichtertes Durchschnaufen sehen.

„Bei euch alles klar? Das war jetzt knapp."

Wir nickten, dann setzten wir, noch ziemlich schockiert, den Weg zum Taxistand fort. Tamara stieg in das erste Taxi in der Reihe vorn ein, Toto und Michael rutschen zusammen mit mir auf die Rückbank. Schweigend fuhren

140

wir durch die neonhelle Nacht zurück zum Hotel. Michael wirkte dabei sehr in sich gekehrt, also stupste ich ihn an.

„Hey, was ist los mit dir? Das Ganze ist doch gut ausgegangen."

„Ich habe mich wie ein Feigling verhalten. Bei Toto sah das doch so kinderleicht aus."

Der wiederum hatte den Kommentar mitbekommen und tippte Michael auf die Schulter.

„Im Gegenteil, du hast dich mutig verhalten, indem du dich schützend vor deine Kolleginnen gestellt hast. Und durch dieses entschlossene Handeln hast du dem Gegner den Schneid abgekauft und mir die Arbeit erleichtert. Er hat nicht mit dieser, fast schon perfekten, Teamarbeit von uns gerechnet. Du hast den Eröffnungszug gemacht und ihm den Plan ruiniert. Ohne Waffen mutig zu sein, ist schwerer, als man glaubt. Also stell dein Licht nicht unter den Scheffel."

Mein Purser schaute immer noch skeptisch, aber er versuchte es mit einem Grinsen zu überspielen. Er machte einen Vorschlag.

„Ihr könnt mich ja jetzt schlagen, aber ich habe noch Hunger. Da vorne kenne ich ein gutes Restaurant. Fahrer, halten sie doch bitte da vorne an der Ecke an."

Toto und ich stiegen als Erstes aus, während Michael die Fahrt bezahlte und Tamara ihre Lippen nachzog. Hinter uns hatte ein weiteres Fahrzeug angehalten, aus dem zwei Männer ausstiegen und auf uns zustürmten. Der

Taxifahrer musste die Szene im Rückspiegel gesehen haben, denn er trat aufs Gaspedal und brauste davon, mit Tamara und Michael. Die zwei Männer bedrohten uns mit Pistolen und drängten uns ziemlich grob durch den Eingang des Restaurants. Das Lokal war zu dieser späten Stunde leer, selbst die Kellner waren nicht zu sehen. Die zwei drängten uns in einen Nebenraum, der eine Abstellkammer war und bedrohten uns mit ihren Pistolen. Bevor aber einer von ihnen auch nur ein Wort sagen konnte, überschlugen sich die Ereignisse. Ein Angestellter des Restaurants öffnete ruckartig die Tür und wollte wissen, was wir hier zu suchen hatten. Toto nutze die Gelegenheit und schlug einen der Typen mit der Faust auf die Nase. Es sah harmlos aus, wie diese putzigen Kung-Fu Schläge, die man in den alten Krimiserien wie *Tennisschläger und Kanonen, Mini-Max,* oder *Graf Yoster gibt sich die Ehre* zu sehen bekam. Aber er zeigte doch Wirkung, denn aus der Nase spritze Blut und der Mann ging mit einem Stöhnen in die Knie. Mit einer Bratpfanne, die auf einer Anrichte stand, verpasste Toto dem zweiten Gegner mehre Schläge, woraufhin dieser bewusstlos zu Boden ging. Der andere bekam noch einen weiteren Schlag auf den Schädel. Wenn die Situation nicht so ernst gewesen wäre, hätte ich laut lachen müssen. Es war wie eine Szene aus einem Film mit Bud Spencer und Terence Hill, die ich früher als Kind im Westfernsehen gesehen hatte. Also wollte ich noch einen passenden Spruch anbringen.

„Damit kannst du jetzt der Dogge einen Scheitel ziehen."

„Das heißt korrekt: ‚Das kannst du der Katze in den Scheitel schmieren.', also wenn wir aus einem Klassiker zitieren, dann wenigsten richtig. Aber es ist besser, wenn wir jetzt hier verschwinden. Die Platte der sieben Grausamkeiten schmeckt hier nicht."

Also sammelte er noch schnell die Waffen ein, dann huschten wir aus dem Restaurant und verschwanden in der Nacht. Als wir eine der Grachten über eine Brücke überquerten, warf Toto die Eisensammlung ins Wasser.

„Schade, die 1911er war von Springfield Armory, daß ist gute Qualität."

„Jetzt erkläre mir bitte eines. Was machst du wirklich beruflich? Das du Feuerlöscher wartest, nehme ich dir nicht mehr ab."

Toto holte tief Luft, aber sein Blick wirkte gelassen.

„Ok, manchmal muß man einfach blindes Vertrauen haben und du bist hoffentlich keine dieser Tratschtanten. Autsch."

Ich hatte ihm in die Rippen geboxt.

„Ok, du hast mich überzeugt. Ich bin bei einem Sicherheitsdienstleister, arbeite in der Beratung, habe aber eine Weile im Personenschutz gearbeitet. Da habe ich den einen oder anderen Trick aufgeschnappt."

Ich war mir sicher, daß das nicht die ganze Wahrheit war, denn für einen Sicherheitsberater war er zu abgebrüht. Mein Onkel war bei der Stasi, allerdings bei der HVA, der Hauptverwaltung Aufklärung. Onkel Gregor hatte Zeit seines Lebens wenig über seinen Beruf erzählt, aber die eine oder andere Geschichte hatte er schon zum Besten gegeben. Ansonsten hat er bei seiner Arbeit sehr tiefgestapelt. Und genau das machte Toto ebenfalls. Mit einem Taxi waren wir innerhalb von zwanzig Minuten wieder beim Hotel. Michael und Tamara waren nirgendwo zu sehen. Ich wunderte mich darüber, denn die beiden würden nicht so einfach ins Bett gehen, ohne auf mich zu warten. Toto hatte eine Vermutung.

„Kann es sein, daß die beiden bei der Polizei sind, um unsere Entführung zu melden?"

„Ich versuche es mal mit den Mobiltelefonen der zwei."

Weder Tamara noch Michael nahmen das Gespräch an. Zwei Überfälle und meine verschwundenen Kollegen und Freunde machten mich nervös. Toto brachte mich bis zu meinem Zimmer und mit einem gehauchten Abschiedsgruß ging ich hinein. Erschöpft setzte ich mich auf das Bett, und innerhalb von Sekunden verschwand das Adrenalin aus meinem Blut. Dafür fing ich an zu Zittern und ein beklemmendes Gefühl kroch durch meine Eingeweide. Zittrig holte ich die Visitenkarte, die Toto mir gegeben hatte, aus der Seitentasche meiner Uniform und tippte die Nummer in mein Telefon ein. Ich schickte ihm eine Kurzmitteilung.

Werden wir diese Sache überleben? Und wo sind meine Freunde?

Nach einer Minute kam seine Antwort.

Also ich habe keinen Grund, meinen Rentensparplan aufzulösen. Wir finden die beiden.

144

Komm vorbei. Bitte.

Ich klopfe zweimal.

Es dauerte keine zwei Minuten, dann hörte ich das Klopfzeichen. Er trat ein, nachdem ich die Tür geöffnet hatte. Für einen Augenblick war es mir furchtbar peinlich, aber Toto hatte viel Verständnis für mich.

„Der Tag war heute mehr als turbulent, was jeden normalen Menschen vollkommen aus der Bahn werfen würde. Aber du hast dich phantastisch gehalten und warst sehr tapfer."

Da ich meinen Blazer im Bad einer Dampfbehandlung unterziehen wollte, leerte ich nach dem Ausziehen die Taschen aus und legte alles auf den Frisiertisch. Ich war durch die Ereignisse geschockt und beschäftigte mich mit banalen Dingen, um wieder einen klaren Kopf zu bekommen. Mir fiel es zunächst gar nicht auf, aber Toto entdeckte eine Münze.

„Du hast eine australische 50 Cent Münze griffbereit in der Tasche? Fliegst du die Strecke öfters?"

„Bis Down Under bin ich nie gekommen. Einige Jahre bin ich die Strecke bis Toronto geflogen und zwei oder dreimal habe ich auf der Strecke bis Bangkok ausgeholfen. Bist du sicher?"

„Sicher. Es ist eine zwölfeckige Münze."

Es war tatsächlich eine australische fünfzig Cent Münze, die da auf der Tischplatte lag. Ich hatte keine Ahnung, wie diese Münze in meine Jacke gekommen war. Toto nahm sie in die Hand und drehte sie zwischen den Fingern hin und her.

„Die fühlt sich aber merkwürdig an. Ich hab von meinem alten Herr mal eine Münze geschenkt bekommen. Hey, jetzt fühle ich es, die ist ja krumm."

Er gab sie mir und ich fühlte ebenfalls die Krümmung. Ohne darüber nachzudenken, schnippte ich sie mit dem Daumen in die Luft, wo sie rotierend in die Höhe stieg. Ich fing sie wieder auf und beim Zugreifen fühlte ich ein Knacken und hatte die Münze zweigeteilt in der Hand. Erstaunt zeigte ich Toto die beiden Hälften.

„Aber was ist denn dieses schwarze Teil?"

„Zeig mal... das ist ein Mikrofilm. Die Münze war ein Versteck."

„Dann ist das hier sowas wie ein toter Briefkasten mit einer geheimen Botschaft?"

„Genau das wird es sein. Ich habe mal von einem Spionagefall in den USA gehört. Da wurde genauso etwas benutzt."

„Jetzt weiß ich, wo ich diese Münze her haben könnte. Als der Typ mich am Flughafen umgerannt hatte. Da muß er sie mir zugesteckt haben."

„Wenn wir es mit Geheimdiensten zu tun haben, dann wird es mehr als unangenehm. Es sind Profis und noch dazu ein ganzes Team. Ich vermute, es sind mindestens

146

sechs Agenten im Einsatz. Die spannende Frage ist, welcher Nachrichtendienst mit im Spiel ist. Wenn wir Pech haben, sind mehre Dienste involviert. Alleine diese perfekte Choreographie, uns das richtige Taxi unterzujubeln, ist beängstigend."

„Aber du hast diese Profis schnell erledigt. Vieleicht sind es Agenten in der Ausbildung."

Toto musste lachen, dann massierte er seine Nasenwurzel, während er nachdachte.

„Kennst du hier jemanden, der uns helfen könnte? Ich habe mir die Taxinummer gemerkt."

Meine Antwort war ein Nicken und ich nahm den Hörer des Telefons auf dem Nachttisch auf.

* * *

Hendrik hatte zum Glück noch Dienst und so fragte ich ihn, ob er sich bei der Taxizentrale nach dem Fahrziel von Taxi 1199 erkundigen könnte. Zehn Minuten später nannte er uns eine Adresse und hatte bereits ein Fahrzeug für uns geordert. Das Fahrzeug mit der genannten Nummer existierte nicht, aber ein anderer Taxifahrer hatte es im Hafenbereich vor einer Lagerhalle entdeckt und nach einer Rundmeldung an alle Taxifahrer auch gemeldet. Das besagte Taxi stand immer noch vor der Lagerhalle und wir ließen uns zweihundert Meter weiter an der Ecke absetzten. Zusammen gingen wir den Weg zurück, wobei Toto nach Kameras und Beobachtern Ausschau hielt, entdeckte aber weder das eine noch das andere. Wir gingen zur Rückseite der Halle, wo eine

147

einfache Stahltür den Zugang ermöglichte, wenn sie nicht versperrt wäre. Toto holte zwei kurze Metallstäbe aus seiner Brieftasche, steckte den abgewinkelten ins Schloß und stocherte mit dem zweiten Stab herum.

„Wieso kannst du Schlösser knacken?"

„Wieso kannst du keine Schlösser knacken?"

„Wo hast du das denn gelernt? Auf einer Schule für Einbrecher?"

Toto schaute mich mit einem spöttischen Grinsen an.

„Das hat mir meine Mami beigebracht."

Er verwendete eine kindliche Stimme, aber mein erboster Blick ließ ihn merken, daß er es nicht übertreiben durfte. Wenn meine Freunde in Gefahr sind, dann verstehe ich keinen Spaß. Also räusperte er sich und sprach mit normaler Stimme weiter.

„Die Techniken und das Werkzeug kriegt man im Internet. Ist auch legal, solange du das nur bei Schlössern machst, bei denen du die Erlaubnis hast. Es gibt sogar offizielle Meisterschaften. Ich habe lange an alten Schließzylindern geübt."

„Geht das auch bei Tresoren?"

„Klar, mit dem richtigen Code und dem passenden Schlüssel ist das kinderleicht. Aber gibt mir noch ein paar Sekunden, der vierte Stift macht mir immer Probleme."

148

Nach einem kurzen Augenblick war ein leises Knacken zu hören und die Tür war offen. Wir schlichen hinein. Links von uns war eine Metallleiter. Toto deutete darauf und wir tappten hoch, um auf die höhergelegene Galerie zu gelangen. Dort legten wir uns flach hin und krochen auf der Galerie nach vorne, bis wir über die Kante nach unten schauen konnten. Dort unten sahen wir, gefesselt an einem Stützpfeiler, meine Kollegen. Sie lebten und waren wohl unverletzt. Auf der Herfahrt hatte Toto die Vermutung, daß den zwei nichts geschehen wird, da es nur um den Mikrofilm geht und Geheimdienstler in ganz seltenen Fällen zur Gewalt greifen, um ihre Ziele zu erreichen. Leichen bedeuten viele Fragen von anderen Regierungen, Behörden sowie Presseorganen und würden unnötige Aufmerksamkeit nach sich ziehen. Zwei Agenten waren unten zu sehen und die studierten Unterlagen. Der Betonboden war eiskalt und nach einer Weile wurde es sehr kühl. Schließlich rutsche ich nach rechts und krabbelte auf Totos Rücken, wo es etwas wärmer und auch weicher war. Toto blieb gelassen, flüstere mir, mit einem sehr liebevollen Ton, seine Kommentar zu.

„Wenn ich bei dir je Zweifel daran gehabt hätte, daß du keine Frau sein könntest, spätestens jetzt habe ich den Beweis, daß du eine Frau bist. Es hat mal ausnahmsweise keine dreissig Grad im Schatten, und schon kommt eines der drei Frauenprobleme zu Tage."

„Und wie lauten die drei Frauenprobleme?"

„Hunger, Pipi, Kalt."

Wir blieben noch so einen Weile liegen, und während wir die Halle unter uns beobachteten, spürte ich die Körperwärme von Toto und nahm den Duft seines After Shave wahr, als ein Telefon klingelte. Einer der Agenten nahm das Gespräch an, hörte einen kurzen Augenblick zu, dann gab er den zweiten ein Handzeichen, um mit dem anderen Agenten die Halle zu verlassen. Toto bewegte sich, was für mich das Zeichen war, meinen warmen und gemütlichen Platz zu verlassen. Über eine Betontreppe schlichen wir nach unten. Michael entdeckte uns, sagte aber keinen Ton. Mit einem kleinen Taschenmesser trennte Toto die Fesseln der beiden auf. Tamara hatte Probleme mit dem Kreislauf, also nahm Michael sie auf die Arme, damit wir wieder durch die Hintertür verschwinden konnten.

„Lasst uns verschwinden. Eure Konkurrenz ist bestimmt von Spantax, Ryan Air oder vielleicht sogar von Aeroflot."

„Ich denke eher, die Gesellschaften heißen CIA oder KGB."

„Das heißt jetzt FSB und SWR."

„Das klingt aber eher nach einem Paketdienst und einem Radiosender."

„Sag mal, willst du jetzt einen Kaffeeklatsch abhalten und dabei die aktuelle Lage der Behörden in Osteuropa diskutieren oder nicht doch lieber das Weite suchen."

„Toto, hat man dir schon einmal gesagt, daß kein Mensch Klugscheißer mag?"

„Alter, komm lieber in die Puschen. Wir essen zuhause zeitig."

Toto peilte die Lage auf der Rückseite, dann gingen wir zwei Blocks weiter. Tamara hatte sich wieder erholt und bestellt ein Taxi für uns, mit dem wir zurück zum Hotel fuhren.

* * *

Im Hotel angekommen, merkten wir, wie nervenaufreibend die Nacht war und gingen zu den Zimmern. Unterwegs hatten Toto und ich die zwei über den Mikrofilm aufgeklärt, was die zahlreichen Attacken erklärte. Da weder Tamara noch ich in der Situation alleine bleiben wollten, schlief Tamara bei Michael im Zimmer und Toto bei mir. Das Bett war groß, aber mir war wieder kalt, trotz der Decke, und Toto lag krumm und schief in dem Sessel in der Zimmerecke.

„Was soll der Blödsinn, Toto. Du hast morgen einen krummen Rücken und schlafen kann man auf diesem Konstrukt sowieso nicht. Komm mit unter die Decke, denn du strahlst die Wärme eines Hochofens aus und mir ist kalt. Bitte."

Mit einem vernehmlichen Stöhnen mühte er sich aus der unbequemen Stellung und schälte sich aus seiner Jeans, denn er hatte ja gesehen, daß ich in Unterwäsche im Bett lag. Kaum war er unter der Decke, spürte ich diese unglaubliche Körperwärme. Ich mußte unwillkürlich kichern bei meinem letzten Gedanken.

„Willst du nicht mit einem letzten Blowjob von einer Stewardess sterben? Diese Geheimdienstleute werden uns doch fertigmachen."

„Das glaube ich jetzt mal nicht. Die wollen nur den Mikrofilm. Solange ich nicht *durch* den Blowjob einer Stewardess sterbe, würde mir für den Anfang der Kuß einer Stewardess ausreichen. Und wenn wir beiden schon Frivolitäten austauschen, dann sollte dir aufgefallen sein, daß wir zwei bereits das Kopfkissen teilen. Aber war nett von dir, mir ein eigenes Kopfkissen zu geben."

„Lief mal wieder eine Wiederholung von Shogun im Fernsehen? Aber eines möchte ich von dir wissen. Freust du dich gerade, mich zu sehen?"

Ich hatte uns mich inzwischen an Toto rangekuschelt und zwangsläufig spürte ich an meinem Po seine Schwellung. Schließlich lagen nur zwei Lagen Stoff dazwischen.

„Da die 45er in der Gracht liegt, ist die Auswahl nicht sonderlich groß. Betrachte es als etwas schräges Kompliment."

„Toto, eine Sache könntest du mir verraten? Wieso bleibst du immer so cool, wenn es gefährlich wird."

„Nun, ich bin in einer sehr üblen und verrufenen Gegend groß geworden. Da lernt man, sich durchzusetzen."

„Und in welche Ecke dieser Welt bist du aufgewachsen?"

„In der Eifel."

Das Geplänkel mit Toto hatte diese vertraute Kameraderie, die ich mit meinen langjährigen Kollegen teilte. Es beruhigt mich, ihn bei mir zu spüren. Dabei hätte ich ihn gestern vermutlich nicht einmal mit dem Arsch angeschaut, wenn wir uns auf der Straße begegnet wären. Aber in diesem Augenblick nahm ich seine Hand, drückte sie fest und hauchte eine Kuß auf den Handrücken. Dann fielen mir die Augen zu und ein traumloser Schlaf übermannte mich.

03 - Fly Me To The Moon

Das Erwachen am nächsten Morgen hatte zwei Seiten, denn ich hatte nur ein paar Stunden Schlaf bekommen. Aber dafür wachte ich neben Toto auf. Ich kannte diesen Mann keine vierundzwanzig Stunden, hätte ihn vorher nicht beachtet und doch war er mir in diesem Augenblick so vertraut wie kein anderer Mann zuvor. Es klang ein wenig übertrieben, aber Toto war einfach da und handelte, immer mit einem lockeren Spruch auf den Lippen, um mir beizustehen. Wir verabredeten uns zum Frühstück und Toto verschwand in seinem Zimmer, um zu duschen und seine Tasche zu holen. Zusammen mit Michael trafen wir uns beim Frühstücksbuffet. Meine beiden Kollegen waren ebenso übernächtigt wie ich, aber wir hatten Routine mit Schlafmangel. Toto musste wohl ebenfalls mit wenig Schlaf auskommen können, denn er saß entspannt am Tisch, verdrückte drei Brötchen und goß sich gerade die vierte Tasse Kaffee ein. Michael stupste ihn an.

„Sag mal, wohin geht denn dein Flieger?"

„Leipzig. Ich wohne ein Stück ausserhalb, in Delitsch."

„Der Abflug deiner Maschine ist aber nicht zufällig um 10:00?"

Toto wollte gerade einen Schluck Kaffee nehmen, war aber von der Frage irritiert und stellte die Tasse wieder ab. Dann holte er ein Flugticket aus seiner Jackentasche und schaute drauf.

„Doch, ist er. Es ist ja die gleich Fluggesellschaft... nun sag bloß, ihr seit da die Crew."

„Schkeuditz ist unser Heimatflughafen. Das gibt`s in keinem Russenfilm. Wir wohnen alle drei in oder bei Leipzig. Aber wieso wohnst du in Leipzig, du bist doch kein Ossi. Als Besserwessi wohnt man allerhöchstens in Berlin."

„Ich glaube, es hackt. Brauch man bei euch neuerdings ein Visum? Und warum sollte ich im Reichshauptslum wohnen?"

Tamara legte ihre Hand auf seinen Oberarm.

„Ruhig Brauner. Du sollst ja nicht in Abschiebehaft. Also haben wir drei Stunden Zeit, dir Kaffee in den Schoß zu kippen. Damit du gar nicht erst anfängst, den Besserwessi zu spielen."

„Mooomentmal! Wo war ich ein Besserwessi? Und findest du nicht, daß ich ein klein wenig Respekt für die Rettungsmission verdient habe. Ich will ja keinen roten Teppich."

Tamara gab ihm ein Bussi auf die Backe.

„Denk daran, der Kaffee ist heiß."

„Ich nehme lieber ne Fanta."

„Vergiss es, die macht nur Flecke und klebt. Außerdem haben wir eine Mikrowelle an Bord."

Auch auf diesem Flug war Toto nicht nur ein mustergültiger Passagier, er beschränkte sich während des Fluges auf ein unauffälliges Flirten mit mir. Allerdings hatte Michael ihm zwei große Extrabecher Kaffee gebracht. Nach der Landung war er wieder einer der letzten beim Aussteigen.

„Wartest du um die Ecke auf uns, wir brauchen noch zwanzig Minuten."

„Natürlich, nicht das ich die nächste Showeinlage noch verpasse. Die Clowns sollen noch einmal auftreten."

„Toto, das ist kein Spiel mehr."

„Lady, mein Galgenhumor hat nun mal einen Stich ins Sarkastische."

Ich hauchte ihm ein Luftkuß zu und Toto strahlte vor Glück. Dieser Typ war vermutlich einer dieser Diamanten, den man im Dreck findet und sich als der absolute Hauptgewinn herausstellte. Es hatte zwischen uns gefunkt und ich war mir sicher, daß ich nicht die einzige mit Kribbeln im Bauch war. Im Parkhaus trennten wir und, denn Michael wollte Tamara nach Hause bringen. Den beiden war nicht entgangen, daß Toto und ich mehr sein könnten als Flugbegleiterin und Pax. Mein eigener Wagen stand zuhause, denn Gundula, eine weitere Kollegin von uns hatte mich mitgenommen, aber sie würde erst morgen aus Paris wiederkommen. Totos Wagen stand im Parkhaus zwei Etagen höher und Toto wollte sicher sein, daß die zwei sicher im Auto saßen, daher haben wir die beiden zu Michaels Wagen begleitet. Wir umarmten uns zum Abschied. In vier Tagen war unser nächster Flug, bis dahin hatten wir arbeitsfreie Tage.

Toto wollten gerade sein Auto aufsperren, als zwischen den geparkten Fahrzeugen ein bewaffneter Mann hervortrat und uns mit einer Pistole bedrohte, auf der ein schwarzer Kolben angebracht war, der die Größe einer Coladose hatte. Als begeisterter Krimileser tippte ich spontan auf einen Schalldämpfer. Ein vorbeifahrendes Auto lenkte den bewaffneten Mann kurz ab, was Toto für einen Angriff nutzte. Es gelang ihm, dem Mann die Pistole aus der Hand zu schlagen. Sie schlitterte unter ein Auto. Allerdings beherrschte der Mann einige Tricks und schlug mehrfach zu. Toto hatte keine Chance, die Treffer zu verhindern. Er taumelte zurück, was der Angreifer nutzte, ihm weiter Schläge zu verpassen. Nun ging er zu Boden, worauf hin Toto zwei Tritte in den Magen bekam. Er keuchte und stöhnte, wobei er scheinbar unkontrolliert über den Boden rollte. Der Angreifer setzte nach, aber Toto kam ihm zuvor, denn er hatte sich die Pistole gegriffen und drückte mehrfach ab. Die vielen Treffer zeigten Wirkung und der Mann brach zusammen. Toto sackte keuchend wieder auf den Boden und krümmte sich, heftig um Luft ringend, vor Schmerzen zusammen. Ich nahm ihn in den Arm und mir kamen die Tränen, so wie damals vor vierzig Jahren, als ich ein kleines Mädchen war und mein heißgeliebter Teddybär einen langen Riss im Bauch hatte. Die Watte quoll raus und weinend bin ich zu meiner Mutter gelaufen, die mit Nadel und Faden wie eine Ärztin das Loch wieder zunähte. Dabei tröstete sie mich und allmählich versiegten meine Tränen, denn mein Teddy war mein ein und alles. Und jetzt fühlte ich wieder den Schmerz und das Entsetzen, als Toto sich vor

Schmerzen am Boden zusammenkrümmte. Der Treffer in sein Gesicht zeigte Wirkung. Das rechte Augen hatte ein dickes Veilchen und Toto blutete aus mehre Wunden. Mühsam schaffte ich es, ihm beim Aufstehen zu helfen. Er taumelte zur Seite, um sich zu übergeben. Der Tritt in den Magen war für ihn doch zuviel. Schritte, die sich annäherten, kündigten weitere Angreifer an. Es waren drei Männer, zwei von ihnen mit Polizeiuniformen. Der dritte Mann trug Anzug und zeigte einen Ausweis, der ihn als Angehörigen des BND auswies, also dem Bundesnachrichtendienst . Mit kurzen Worten erklärte er uns, was passiert war, während die Polizisten Toto auf die Füße halfen. Demnach hatten iranische Agenten in Belgien Unterlagen für Hyperschallraketen und Antriebstechniken gestohlen, haben aber den Mikrofilm verloren. Eine unbekannte dritte Partei wollte den Film für eigene Zwecke nutzen, mussten aber in Schiphol den Mikrofilm verstecken. Also wurde ich unfreiwillig zu einem Kurier und bin mit meinen Freunden in einen Agentenkrieg geraten. Zumindest bot uns der Bundesbeamte eine Lösung an, die für uns den Wahnsinn beenden würde. Wir würden den Film übergeben, dafür durften wir unerkannt verschwinden und die Polizei würde sich um die Leiche kümmern. Denn an der Technik war der deutsche Staat sehr interessiert. Der deutsche Agent wandte sich an mich.

„Sie sollten besser auf ihren Umgang achten. Es ist ja schon schlimm genug, daß dieses Subjekt fünf Jahre bei der Legion war. Aber fragen sie ihn nach seiner Zeit in Südafrika oder nach DynCorp. Vielleicht haben wir eines Tages genügend Beweise, um ihn wegzusperren. Übrigens, sie sehen wie diese verstorbene Moderatorin aus, diese Anna oder Anita Garten."

158

Ich stöhnte innerlich auf, denn er kannte nicht einmal den richtigen Namen, musste mir aber erklären, wem ich ähnlich sehe. Genau mein Sinn für Humor. Seine überhebliche Art hatte ich sowieso gefressen.

„Mumpitz, sie sind der tausendste Blödmann, der mir erzählt, daß ich Antje Garden ähnlich sehe. Da müssen sie schon früher aufstehen. Originell ist etwas anders."

Er schaute zu Toto, dann verschwanden die drei durch den Notausgang. Ich verfrachtete Toto in sein Auto auf den Beifahrersitz und fuhr den gepflegten Toyota Supra zu meiner Datscha in Dölzig, einem kleinen Ort südlich von Leipzig. Es ist ein kleines freistehendes Haus, mit grauen Schiefer verkleidet, das ich von meinem besagten Onkel geerbt hatte. Es ist früher in der DDR üblich gewesen, jedes kleine Haus als Datscha zu bezeichnen. Aber die ganze Zeit wollte ich natürlich wissen, was es mit der Vergangenheit von Toto auf sich hatte. Er wandte den Kopf im meine Richtung.

„Solange du nicht alle Einzelheiten wissen willst, kann ich dir folgendes erzählen. Ich war tatsächlich fünf Jahre bei der französischen Légion étrangère und bin dann nach Erfüllung meines Vertrages nach London gegangen und habe zehn Jahre lang für die Firma DynCorp gearbeitet und war auch drei Jahre in Südafrika gewesen. Dieser Stricher weiß nicht alles."

„Du warst dann sowas wie ein Söldner?"

„Naja, Söldner an sich arbeiten für keine feste Regierung oder Firma sondern sind Freelancer, ich war bei einem

Privat Military Contractor angestellt und habe viel Zeit mit der Ausbildung von Soldaten vor Ort verbracht, habe aber auch einige Einsätze und Gefechte mitgemacht. Und um deiner nächsten Frage zuvorzukommen, ich habe weder Menschen gequält oder umgebracht. Zumindest habe ich niemanden getötet, der nicht vorher auf mich geschossen hat."

Für eine Weile grübelte ich über seine Worte nach. Meiner Meinung nach war er ein Soldat, der bei der Bundeswehr auch nichts anders gemacht hätte.

„Also gut, damit kann ich leben. Du hast es gleich überstanden, wir sind da."

Ich parkte das Auto vor meinem Haus und leise fluchend quälte sich Toto heraus und folgte mir in Haus herein. Neugierig schaute er sich um und betrachtete die Bilder und Fotos, die an der Wand hingen, während ich ihn in die erste Etage dirigierte und den Weg zum Badezimmer zeigte. Er stöhnte, als ich ihm dabei half, die Jacke und das Hemd auszuziehen. Während er versuchte, durchzuatmen, ließ ich ihm das Wasser in die Badewanne ein und kippte Badesalz und Schaum ein. Dann ließ ich ihn im Bad zurück und ging in mein Schlafzimmer. Seine dreckige Sachen landete zusammen mit meiner Kleidung im Korb für die Schmutzwäsche. In aller Ruhe machte ich mich dann frisch und legte das berühmte Ensemble von Frau Garden an, nach all den Anspielungen in den letzten Tagen. Der gelbe Blazer war noch der aus meiner Jugend und mit Stolz stellte ich fest, daß er mir immer noch passte. Dafür war der schwarze Pulli neu. Die blaue Jeans und meine Stiefeletten vollständigen mein Outfit, dann ging ich zurück zum Bad. Auf meine Klopfen hörte ich ein

Brummen, was ich als Aufforderung zum Eintreten verstand. Er lag Wanne, bedeckt mit Badeschaum. Er schaute mich mit einem schiefen Lächeln an, wobei seine Augen bewundernd glänzten.

„Wow, du siehst fantastisch aus."

„Und fühlst du dich schon etwas besser? Ich bin froh, daß dir nichts passiert ist. Du hast einiges einstecken müssen. Aber es hatte was von James Bond trifft Jason Bourne zusammen mit Jet Li."

„ich würde gegen keinen der drei auch nur eine Minute durchhalte und bei Jet Li keine 10 Sekunden schaffen."

Mit einem schmerzverzerrten Gesicht richtete sich Toto auf, wobei das Badewasser leicht hin und her schwappte. Ich schaute in sein Gesicht, daß nun einen melancholischen, vielleicht sogar traurigen Ausdruck hatte.

„Sag mal Toto, was stört dich an mir? Oder ist es etwa mein Job als Stewardess?"

„Nun, bei deinem Job bist du bist viel unterwegs, hast kaum Freizeit und viele unerwartete Einsätze. Und Flugbegleiterinnen sind sehr begehrt, da gibt es viele Gelegenheiten, am wilden Jet-Set Leben teilzunehmen. Und du bist besonders hübsch, da kannst du dir doch jeden Mann aussuchen, den du haben willst"

„Das mit den sogenannten Gelegenheiten kommen weniger vor, wie man in der Presse immer liest, denn wie du ja weißt, ist unser Job sehr anstrengend, da ist man oft froh, früh ins Bett zu kommen. So wild ist unser Jet-Set Leben nun wirklich nicht. Du bist der erste Pax, mit dem ich privat Kontakt habe. Aber ich verrate dir ein kleines Geheimnis. In vier Wochen bin ich Senior Ausbilder in Leipzig und die Reisen haben ein Ende. Es wird mir fehlen, aber ich verdiene mehr Geld und könnte später die Schuldirektorin werden. Stell dir vor, du gehst dann mit einem echten „Direx" ins Bett."

Toto schaute mich zweifelnd an. Dieses gestandene Mannsbild, der sich nicht verstecken musste, glaubte nicht daran, daß ich mich ernsthaft für ihn interessieren könnte. Seiner Meinung nach spielten wir nicht in derselben Liga. Er schien meine Gedanken zu lesen.

„Antje, hast du mal in den Spiegel geschaut? Ich bin eine vier, aber du bist eine neun, in diesem Outfit eine zehn. Selbst wenn du Bademantel, und diese Garfield-Plüschpantoffeln trägst, mit ungekämmten Haaren bist du eine acht. Du bist Bundesliga, ich allenfalls Regionalliga."

„Nein, du bist Lotto, Toto, Rennquintett - für mich ein Hauptgewinn. Und wenn, dann bist du eine sieben und mit Anzug bist du einen acht. Wenn ich im Bademantel ausgehe, dann passen wir perfekt zusammen. Also hör auf, dein Licht unter den Scheffel zu stellen. Das steht dir absolut nicht. Bezeichne mich lieber als Flugbegleiterin, das klingt seriöser als Stewardess und ist auch nicht so mondän. Wir sind weder Zauberwesen noch Einhörner. Und du hast eine geheimnisvolle Vergangenheit, daß macht jede Frau neugierig."

Während ich mit ihm sprach, beugte ich mich weiter vor. Bevor Toto reagieren konnte, legt ich meine Lippen seitlich an seinen Hals und saugte kräftig, um ihm eine deutlichen Knutschfleck zu verpassen.

„Ich habe es abgeleckt und damit ist es meins."

Ich nutzte die Gelegenheit, und knabberte noch zärtlich an seinem Ohrläppchen.

„Und jetzt bist du abgekaute Ware, da muß ich dich sowieso nehmen."

Toto schaute mich erstaunt an, als konnte er mein Worte noch nicht ganz begreifen. Ich sprach einfach weiter.

„Jetzt paß mal auf. Es war schon immer so, daß der Ritter die Prinzessin kriegt, wenn er den Drachen besiegt. Und du hast einige Drachen erlegt, also steht es außer Frage, daß wir beide zusammengehören."

Ich schob den Ärmel von meinem Blazer zusammen mit den Ärmel vom Pulli hoch und tauchte meinen Arm langsam ins Wasser. Ich umfasste sein bestes Stück.

„Du freust dich tatsächlich, mich zu sehen. Und nur fürs Protokoll, er liegt gut in der Hand."

Seine Stimme war brüchig und kratzig.

„Du hättest mich vorher küssen müssen, daß macht man doch bei Fröschen so."

„Du kommst jetzt aus der Wanne raus, putzt dir die Zähne und ich klebe beim Kaffee deine Kratzer ab. Und dann küsse ich dich - Kermit."

Je mehr ich mich vom Flughafen entferne und je privater mein Umfeld wird, umso mehr schlug meine heimatliche Sprachmelodie durch und ein Hauch von Dialekt war zu hören. Ich trocknete meinen Unterarm ab, holte aus einem Schrank eine übergroßen Bademantel, den ich aus einem Hotel in Abu Dhabi hab mitgehen lassen. Seit einer meine Ex Freunde einen schönen Seidenmantel ruiniert hatte, als er ihn einmal angezogen hatte, wollte ich für die Zukunft vorbereitet sein. Mit einem Luftkuß in seine Richtung ging ich in die Küche und bereitete ein Kanne vor. Fünf Minuten später ging ich zurück ins Bad, wo Toto sich mit seiner Reisezahnbürste die Beißerchen schrubbte. In seiner Reisetasche war noch eine frische Unterhose. Aus einer Schublade holte ich Jodsalbe und Pflaster nebst Leukoplast. Toto setzte sich auf den Badewannenrand und ich versorgte die tiefen Kratzer. Das Jod musste höllisch brennen, aber er zeigte keine Reaktion. Aber meine Finger auf seiner Haut brachten seine Nackenhaare zum Stehen. Langsam und intensiver, als es notwendig wäre bearbeitete ich ihn.

„Steh mal auf, du hast an den Beinen noch mehr Kratzer. Aber der da ist ganz tief."

Diese besagte Schramme war lang und zog sich von der Hüfte bis zu dem Oberschenkel runter. Ohne ihn zu fragen zog ich den Slip runter, um die Schürfwunde zu versorgen.

„Antje, dir ist klar, was du da gerade tust?"

164

Ich klebte das Pflaster auf, dann griff ich um ihn herum. Ein Kuß auf die Schulter folgte.

„Die Aussicht spricht für sich - ich gefalle dir. Und jetzt noch einmal. Ich habs abgeleckt. Meins! Das hat früher bei meiner Schwester immer funktioniert, besonders beim letzten Stück Kuchen."

Er dreht sich zu mir um, worauf ich ihn küsste. Toto erwiderte den Kuß, doch bevor er etwas sagen konnte, nahm ich seinen Befürchtungen den Wind aus den Segeln.

„Eine ungewöhnliche Situation für den ersten Kuß, aber wenn es der richtige Mann ist, dann kann es gar nicht außergewöhnlich genug sein. Nur das wir unseren Nichten und Neffen später einmal dieses Detail vorenthalten sollten. Aber ich gebe zu, ich finde die Situation prickelnd."

Seine Reaktion war die einzig Richtige, denn er küsste mich zärtlich. Ich reichte ihm schließlich den Bademantel und er folgte mir. Da ich die Kaffeemaschine noch nicht eingeschaltete hatte, führte ich ihn ins Schlafzimmer und schubste ihn sanft aufs Bett, woraufhin ich mich rittlings auf ihn setzte. Der weiter Kuß war nur der Auftakt.

*   *   *

Zwei Stunden später lagen wir eng umschlungen im Bett und dösten.

„Könntest du das Ensemble öfters tragen. Es sieht richtig sexy aus."

„Du ersparst mir aber weitere Antje Garden Vergleiche."

„Nun, ich sehe in dir eine hübsche Frau mit wunderbaren, kupferroten Haaren, die süße Ostschnitte mit dem unglaublich perlenden Lachen, die erfahrende Flugbegleiterin, die mondäne Stewardess und die absolute heiße Saftschubse mit den langen Beinen sowie dem hübschen Gesicht. Und ja, du bist für mich eine mutige, kluge und begehrenswerte Frau."

„Solange eines klar ist. Ich bin eine Sexgöttin und du sollst keine anderen Götter neben mir haben. Es gibt Dinge im Leben, die will ich nicht mit einer anderen Frau teilen."

„Wozu, du reichst für das ganze Leben. Ich bin schließlich kein Junge für eine Nacht."

*   *   *   *   *

Inzwischen sind mehre Jahre ins Land gegangen. Ich bin zwar noch nicht Direktor der Akademie geworden, aber die Ausbildung machte Spaß und für zwei oder drei Woche im Jahr arbeitete ich wieder an Bord. Tamara folgte mir ein Jahr später an die Akademie als Ausbilderin, zusammen mit Michael, der inzwischen seine große Liebe geheiratet hatte. Gustav kannte er schon seit langer Zeit, gefunkt hatte es schon früher, aber es brauchte seine Zeit, bis die beiden zusammenfanden. Nachdem Toto und ich drei Jahre zusammen waren, hat er mir einen Heiratsantrag gemacht. Übrigens sind wir beide Mitglieder im Mile High Club. Diese ‚Mitgliedschaft' wird etwas überschätzt, denn in der Regel bleibt bei Linienflüge nur die Toilette und die sind trotz der regelmäßigen Kontrolle durch das Kabinenpersonal am

166

Ende des Fluges nicht immer im saubersten Zustand. Die Crew hat bei vielen Maschinen einen eigenen Liegeraum zur Verfügung, der hin und wieder auch für den Beischlaf genutzt wird. Einfacher ist es wohl in den Geschäftsreiseflugzeugen, eine Nummer zu schieben. Versuchen sie es nicht in Militärmaschinen, die zu sind, so weit ich weiß, zu eng und zu laut und der Frachtraum einer Antonov oder Globemaster ist nicht erotisch genug. Wir beide durften einen Wartungsflug in einer A 319 mitmachen und hatten die ganze Kabine für uns. Das Antje Garden Outfit kam immer wieder mal zu ehren, aber auch nur, weil Toto es ausgesprochen sexy fand und ihn an unsere Anfangszeit erinnerte. Und weil mir der Blazer bis heute passte. Was auch immer noch passieren wird, langweilig wird es uns wohl noch lange nicht, denn Königspudel Clucky, Main Coon Kater Jerry und Bauernkatze Knulle halten uns zwei genug auf Trab.

4 - Texas Love

01 - Rocket Man In Texas

Die Sonne ging über dem Waldrand langsam auf, als der dunkelgrüne 1973er International Scout II die langgezogene Rechtskurve entlangfuhr. Die Reifen gaben einen leichten singenden Ton von sich. Sean Donegal drehte das Radio ein wenig lauter, denn es lief „Paradise City", dem der Song „Should I Stay Or Should I Go" folgte. Sean fragte sich, ob sein Ziel Willow Creek wirklich das Paradies sein könnte und ob er dableiben will. Seine Versetzung von Trenton in New Jersey in den tiefen Süden der USA war nicht ganz freiwillig. Statt als Chef der Sicherheit die Unversehrtheit des Forschungszentrums sowie des Firmenhauptquartiers zu garantieren, war er nun für die Sicherheitsüberprüfungen der Mitarbeiter der United Naval Shipyards am Golf von Texas zuständig. Die Werft gehört zu Blue East Technologies, einem weltweit operierenden Technologie Konzern. Die fehlende Freiwilligkeit hatte er sich durch eine Affäre mit einer älteren, ausgesprochen attraktiven Frau namens Beverly Bingham eingehandelt. Daß sie mit Nachnamen Bingham hieß, hatte sie schlicht verschwiegen. Ansonsten hätte Sean sich nicht auf die Sache eingelassen. Denn sie war die Ehefrau eines hochrangigen Managers, der den Bereich Forschung und Entwicklung führte. Und Sean hatte die Wahl, entweder die Firma zu verlassen oder sich so weit wie möglich vom Hauptquartier zu entfernen. Und das war die Werft an der Golfküste südwestlich von Freeport in der Nähe von Houston. Der Verwaltungsjob war reine Büroarbeit ohne Führungsverantwortung, aber zumindest gut bezahlt. Er nahm noch einen Schluck Kaffee. Die blaue Thermoskanne war jetzt leer, aber Willow Creek war eh nur noch einige Meilen entfernt. Aus Routine schaute er regelmäßig in den Rückspiegel. Ein Fahrzeug näherte sich mit hoher Geschwindigkeit und als das Fahrzeug bis auf zweihundert Meter herankam, blitzen vom Dach rote Lichter auf. Zusammen mit der blauen sowie weißen Lackierung wies es auf ein Polizeifahrzeug hin. Sean tippte auf die lokale Polizei, den die Texas State Police hatte eine andere Farbgebung für ihre Fahrzeuge. Zweimal war die Sirene zu hören, worauf Sean mit dem Blinker anzeigte, daß er rechts ranfuhr. Er machte den Motor aus, ließ die Seitenscheibe runter, legt die Hände auf das Lenkrad und hielt zwischen seinen Fingern Führerschein und die Papiere vom Fahrzeug bereit, die er zuvor aus seiner Brieftasche gezogen hatte. Er atmete die frische, kühle Luft ein, die durch das offene Fenster hereinströmte. Ein Blick in den Rückspiegel zeigte ihm, daß ein in einer blauen Uniform gekleideter Polizist näher kam. Er hatte die Hand an der Waffe, zeigte also ein völlig normales Verhalten. Als die Gestalt neben seiner Tür stand bemerkte er, daß es eine Polizistin war. Sie hatte bestimmt einen kurzen Haarschnitt, denn unter dem Smokey Bear Hat lugte kein Härchen hervor. Das schmale Gesicht wirkte eher durchschnittlich und war nicht geschminkt. Durch den unnahbaren Gesichtsausdruck wirkte sie, als wäre sie eine ausgesprochen biestige Person. Trotzdem setzte Sean ein Lächeln auf.

„Hi Officer, was habe ich falsch gemacht? Wie kann ich behilflich sein?"

„Es heißt Deputy, nicht Officer."

Sie verzog keine Miene und schaute ihn weiter mit einem grimmigen Gesichtsausdruck an. Ihre Stimme war rau und dunkel, hatte aber einen angenehmen Klang.

„Sorry, mein Fehler."

„Was wollen sie hier in dieser Gegend? Und woher kommen sie?"

„Direkt aus Trenton. Ich bin hierher versetzt worden. Zur Werft."

„Ihren Führerschein und die Fahrzeugpapiere."

Sean Donegal reichte ihr die Papiere und die Polizistin ging zurück zu ihrem Dienstwagen. Nach einigen Minuten kehrte sie zurück.

„Folgen Sie mir zum Revier zur weiteren Überprüfung. Ich fahre voraus."

„Ist das notwendig? Ich habe morgen früh um acht einen Termin beim hiesigen Polizeichef Chambers. Da könnten sie das... ."

„Sie folgen mir jetzt sofort zum Revier!"

Ihre Stimme bekam jetzt einen schneidenden Unterton und um ihre Entschlossenheit zu unterstreichen, legte sie die Hand an das Griffstück der Dienstpistole. Sean holte tief Luft und nickte mit dem Kopf. Als der Streifenwagen losfuhr, hängte er sich an ihre Fährte. Nach drei Meilen erreichten sie Wilson Creek. Die Hauptstraße war gesäumt von diversen Ladengeschäften, bis sie ein großes, altes Gebäude aus roten Ziegeln erreichten, vor dem eine Reihe weitere Streifenwagen parkten. Die Polizistin bog in die Seitenstraße ein und dann in einen Hinterhof des Gebäudes. Sean parkte in der letzten freien Lücke. Er brauchte einige Sekunden, um seine Papiere und das Mobile in seiner M 65 Field Jacket zu verstauen. Er stieg aus seinem Fahrzeug aus und wurde schon von dem Deputy erwartet. Sie führte ihn über einen Seiteneingang in die Wache, um ihn weiter zu überprüfen. Sheriff Rusty Chambers lief ihnen über den Weg und fragte seinen Deputy beiläufig nach dem Grund, warum sie diesen Mann mitbrachte. Bei dem Namen Donegal horchte er auf.

„Haben wir nicht morgen Früh um neun einen Termin?"

„Das ist richtig. Und das habe ich ihrem Deputy auch gesagt, aber sie war wohl der Meinung, ich könnte mich verfahren und zu spät kommen. Sie ist wohl sehr um Ihren Terminkalender besorgt."

Chambers hörte den Sarkasmus aus der Stimme heraus und kratzte sich den schwarzen, haarlosen Schädel.

Cassandra war wohl über das Ziel hinausgeschossen, was eigentlich ungewöhnlich war. Denn Deputy Cassandra Wilks war die Korrektheit in Person. Er wollte sie nicht bloßstellen, aber auch nicht einen Mitarbeiter des größten Arbeitgebers der Gegend unnötig verärgern, mit dem er öfters zu tun haben würde.

„Cassandra, Mr. Donegal hat tatsächlich erst morgen den Termin mit mir. Ich denke, das Missverständnis ist geklärt."

Er schaute Deputy Wilks an, die kurz und knapp nickte. Dann wandte er sich an Sean.

„Haben sie noch Zeit für einen Kaffee oder stehen für sie schon Termine an."

„Bis um 12 habe ich Zeit. Und einen Kaffee nehme ich gerne. Deputy, für mich ist die Angelegenheit damit auch erledigt."

Deputy Wilks schaute Sean mit einem unfreundlichen Blick an und er schauderte ein wenig.

Meine Fresse, die ist ja richtig angepisst. Und bestimmt fühlt sie sich blamiert bis auf die Knochen. Ich fürchte, daß wird in Zukunft bei jeder Verkehrskontrolle richtig lustig.

„Sir, wenn ich jetzt meinen Dienst weiter versehen dürfte? Ich würde noch gerne im Outer Rim vorbeischauen."

„Sicher. Bis später."

Mit fast schon militärischer Präzision drehte Wilks sich um und verließ den Raum. Während des Gesprächs hatte sie ihre Kopfbedeckung abgenommen. Mit dem Kurzhaarschnitt lag Sean zwar falsch, aber sie hatte die Haare zu einem Dutt zusammengesteckt. Und das war, was Hässlichkeit betrifft, auf einer Skala von 1 bis 10 eine 9,5. Zusammen mit der verkniffenen Gesichtsmimik hatte dieser Deputy etwas von einer Hexe. Fehlten nur noch die Warzen. Zum Glück hatte sie keine schwarze Katze dabei, denn das wäre Tierquälerei gewesen. Er folgte Chambers in einen gemütlichen Pausenraum mit Teeküche. Der Sheriff reichte ihm eine Tasse Kaffee.

„Brauchen sie Milch und Zucker?"

„Nein Danke. Kaffee schwarz ist perfekt."

„Ich möchte mich für die Unannehmlichkeiten entschuldigen. Deputy Wilks ist eine gute Polizistin, aber ich denke, ihr sonst immer so gutes Bauchgefühl hat sie diesmal in die Irre geführt."

„Och, ich habe mir schon unter wesentlich unangenehmeren Umständen einen Gratiskaffee ergaunert. Sie macht halt ihre Arbeit. Was wird denn hier das Outer Rim genannt?

„Es ist ein riesiges Industriegebiet auf der anderen Seite des Hafen in Richtung Freeport. Dort treiben sich öfters Gangs aus Houston rum."

„Mit anderen Worten, kein beliebtes touristisches Ziel. Haben sie noch ein paar weitere Tipps für einen Neuling?"

„Wenn sie sich für Football interessieren, dann sprechen sie niemals wohlwollend über die Cowboys. Das hier ist das Revier der Texans."

„Kann mir nicht passieren. Ich bin ein Anhänger der Oilers."

Chambers stutzte kurz, weil er an die Tennessee Titans, den ständigen Konkurrenten der Houston Texans in der AFC South dachte, die früher als Houston Oilers vor dem Umzug nach Nashville dort residierten. Dann sah er das Grinsen von Sean und beide sagten gleichzeitig:

„Edmonton."

„Also gehören sie zu den Männern, die auf Gummischeiben starren."

Sean erzählte kurz von seiner Arbeit und Herkunft und Chambers gab ihm noch einige Informationen über Willow Creek.

*   *   *

Eine halbe Stunde später machte Sean sich wieder auf den Weg und erreichte sein Ziel. Nach zwei Stunden waren die Formalitäten erledigt und der hiesige Werkschutzleiter Charles Bearfoot zeigte ihm die Örtlichkeiten wie Büro, Kantine und die Bereiche, die Sean während seiner Arbeit nutzen würde. Zudem gab er ihm einige Tipps, wie er sich auf dem riesigen Areal zurechtfinden konnte. Sean war sofort aufgefallen, daß Bearfoot von seinen Gesichtszügen her Indianer sein könnte.

„Sind sie Cherokee?"

„Nein, vom Stamm der Choctaw. Die Cherokee haben sich nie so nah an der Golfküste angesiedelt. Und ich selber komme aus Louisiana mit jeder Menge Cajun als Vorfahren. Aber wissen Sie was, da wir eh Nachbarn sind, kommen sie doch zum Abendessen rüber, dann lernen sie auch gleich meine Familie kennen. Und ich muß sie gleich vorwarnen. Meine Katze betrachtet ihren Garten inzwischen als ihr Revier."

„Sie darf im Zweifel sogar in meiner Sockenschublade schlafen, wenn sie nicht allzu sehr haart. Das ich keine Haustiere habe liegt bisher nur daran, daß ich lediglich in Trenton fünf Jahre am Stück in derselben Wohnung gewohnt habe und die war eindeutig zu klein. Ansonsten würden bei mir Hund, Katze, Hamster oder meinetwegen eine zahme Motte leben. Aber die Einladung nehme ich sehr gerne an. Seit Tagen ernähre ich mich nur von

176

Burger, fettigen Spiegeleiern und irgendwo bei Atlanta habe ich die schlimmste Pizza der Welt serviert bekommen. Ich sehne mich regelrecht nach echter Hausmannskost."

„Oh, die kriegen sie. Es gibt neben Gumbo auch Jambalaya. Die Tex-Mex-Küche können sie noch früh genug erkunden. Aber so von Marine zu Marine, ich bin Charlie."

„Sean. Für Freunde auch Rocket Man. Mein Vater und mein Onkel sind lange Zeit an den Wochenenden Dragster gefahren. Funny Car. Ich selber war Teil des Teams und habe an den Motoren gearbeitet. Aus Langeweile habe ich mir eine Seifenkiste mit einem ausrangierten Chrysler-Motor zusammengebastelt. Mit Lachgaseinspritzung obendrauf. Es war ein voller Erfolg. Sehr viele Brandblasen am Hintern, eine lange Furche im Asphalt einer Landstraße und eine Kuhherde war wohl für lange Zeit traumatisiert."

„Dann bin ich ja ausgesprochen beruhigt, daß sowohl die Schiffsdiesel als auch die Atomreaktoren sehr gut bewacht werden."

Beide mussten laut lachen und Charlie brachte Sean zum Parkplatz. Die Wohnsiedlung lag ein Stück außerhalb des Werftgeländes. Eine Reihe von Einfamilienhäusern mit Vorgärten, die sich an mit vielen Bäumen gesäumten Straßen befanden. Sean hatte ein möbliertes Haus gemietet und nur einige Habseligkeiten wie Bücher,

Kleidung und Bilder durch ein Umzugsunternehmen vorgeschickt. Das Einräumen dürfte in ein bis zwei Tagen erledigt sein. Der Abend bei seinem Nachbarn endete gegen elf am Abend und Sean stellte fest, daß die Katze seiner Nachbarn mit viel Eifer ihre Haare verteilte. Die meiste Zeit hatte sie nach dem Essen auf seinem Schoß geschlafen. Mrs. Bearfoot riet ihm, sich einen Container voll mit Duct Tape zuzulegen, um die Haare wieder zu entfernen.

Drei Monate später hatte sich Sean eingelebt und Texas gefiel ihm immer besser. Er überlegte sich sogar, einen Stetson zuzulegen. Im Westen von Willow Creek lag ein Einkaufszentrum, wo auch ein großer Bekleidungsausstatter war. Entspannt lauschte er Bon Scott beim Song „Dirty Deeds Done Dirt Cheap", während er mit seinem Scout durch die Innenstadt fuhr. Die Yelp Sirene überraschte ihn ein wenig und im Rückspiegel sah er wieder einen Streifenwagen. So langsam nervte diese Deputy Wilks. Das war inzwischen die fünfte Kontrolle durch sie, seit er nach Texas gekommen war. Aber er wollte ihr nicht die Genugtuung bereiten und zeigen, daß es ihn störte, indem er sich bei Chambers beschwerte. Stattdessen versuchte er sie ebenfalls immer wieder zu provozieren, damit sie ihn aufs Revier mitnahm. Dann würde Chambers von selbst anfangen, Fragen zu stellen.

„Deputy, ich habe sie schon vermisst. Was habe ich diesmal angestellt?"

178

„Ihren Führerschein und die Fahrzeugpapiere, bitte."

„Gerne. Es steht immer noch der Text drin wie vor zwei Wochen, aber wenn sie ein so schlechtes Gedächtnis haben, dann bitte gerne. Soll ich ihnen wieder den Sanitätskasten vorführen? Sie haben letztes Mal die Pflaster nicht gezählt. Ich finde, sie werden langsam ein wenig nachlässig."

Cassandra Wilks blickte Sean wütend an, sagte aber kein Wort. Sie gab ihm die Papiere zurück, wandte sich ab und ging zurück zu ihrem Streifenwagen. Gegen sechs Uhr betrat sie das Revier und erledigte noch die letzten Berichte, als Sheriff Chambers sich auf einen Stuhl neben ihrem Schreibtisch setzte.

„Cassy, was ist mit dir los?"

„Rusty, was soll sein? Mir geht es so wie immer."

„Gerald prüft regelmäßig die Funkberichte und ihm ist aufgefallen, daß regelmäßig Kennzeichen aus New Jersey auftauchen. Um genau zu sein, ein ganz bestimmtes Kennzeichen aus New Jersey. Hör zu Cassy. Ich weiß nicht, warum Sean Donegal dein Lieblingsopfer ist. Aber du bist dabei, es ganz gewaltig zu übertreiben. Lass es bitte. Er ist ein geduldiger Mensch, aber eine Beschwerde seinerseits wäre durchaus berechtigt. Und Richter Hudson reagiert bei Amtsmissbrauch sehr ungehalten. Und dieses Verhalten kenne ich so nicht von dir. Du bist eine erstklassige Polizistin, aber mach Dir nicht alles kaputt. Laß die Finger von ihm. Ok?"

„Ok, Rusty. Betrachte es als erledigt."

02 - Big Trouble In Texas

Die Blue Egypt Bar war gut gefüllt und Sean konnte noch einen Stehtisch für sich und Ray ergattern. Ray Wahlen war sein Kollege und zuständig für die Nachweise radioaktiven Materials. Die Gespräche verstummten, als der Western Song ausgeblendet wurde und dafür der Hochzeitsmarsch eingeblendet gespielt wurde. Am Ende der Tanzfläche stand David Kaufmann, der örtliche Friedensrichter. Er war bereit, die ungewöhnliche Hochzeit für die Paare durchzuführen. Die vier Bräutigame waren im schwarzen Smoking gekleidet. Die drei Bräute trugen nichts weiter als weiße Pumps und Schleier. Ansonsten waren sie nackt. Es waren Frauen, die ihre exhibitionistischen Neigungen ausleben wollten und nackt vor den Traualtar traten. Die Stadtordnung von Willow Creek hatte einige liberale Ausnahmen im Gegensatz zum Rest von Texas. Es war auch für diese Gegend eine eher ungewöhnliche Zeremonie, was aber auch daran liegt, daß die meisten Frauen bei ihrer Hochzeit lieber ihr Traumkleid tragen möchten. Obwohl viele Arbeiter der Werft und Angehörige der Navy anwesend waren, blieb die Menge ruhig und schaute der Zeremonie zu und jubelte und klatschte, als die Paare sich zum Ende küssten. Während des restlichen Abends blieben die Frauen im klassischen Evakostüm, ansonsten war es wie auf jeder anderen Party oder Hochzeitsfeier. Sean hatte Deputy Cassandra Wilks beobachtet. Mit dem Polohemd und dem Dutt, mit dem sie anscheinend geboren wurde sowie dem ungeschminkten Gesicht

181

wirkte sie unscheinbar und unattraktiv. Es hatte ihn verwundert, daß sie die Trauung nicht mit verkniffenem Gesicht beobachtet hat. Stattdessen hatte sie fast schon sehnsüchtig zugeschaut, als ob sie selber dort stehen möchte. Hatte sie den Wunsch, als Braut vor den Altar zu treten oder wollte sie sich splitterfasernackt in der Öffentlichkeit präsentieren? Aber bei dem Aussehen war es besser, wenn sie in der zweiten Reihe stehen blieb. Es war ein gehässiger Gedanke, aber jedes Mal, wenn sie sich begegnet waren, war ihr Verhalten ausgesprochen feindselig und sie versuchte ihm Probleme zu bereiten. Die zahlreichen Fahrzeugkontrollen sind zwar umgehend beendet worden. Aber vorhin war ihr Blick wie immer unfreundlich, als sie ihn in der Menge entdeckt hatte.

Ray und er selber amüsierten sich mit zwei Frauen, die aus Bay City stammten. Es war um Mitternacht, als ein Geist aus der Vergangenheit im Blue Egypt erschien. Es war Beverly Bingham, die ihn anlächelte, wobei ihr Blick genau das Gegenteil bedeutete. Sie trug einen kinnlangen Bobschnitt, deren Haare in einem modernen silbergrau gefärbt waren. Mit einer Größe von 1,62 Meter und den dünnen Beinen und Armen wirkte sie sehr zierlich. Dazu war sie viel zu elegant gekleidet für den Anlass. Beverly liebte es immer großspurig aufzutreten und die Blicke der Umstehenden auf sich zu ziehen. Sean ging ihr schnell entgegen, denn er ahnte schlimmes.

„Sean, also hier treibst du dich herum. Anscheinend hast du dich den hiesigen Verhältnissen bereits angepasst.

Würde es dich stören, wenn wir kurz vor die Tür gehen, um in Ruhe miteinander zu reden?"

„Ich freue mich auch, dich zu sehen. Aber was willst du denn hier?"

Sean deutete mit einer Handbewegung die Richtung zum Ausgang an und folgte ihr. Beim Eingang standen Cassandra mit ihren Freundinnen Joanna und Diana, also wollte er weitergehen, um eine ruhige Stelle auf dem Parkplatz zu finden. Joanna begrüßte ihn und bedeutete ihn, bei ihnen stehenzubleiben.

„Hey, Sean. Du willst doch etwa nicht schon gehen. Die Party geht doch erst noch so richtig los."

Beverly blieb stehen und musterte die drei Frauen. Im Gegensatz zu Cassy waren Joanna und Diana für den Abend aufreizend gekleidet.

„Nun, du hattest ja schon immer eine Vorliebe für Veranstaltungen dieser Art. Frauen, die sich nackt in der Öffentlichkeit präsentieren. Und Freunde hast du auch schon gefunden. Da können wir doch gleich hierbleiben. Die sind doch bestimmt gespannt, was es so alles über dich so zu erfahren gibt."

Diana schaute jetzt ernst, denn sie vermutete, daß hier schmutzige Wäsche gewaschen werden sollte.

„Mädels, ich denke, wir sollten wieder reingehen."

„Nein, bleibt ruhig. Keine Eile. Es gibt viel zu erzählen."

„Beverly, du willst mit mir reden. Nun dann fang an. Ich hör dir zu."

Beverly hatte nun dieses böse Funkeln in den Augen.

„Jetzt pass mal auf, Rocket Man. Ich lass mich nicht so einfach auf ein Abstellgleis schieben. Auch von dir nicht."

„Dann beschwere dich lieber bei deinem Ehemann, denn als der uns auf die Schliche gekommen war, konnte ich wählen. Entweder nach Texas zu verschwinden oder die Firma zu verlassen. Aber wenn ich ehrlich bin, die Bezahlung und die Krankenversicherung sind zu gut, und woanders völlig neu anzufangen, darauf habe ich auch keine Lust. Also habe ich mich für den Job hier an der Golfküste entschieden."

„Worauf du Lust hast, daß weiß ich nur zu gut. Wenn ich hohe Absätze trage, so richtig schön abgefuckte Heels und dazu meine hübschen Füße ... dann ging richtig die Post ab, Rocket Man. Du hast mich immer ordentlich gefickt."

Beverly wandte sich an die drei Frauen. Mit der Hand deutete sie zwischen Diana und Joanna.

„Ihr zwei könnt ihn für zwischendurch haben, da müsstet ihr ihn noch nicht einmal überreden. Aber bei der Nummer drei würden selbst 12 cm Absätze nicht viel helfen. Aber Rocket Man hier ist durchaus eine Sünde wert. Also Sean, ich bin die nächsten zwei Wochen in Galveston im San Luis Resort. Du kannst es dir überlegen. Ciao."

Sean holte tief Luft, und schaute in die verblüfften Gesichter der drei Texanerinnen, nachdem Beverly in den Mercedes gestiegen war. Er war überrascht, daß Cassandra ihn nicht hämisch angrinste oder mit tiefer Verachtung anschaute. Für sie müsste es doch ein Triumph sein. Ihre Kontrollen waren jedes Mal ergebnislos und die Niederlage bei ihrer ersten Begegnung hatte sie ihm bestimmt nicht verziehen. Stattdessen wirkte ihr Gesichtsausdruck eher nachdenklich.

„Könnten wir eventuell diese Geschichte vergessen? Das waren jetzt doch einige Details zuviel für einen Abend."

„Wer war diese reizende Person?"

„Jemand aus meiner Vergangenheit und der Grund, warum ich nun in Texas arbeite. Wir hatten mal etwas miteinander, aber eine dritte Partei war damit nicht einverstanden."

„Sie scheint sehr reich zu sein. Sie trägt sehr teure Kleidung und fährt ein Cabrio. Sehr stilvoll."

„Das täuscht. Vor der Heirat hat sie Dessous bei Woolworth verkauft."

„Stimmt das, was diese Frau über dich erzählt hat? Das du ein Faible für Stöckelschuhe und so hast. Stehst du echt auf sowas?"

„Ist das jetzt deine wichtigste Frage, Diana? Und wenn? Ich wage es zu bezweifeln, daß du wirklich Interesse daran hast. Und auf High Heels stehen, bildlich gesprochen, fast immer die Frauen. Aber falls du wissen willst, ob es mein... Fetisch ist, nun Beverly hat sich ja wohl eindeutig ausgedrückt. Habe ich deine Neugier damit befriedigt?"

Joanna räusperte sich und lächelte Sean an, als sie merkte, daß er sehr verärgert war und die Frage wohl missverstand. Diana und sie selbst mochten ihn und seine freundliche Art. Sie fand, daß er gut zu ihrer Freundin passen würde, aber ihre Reaktion auf seine Person war sehr schwer zu beschreiben, denn sie wirkte bei ihm distanziert und auch ablehnend. Aber sie hatte es im Bauchgefühl, daß die zwei zueinander passten.

„Ich denke, ich spreche auch für Cassy und Diana. Es würde uns wenig bringen und mein Mann arbeitet in der Werft und du könntest ihm Probleme mit seiner Sicherheitsfreigabe bereiten. Wir vergessen diese Angelegenheit und sprechen mit keinem Menschen darüber. Aber eine Frage könntest du uns beantworten. Warum hast du den Spitznamen Rocket Man?"

„Der stammt aus meiner Jugend. Mein Vater und mein Onkel sind früher Drangster-Rennen gefahren. Und ich

186

war Teil der Boxencrew. Aber keine Sorge, was deinen Mann betrifft, ich trenne zwischen beruflichen und privaten Angelegenheiten."

Cassandra hatte die ganze Zeit kein Wort gesagt und bei dem Gespräch keine weitere Miene verzogen, auch als sie zusammen mit den beiden Freundinnen zu ihren Autos gingen, die weiter hinten auf dem Parkplatz standen. Diana sprach als erste, als sie bei den Fahrzeugen standen.

„Diese Beverly ist ein Miststück. Hast du mitbekommen, wie abfällig sie über Cassy gesprochen hat? Daß Sean und diese Tussi ein Verhältnis haben oder vielmehr hatten ist ja eine Sache. Aber ihn derartig zu blamieren und dann quasi zu erpressen, das geht zu weit. Wobei, was die Trulla über ihn erzählt hat, ist nun kaum verwerflich. Etwas ausgefallen, aber warum eigentlich nicht? Er ist zwar kein Adonis, aber seine Augen sind sehr sexy. Wenn er auf Stilettoabsätze abfährt, dann finde ich das sogar ein wenig prickelnd."

Joanna nickte zustimmend und beide schauten Cassandra an, die bisher kein Wort gesprochen hatte.

„Wenn ihr meint. Wobei, dieser Yankee wurde quasi hierhin strafversetzt. Wetten, der wird bei der ersten Gelegenheit wieder aus dem Süden verschwinden. Aber ich sehe auch keinen Sinn darin, über diese Beverly und ihre Behauptungen ein weiteres Wort zu verlieren."

„Sag, mal Cassy, du hast nicht zufällig Interesse an Sean. Verständlich wäre es. Und es wird an der Zeit, daß du auch wieder mal mit einem Mann ausgehst. Wie lange ist es jetzt her, daß du ein Date hattest?"

Cassy war bei der Bemerkung von Joanna im Gesicht rot angelaufen und antwortete mit einer rauen Stimme.

„Sechs Jahre, aber mir geht es gut, so wie es jetzt ist. Ich brauche keinen Mann."

„Du bist eine gute Polizistin und du hast einen eisernen Willen, aber wir kennen dich von klein auf. Du hast von uns drei die romantischste Ader und du solltest nicht immer nur an deine Arbeit denken."

Cassandra schwieg und schaute gedankenverloren die Hauptstraße entlang. Sie schlang ihre Arme um den Körper, als ob ihr kalt wäre. Diana nahm sie in den Arm und drückte ihre Freundin an sich. Mit einem Seufzer lehnte sich Cassy mit dem Kopf an ihr an.

03- Dont`t Mess With Texas

Seit zwei Wochen spielte Sean mit dem Gedanken, sich den Schrottplatz anzuschauen, der am Rande des Outer Rim lag. Möglicherweise kann er dort noch Ersatzteile für seinen International finden. Das Tor war zu, also schaute Sean sich das Gelände von außen an. Er ging am Zaun entlang und schaute nach den abgestellten Wracks. Ein knirschendes Geräusch ließ ihm herumfahren.

„Haben Sie eine Erlaubnis, dieses Gelände zu betreten?"

Deputy Wilks war wie ein Geist aus dem Nichts aufgetaucht. Sie musste ihren freien Tag haben, denn Cassandra Wilks trug Jeans und Polohemd.

„Deputy! Schön sich unter diesen Umständen wieder zu treffen. Und nein, ich habe keine Genehmigung, sondern ich möchte mich nur an osttexanischen Metallskulpturen des 20. Jahrhundert erfreuen."

„Das nennt sich Landfriedensbruch. Sie sind vorläufig festgenommen. Ich nehme sie mit aufs Revier."

„Ernsthaft? Sie wollen es nicht begreifen. Heben sie sich die schweren Geschütze auf, wenn ich mal was richtig Lustiges anstelle. Mit Verlaub Deputy, sie können mich mal."

Cassandra wollte instinktiv ihre SIG Sauer aus dem Holster ziehen, da sie aber außer Dienst war, hatte sie die

189

dienstlich gelieferte Pistole nicht dabei und ihr eigene Taurus PT 24/7 war beim Büchsenmacher. Also versuchte sie ihn körperlich zu überwältigen. Nur wusste sie nicht, daß Sean nicht immer ein Sachbearbeiter oder Leiter der Sicherheitsabteilung war. Sein erster Arbeitgeber war die Eliteeinheit United States Marine Corps Force Reconnaissance, auch besser bekannt Force Recon, in der Sean als Scharfschütze gedient hatte. Dadurch hatte er eine sehr umfassende Ausbildung im Nahkampf, während die Schulung von Polizisten dazu im Vergleich rudimentär war. Er hätte sie ohne Probleme verletzen oder gar töten können. Weil ihm dies aber zuwider war, beschränkte er sich ledig darauf, ihre Angriffe abzulenken oder zu blocken. Cassandra war aber hartnäckig und griff immer wieder an. Schließlich gelang ihr ein Lucky Punch. Mit ihrem rechten Ellenbogen traf sie Sean am Auge und für einen Augenblick gingen bei ihm die Lichter aus. In diesem Moment merkte Cassandra, daß sie zu weit gegangen war. Sie fing ihn auf und hielt ihn in ihren Armen, als sie ihn vorsichtig zu Boden brachte.

Seit sie mit fünf zur Halbwaise wurde, als ihre Mutter bei einem Unfall starb und ihr Vater sie aufzog, war das Leben oft eine große Herausforderung. Dad hat sich immer um sie gekümmert und ihr sehr viel beigebracht. Aber er lehrte sie auch, immer misstrauisch und hart zu sein. Die Entscheidung zur Polizei zu gehen hatte er unterstützt, aber sie noch mehr dazu gebracht, immer unnachgiebig und unnahbar zu sein. In ihren nicht so zahlreichen Beziehungen fand sie kein Glück, sondern

190

wurde nach Strich und Faden betrogen. Einige kurze Romanzen waren dann auch alles, was sie an Bekanntschaften mit Männern hatte. Um gar nicht erst in Versuchung gebracht zu werden, versuchte sie ihr Aussehen so unauffällig wie nur irgendwie möglich zu gestalten. Dabei hatte es bei ihr schon bei der ersten Begegnung mit Sean Klick gemacht. Um klare Gedanken behalten zu können, blieb sie auf Distanz. Das er tatsächlich einen Termin mit ihrem Chef hatte, war zwar ärgerlich, aber Sean hat aus ihrer Handlung keine große Sache gemacht. Sie verfiel aber in eine Verhaltensweise aus ihrer Kindheit, als sie ihre Ferien in einem Sommerlagen verbracht hatte, wo man sich mit den Jungs aus dem benachbarten Camp einen Streichkrieg geliefert hatte. Es machte viel Spaß und war eine sehr verquere Art, mit dem anderen Geschlecht nah zusammen zu sein. Es war dabei so ähnlich wie bei Calvin und Susi Derkins. Sie erinnerte sich an einen Comicstrip, wo Calvin eine Valentinskarte mit der Aufschrift „Drop Dead" und einen Strauß verwelkter Blumen an Susi verschenkte. Sie verpasste ihm eine Tracht Prügel, aber ihr Gedanke war: *„Er schenkt mir Blumen. Er mag mich."* Calvin lag ausgeknockt im Schnee und dachte: *„Sie hat es bemerkt. Sie mag mich."* Und die Konfrontationen mit Sean Donegal ließen in ihr romantische Gefühle erwachen, die sie anfänglich noch kontrollieren konnte. Aber jetzt war das Spiel ausgeartet, so wie damals, wenn einer im Lager mit einer Platzwunde oder einem Pfeil im Hintern zur Krankenschwester musste. Sie wollte Sean nie wehtun und hatte in den letzten Wochen mitbekommen, daß er ehrlich und verlässlich war. Ihr Verhalten fand sie jetzt kindisch und es war an der Zeit, ihm die Wahrheit über ihre Gefühle zu ihm zu sagen. Wobei es jetzt zu spät sein konnte, denn sie hatte es mit ihrem ruppigen Verhalten übertrieben. Sean kam wieder richtig zu sich und merkte, daß er in den Armen von Cassandra lag. Er rappelte sich auf und stieß sie von sich.

„Was sollte der Scheiß? Sie sind doch komplett bescheuert. Was zum Teufel habe ich ihnen getan?"

Cassandra erzählte ihm, wie sie sich fühlte und was sie für ihn empfand. Um es ihm zu veranschaulichen, beschrieb sie ihm auch den Strip aus Calvin & Hobbes.

„Bei ihnen kann ich mich nicht anders ausdrücken."

Sein Blick zeigte ihr, daß er ihr nicht ein Wort glaubte.

„Ernsthaft? Ist das eine Neuauflage von G.R.O.S.S. mit umgekehrten Vorzeichen? Ich bin hier echt im komplett falschen Film. Wissen sie was? Ich sage ‚Aloha', das heißt ‚Mir langt es, Deputy'! Und zwar endgültig."

Sie erkannte seine Anspielung auf das Zitat aus dem Billy Wilder Film. Cassandra sah, wie Sean sich umdrehte und verschwinden wollte.

„Und nehmen sie endlich diesen Dutt ab, der sieht sowas von beschissen aus."

„Sean, warte bitte. Ich möchte dir noch etwas zeigen."

Unwillkürlich war sie zum Duzen übergegangenen und es zeigte seine Wirkung, denn Sean blieb stehen und drehte sich zu ihr um. Sie nahm die Haarklammern raus und schüttelte ihre Haare auseinander. Mit den Fingern kämmte sie ein wenig Ordnung in das gewellte, braune Haar, das bis zu den Schultern reichte. Sean war ausgesprochen verblüfft, denn zusammen mit dem weichen Ausdruck im Gesicht, stand nun eine völlig andere Frau vor ihm. Sie erinnerte ihn nun an die Schauspielern Catherine McClements. Viele würden sich immer noch nichts aus Cassy machen, aber Sean bekam Herzklopfen und fühlte sich magisch von ihr angezogen. Mit der Verwandlung in ihrem Aussehen schien sie auch ihr Verhalten ihm gegenüber zu ändern. Sie lächelte scheu und er meinte einen feuchten Schleier in ihren Augen zu sehen. Er ging ganz nah zu ihr hin. Der Duft von ihrem Kaugummi mit Zimtaroma und ein Hauch von Vanilleduft ihres Parfüms stieg ihm in die Nase.

„Warum hast du blöde Kuh nie auch nur eine Andeutung gemacht. An dem Abend in der Bar hätte ich dich zu einem Bier, einen Longdrink oder einer Cola eingeladen und mit dir geredet. Im Vergleich zu dir sind Dr. No und Norman Bates richtig gesellige Frohnaturen. Genauso gut könnte ich mit Imperator Ming und Darth Vader beim Mardi Gras einen drauf machen."

Er holte tief Luft und sprach weiter.

„Und ich könnte noch eher zusammen mit Maggie Thatcher in Buenos Aires eine Militärparade veranstalten."

Cassy schaute Sean mit großen Augen an. Seine mehr als eigenwilligen Kommentare brachten sie zu einem Lächeln, aber der feuchte Schleier wurde etwas dichter und einige Tränen waren zu sehen. Mit einer eleganten Handbewegung, die außer Frauen kein lebendiges Wesen beherrschen konnten, wischte sich Cassy die Tränen weg. Die Geste wirkte ebenso elegant wie auch verletzlich.

„Ich habe es wohl verlernt, wie man sich in bestimmten Situationen verhält. Dabei hoffe ich immer noch auf ein Date mit dir. Es wäre schön, einen Grund zu haben, sich mal wieder schick anzuziehen und hübsch zurechtzumachen. Bitte gib mir eine einzige Chance, es wieder in Ordnung zu bringen."

„Mit dem blauen Auge wird zumindest jeder wissen, wer hier die Hosen anhat."

Jetzt musste Cassandra kichern und die Augen glänzten ganz anders als gerade zuvor.

„Ich möchte lieber ein Kleid oder einen Rock tragen. Und dazu Schuhe mit hohen Absätzen. Mit dir an meiner Seite traue ich mich, wieder als Frau wahrgenommen zu werden."

„Kannst du in High Heels überhaupt gehen?"

194

„Ich habe zuhause viel geübt. Und beim Hafen gibt es eine unbenutzte Straße, da bin ich öfters sonntags in der Früh die eine oder andere Meile gelaufen."

Bei dem Geständnis wurde sie rot und biss sich auf die Lippen. Aber wenn einer es verstand, dann war es sicherlich Sean. Der Auftritt von Beverly Bingham war bestimmt peinlich für Sean und sie wollte ihn nicht direkt daran erinnern. Aber als sie von seiner Vorliebe erfuhr, war es für sie eine interessante Information, auch wenn sie bisher davon keinen Gebrauch gemacht hatte.

„Ich möchte wirklich gerne hübsche Kleider tragen, wenn ich ausgehe, aber das möchte ich nur in Begleitung mit dir tun. Aber jetzt sollte es mal an der Zeit sein. Ich musste bisher immer meinen Mann stehen und durfte mir nie auch nur die kleinste Schwäche erlauben."

„Ich kenne aber viele Polizistinnen, die das Leben und die Arbeit sehr entspannt nehmen und nicht so verbissen. Warum ist das für dich so ein Problem?"

„Wenn man einige Jahre in den Slums von Houston seinen Dienst versieht und mehrfach von zwei Männern betrogen wird, denen ich blind vertraut habe. Es war nicht leicht damals. Da habe ich mein Inneres mit einem Panzer geschützt. Wahrscheinlich war ich etwas zu erfolgreich."

„Und du willst mit jemanden ausgehen, der eine Vorliebe für… Stilettos hat, ausgehen?"

„Sei nicht albern. Hätte ich dir sonst erzählt, daß ich am Hafen das Laufen in High Heels übe?"

Sie lächelte und wieder kam es Sean vor, als ob die Sonne aufgeht. Cassy griff an seinen Nacken und zog ihn zu sich heran und küsste ihn. Dieser Kuss dauerte sehr lange, denn Sean erwiderte den Kuß. Als sie sich voneinander lösten, nahm Sean ihre Hand.

„Wie wird es weitergehen? Mit uns beiden? Schritt für Schritt?"

Cassy nickte mit einem Lächeln.

„Wobei ich mich freuen würde, wenn wir beide heute Abend ein Date hätten. So als zweiten Schritt. Unsere Rangelei könnten wir ja als ersten Schritt betrachten."

„Deine Art zu flirten ist ein wenig gewöhnungsbedürftig. Aber wir gehen heute Abend zum Dinner ins Steakhouse und danach Drinks im Coopers. Ich denke, dir wird es gefallen."

„Du willst dich gleich mit der bösen Hexe in der Öffentlichkeit von Willow Creek zeigen?"

„Nun, was tut man nicht alles, um deinen Ruf zu verbessern. Du kannst dabei nur gewinnen. Außerdem gibt es nun einen guten Grund, um über uns jeglichen Klatsch zu verbreiten."

„Nun, ihr Yankees seit noch nie sonderlich bescheiden gewesen. Dann fahr ich jetzt nach Hause und werde mich umziehen. Holst du mich gegen sieben ab? Denk daran, hier unten wollen Frauen auch wie Damen behandelt werden. Und wir Lone Star Frauen sind etwas Besonderes. Nicht das du denkst, ich wäre jetzt größenwahnsinnig. Aber ich möchte diesen ersten Auftritt mit dir genießen. Und ich wünsche mir tief im Inneren, daß ich nach diesem Abend nie wieder ein erstes Date haben werden."

„Auch wenn es nie eine Garantie gibt, mir würde es auch gefallen, wenn wir... "

„ ...zusammen kommen. Du kannst ja richtig romantisch sein. Also bis um sieben?"

Fünf Minuten vor sieben stand Cassandra vor dem großen Spiegel neben der Eingangstür des kleinen Farmhauses, in dem sie seit ihrer Kindheit wohnte. Ihr Vater hatte es ihr vor einigen Jahren geschenkt, als er sich eine kleine Wohnung im Zentrum von Willow Creek genommen hatte. Cassy trug ein hellgraues Wollkleid mit einem dunkelgrauen Blazer und kniehohe Stiefel aus schwarzem Glattleder. Die goldene Halskette sowie das dazu passende Armband stammten noch von ihrer Mutter und sie trug es nur zu besonderen Angelegenheiten. Die flache Ingersoll „The Orville" am linken Handgelenk war zwar etwas zu groß, aber sie liebte das Skelettdesign der Uhr, und es war ein Geschenk von Tante Joyce. Die Schwester ihres Vaters war immer wie eine Mutter für sie und später eine Freundin. Gerade Joyce wünschte sich einen Schwiegersohn und Sean war bestimmt ein Mann, der auch gut zur Familie passen würde. Die Türglocke läutete und Cassy ging zur Haustür, um diese zu öffnen. Sie hoffte, daß ihm ihr Anblick gefiel. Sie hatte sich zwar geschminkt, hatte es aber nicht übertrieben und hauptsächlich ihre Augen betont. Cassy schwang die Tür auf und Sean stand im dunklen Anzug und einem Strauß Blumen vor ihr. Er strahlte, als er ihr den Blumenstrauß gab.

„Ich habe mit allem gerechnet, aber dein Anblick übertrifft alles. Ich fürchte, diese Blumen werden dir nicht gerecht."

„Sieben Rosen werden mir nicht gerecht? Sie sind wunderschön und du solltest besser keine Romane oder Gedichte schreiben. Es klingt so ... pathetisch. Das steht dir nicht, im Gegensatz zu deinem Anzug. Aber komm rein. Ich stell die Rosen noch in eine Vase, bevor wir losgehen."

Der International war frisch gewaschen und ausgesaugt, was Cassy sehr angenehm auffiel. Er hatte in den zwei Stunden das Auto gereinigt, sich geduscht, umgezogen und dann auch noch Blumen besorgt. Dafür, daß sie ihm ein blaues Auge verpasst hatte und vorher ausgesprochen garstig zu ihm war, gab er sich sehr viel Mühe. Sie hätte sich selber ohrfeigen können, weil sie mit

198

ihrer mehr als kindischen Verhaltensweise beinahe alles ruiniert hatte. Im Steakhouse hielt er ihr die Tür auf und rückte ihr den Stuhl zurecht. Er fing an von sich und seinem Leben zu erzählen. Als er seine Zeit beim Corps erwähnte, insbesondere bei Force Recon, wurde sie noch nachträglich leichenblass. Die Auseinandersetzung hätte auch sehr viel schmerzhafter für sie enden können. Er hatte alles versucht, ihr nicht weh zu tun. Im Steakhouse selbst nahm keiner der Anwesenden von ihnen Notiz, wenn man von dem aufmerksamen Ober einmal absah. Als sie später zu einem Drink ins Coopers gingen, daß nebenan lag, blieben sie weiterhin unbehelligt, obwohl einige Besucher Cassy kannten. Aber es schien sie niemand auf Anhieb zu erkennen. Bis auf Diana, die aber nur kurz nickte, denn das Date wollte sie nicht stören.

„Sean, eine Bitte habe ich. Heute Nacht möchte ich noch nicht mit...“

„Lass mich raten, du möchtest erst beim dritten Date mit mir ins Bett. Die Damen der Südstaaten legen viel Wert auf Tradition. Aber bis dahin könnte auch das Auge wieder normal aussehen.“

„Hast du es nicht mit Eis gekühlt?“

„Dafür war zu wenig Zeit. Ich habe zwei Ibuprofen genommen. Standardkur für Marines.“

„Und wenn du erzählst, daß du gegen eine Schranktür gelaufen bist, dann weiß jeder, daß ich dir eine verpasst habe."

„Bleiben wir einfach bei der Wahrheit. Du hast mir beim Sparring aus Versehen eine mitgegeben."

„Du bist ein Schatz. Ich mache dir jetzt ein Angebot, was du unmöglich ablehnen kannst. Du bringst mich nach Hause, wir trinken noch einen Kaffee zusammen bei mir und morgen Abend lade ich dich bei mir zum Essen ein. Und dann sehen wir weiter, was passieren wird."

„Es wäre mir eine Ehre. Für eine selbst gekochte Mahlzeit würde ich fast alles tun. Allerdings werden mir Deine Fahrzeugkontrollen fehlen."

Cassy schnippte mit ihrem Finger gegen sein Ohrläppchen.

„Sei nicht so frech. Ich wollte mich auf Leibesvisitationen verlegen. Also lass uns los."

Sean schaute sich zwanzig Minuten später im Erdgeschoss um. Das große Wohnzimmer hatte Cassy mit den alten Holzmöbeln so belassen, wie es ihre Eltern früher eingerichtet hatten. In den Regalen standen Bücher und überall an den Wänden hingen Fotos von ihrer Familie. Viele der Bilder waren wohl von ihrer verstorbenen Mutter. Der große Fernseher, der gegenüber dem Sofa an der Wand hing, war das einzige Zugeständnis an die moderne Zeit. Als er dem Kaffeeduft folgte, ging er durch den Flur. In der Küche erwartete ihn eine Überraschung. Cassy hatte sich lasziv auf den Küchentisch gelegt, wobei ihr rechtes Bein in der Luft ausgestreckt war. Am Absatz ihres Stiefels hing mit leichtem Baumeln ihr schwarzer Slip.

„Du bekommst zum Kaffee ein Appetithäppchen. Kann ich Dein Interesse für die Zukunft wecken?"

„Ist der Papst katholisch? Jetzt verstehe ich, daß du zur Tarnung deines Sex Appeals zu sehr radikalen und brutalen Methoden greifen musstest."

„Du magst meinen Dutt wirklich nicht, richtig? Nun, dann musst du dich hinten anstellen. Aber in einem Punkt musst du ihm dankbar sein."

Ihr Grinsen wurde immer breiter, als sie den fragenden Blick in seinem Gesicht sah.

„Dieser Dutt hat einige nette Männer abgeschreckt. Er hat, sozusagen dafür gesorgt, daß ich mich für dich aufspare."

Sean nahm den Slip, faltete ihn sorgfältig zusammen und steckte ihn mit einem Lächeln ein. Da reichte er ihr die Hand, um ihr beim Aufstellen behilflich zu sein. Mit Schwung zog er sie hoch, um sie aufzufangen und innig zu küssen. Nach der zweiten Tasse verabschiedete er sich und Cassy schaute ihm noch lange nach, als er in der Nacht verschwand.

Aber am nächsten Abend kehrte er zurück. Der Anblick von Cassandra, die lässig an einem der Stützpfeiler lehnte, machte ihn sprachlos. Mit dem figurbetonten Lederblazer und der engen weißen Bluse, deren Ausschnitt großzügig offen war, sah sie rasiermesserscharf aus. Diese Phrase schoss ihm als erstes durch den Kopf.

„Wow. Du bist ... der Hammer."

„Danke. Das habe ich damit auch erreichen wollen. Und für mich besteht Nachholbedarf, nachdem ich einige Jahre lang außer meiner Uniform nur Sack und Asche getragen habe. Aber ich bin stolz, daß ich nach fünf Jahren immer noch in dieselbe Jeans passe."

Cassy hob ein gestrecktes Bein nach vorn, dann machte sie eine Drehung.

„Dein Hintern wirkt perfekt."

„Das will ich doch hoffen. Ich mache viel Sport mit einer Extraportion Bauch-Beine-Po. Und die Pumps bringen meine Waden so richtig zur Geltung."

„Das hätten wir schon vor Wochen haben können."

„Es ist gekommen, wie es gekommen ist. Und wenn, dann hättest du deine Strafversetzung vor mehr als zehn Jahren beantragen müssen. Aber jetzt komm rein. Das Essen ist fertig."

Sie hatte den Tisch in der Küche gedeckt und servierte einen Hackfleisch Auflauf mit Paprika und Bohnen sowie Salat. Neben den gefüllten Tellern standen zwei Flaschen Lone Star.

„Ich hoffe du magst Hausmannskost. Die ganzen Rezepte habe ich von meiner Mutter geerbt und Dad liebt dieses Essen bis heute über alles. Und zumindest diese Gerichte bekomme ich ganz gut hin."

„Für eine selbst gekochte Mahlzeit würde ich dir die Füße küssen."

Cassy schaute mit einem diebischen Grinsen zu Sean hin.

„Das würdest du auch ohne den Anreiz von einer warmen Mahlzeit tun, mein Schatz. Aber dazu kommen wir später."

„Es duftet auf jeden Fall wunderbar."

Während der Mahlzeit erzählte Cassy von ihrer Kindheit und Sean stellte viele Fragen. Nach dem Essen machte sie noch Kaffee und servierte dazu Brownies, die sie noch am Nachmittag gebacken hatte. Mit dem Kaffee setzten die beiden sich auf die Veranda, wo sie beim Plaudern die ganze Zeit miteinander flirteten. Später, als die Dämmerung so langsam einbrach, stand Cassy auf und ging zur Verandatür, wo sie im Türstock stehen blieb. Sie blickte über die Schulter, was Sean als die Aufforderung verstand, ihr zu folgen. Fast schon mit graziösen

Hüftschwung schritt Cassy die Stufen zum ersten Stock hoch, um im Flur vor der Tür von ihrem Schlafzimmer stehenzubleiben. Sie standen sich gegenüber und Sean war fasziniert von dem diffusen Spiel von Licht und Schatten auf ihrem Gesicht. Was vor zwei Tagen nur wenig reizvoll aussah, war jetzt traumhaft schön. Sie küssten sich, wobei Cassy langsam und sorgfältig seinen Hose öffnete.

„Viele Mädchen träumen davon eine Prinzessin oder wie Cinderella im Märchen zu sein. Nur ist meine Krone ein Stetson und auf meine Schuhe lasse ich nicht einfach auf irgendwelchen Festen rumliegen. Aber ich fand es immer aufregend, wenn in den Nachrichten die Lewinsky-Affaire erwähnt wurde. Ich hatte mir immer vorgestellt, wie sie mit dem eindeutigen Flecken auf dem Kleid durch das Weiße Haus geschritten ist und jeder vom Secret Service wusste, was hinter der verschlossenen Tür geschah. Und wie diese Monica möchte ich den Erfolg offen zeigen können."

„Erwartest du noch Besuch?"

„Nein, aber alleine der Gedanke gefällt mir. Wobei, was mich wirklich anmacht, ist die Tatsache, daß ich dir gefalle und du auf mich abfährst. Das ich dein ganz persönliches Playmate bin."

„Das Playmate des Jahres."

Cassy setze wieder ein schmutziges Grinsen auf und mit rauer Stimme flüstere sie ihm ins Ohr, was sie alles mit ihm anstellen würde.

„Das Klicken von Pfennigabsätzen war schon immer der Auftakt für guten Sex."

Es dauerte gerade eine Minute, dann zierten ihren Schritt und ein Teil des Oberschenkels mehre Flecken.

„Du bist unglaublich - ich war die ganze Zeit so böse zu dir und dann habe ich dich auch noch gehauen und trotzdem erfüllst du mir sofort diesen Wunsch. Du hättest vor zwanzig Jahren nach Texas versetzten lassen müssen, dann hätten wir schon zwanzig wunderbare Jahre miteinander verbracht."

„Bei deinem Anblick ist das keine Kunst und dabei habe ich bloß mein Revier markiert."

Wenn Cassy lachte, hatte sie selbst dabei immer einen dunklen und rauchigen Unterton. Selbst im Dämmerlicht konnte Sean sehen, wie glücklich ihre Augen strahlten.

„Cassy, wir werden noch viel wunderbare Jahre miteinander verbringen. Versprochen."

„Heb dir die Romantik für später auf. Jetzt musst du meinen Nachholbedarf stillen. Das letzte Mal liegt viel zu lange zurück."

Und dann zog sie ihn in ihr Schlafzimmer.

04 - Once Upon A Time In Texas

Die nächsten Wochen vergingen für die beiden wie im Flug. Fast jeden Abend verbrachten sie zusammen und da Cassy Charly Bearfoot kannte, verbrachten sie öfters die Abende zusammen, wobei Ms. Bearfoot und Cassy sich von Anfang an gut verstanden. Der Kater markierte sein Revier und verteilte dabei großzügig seine Haare. Cassy hatte immer eine Rolle Gewebeklebeband im Auto und konnte so jedes Mal eine gefühlte Kissenfüllung entfernen. Rusty Chambers selbst war von der Liaison ebenfalls angetan, da Cassy weiterhin gewissenhaft ihren Dienst versah, aber insgesamt wesentlich entspannter und umgänglicher wirkte.

*   *   *

Cassy stand auf der Veranda, als ein Mercedes Cabrio vor ihrem Haus hielt. Beverly stieg aus und ging auf sie zu. Als sie naher kam, zog Beverly die Augenbraue hoch. Ihr war der äußerliche Unterschied zu der letzten Begegnung aufgefallen, schien sie aber augenscheinlich nicht weiter zu beeindrucken. Sie wirkte verärgert und ohne Vorrede stürzte Beverly sich auf Cassy. Die wich einfach aus und gab Beverly einen Klaps auf den Hinterkopf. Die wiederum hätte durch ihren Schwung beinahe das Gleichgewicht verloren. Sie dreht sich um und fauchte Cassandra an.

„Du verdammtes Miststück. Ich bin von Sean jetzt wirklich enttäuscht. Von euch Landpomeranzen nimmt er

206

tatsächlich die unscheinbarste. Wobei sie den tatsächlichen Versuch unternehmen, etwas aus sich zu machen. Aber ich muss ihnen sagen, sie sind dabei gescheitert. Sie haben keinen Stil und aus einem Trailer Park Girl wird nie eine Frau."

„Mein Schuhschrank ist kleiner als der ihrige. Aber meine Beinarbeit ist in dem Zusammenhang wesentlich besser. Und ich habe inzwischen über Sean schon wieder mehr vergessen, als sie jemals lernen würden. Für sie war er nur ein Spielzeug, für mich ist er wertvoller als alles Gold der Welt. Dieses Glück werden sie niemals in die Finger kriegen. Sie hatten einen Brillanten in der Hand, den sie achtlos weggeworfen haben. Wer weiß, vielleicht hätten sie bei Ihm sogar ihr Seelenheil gefunden. Und jetzt verschwinden sie aus meinem Haus."

Cassy setzte ein boshaftes Grinsen auf. Dann fuhr sie fort.

„Ich finde übrigens genug Gründe, sie hinter Gitter zu bringen. Und ihr Anwalt wird Wochen brauchen, sie aus dem Knast rauszuholen. Eine gesalzene Honorarrechnung für schlechtes Essen und eine harte Pritsche? Sind sie wirklich dumm genug? Willkommen in Texas."

Beverly merkte, daß sie nicht weiterkam. Und sie fragte sich, warum sie überhaupt gekommen war. Sean war schon Geschichte und nicht mehr interessant. Aber ganz tief in ihrem Inneren wusste sie, daß sie mit Sean einen Mann an ihrer Seite gehabt hätte, der sie glücklich gemacht hätte. Es tat nicht nur weh, eine Niederlage gegen diese Frau einzustecken, sondern auch zu merken, daß Sean mehr hätte mehr sein können als nur ein Liebhaber. Ohne ein weiteres Wort zu verlieren, stieg Beverly in den Mietwagen und fuhr zurück zum Hotel. Um ihre Sachen zu packen und dieses verdammte Texas zu verlassen.

Am darauffolgenden Samstag gingen Cassy und Sean zusammen aus, angefangen im Blue Egypt, um dann später noch einen Drink im Coopers zu nehmen. Zum Schluss verbrachten sie den späten Abend auf der Veranda von Cassys Haus.

„Weiß du eigentlich was mich schon immer gereizt hat? Die Hochzeiten im Blue Egypt."

„Diese ganz besonderen Hochzeiten? Mir ist es an jenem Abend aufgefallen."

„Ich meinte nicht nur das Zuschauen, sondern ich würde gerne selber so heiraten. Aber ich fürchte, daß bekommt mir nicht bei der Arbeit. Als Polizistin darf man nicht mitmachen, wenn man sich den Respekt der Straße nicht verscherzen will. Aber meinen Hang zum Exhibitionismus kennt keiner außer dir. Du bist der Erste, der davon erfährt."

„Ok. Es ist etwas sehr Sinnliches. Hast du es noch nie versucht?"

208

„Alleine im Haus, aber das zählt nicht richtig, wenn man alleine ist. Wobei einmal, als ich Sonntag in der Früh an der einsamen Stelle am Hafen mit meinen Heels geübt habe, da habe ich mich komplett ausgezogen und bin zehn Minuten so auf und ab gelaufen. Und zur meiner Verteidigung, ich hatte die Haare offen getragen, ohne Dutt. Aber selbstverständlich mit meinem Stetson. Auf dieses Detail lege ich großen Wert."

„Würdest du das am Sonntag noch einmal machen, wenn ich dabei bin?"

„Ich bitte darum. Du merkst, auch nach drei Wochen habe ich noch sehr viel Nachholbedarf."

Eineinhalb Jahre später:

Cassys Vater George erfuhr als erster von ihren Plänen und er gratulierte den beiden zu ihrem Entschluss. Sean war in seinen Augen der richtige Schwiegersohn und um das zu unterstreichen, gab er den beiden zwei Sachen mit auf den Weg. Das eine war sein Lincoln Continental MK IV, der als Hochzeitswagen dienen sollte. Das andere war sein Wunsch, daß Cassy als Ehering den Trauring ihrer verstorbenen Mutter tragen sollte. Sie war zu Tränen gerührt und Sean schlug vor, in diesen Stein einen Diamant einzufassen. Es sollte ein Smaragd sein, denn es war der Glücksstein von Cassys Mutter. Der schlichte Ring ließ sich ohne Probleme kopieren, sodass der Juwelier einen passenden Ring für Sean anfertigen konnte. Diana, die eine Schwäche für das englische Königshaus hatte, machte den Vorschlag, das Hochzeitskleid in den Farben Silber und Grau zu halten, wie bei der Hochzeit von Charles und Camilla. Cassy mochte diesen Vorschlag auf Anhieb, nachdem sie die Bilder gesehen hatte. Sie verzichtete auf den Federschmuck der Braut und trug stattdessen einen hellgrauen, schlichten Hut mit breiter Krempe. Die Kapelle war bis auf den letzten Platz gefüllt und George Wilks führte seine Tochter an einem milden Frühlingstag zum Altar. Nach der Trauung schritt das Paar aus der Kirche und sah draußen das Ehrenspalier, das von Angehörigen des Willow Creek Sheriffs Departments und der Wachabteilung des Naval Yard gebildet wurde. Unter den gekreuzten Degen schritten Cassy und Sean zu dem Lincoln Continental Mark IV. Die Konservendosen am Heck waren allerdings das Werk von Charlie Bearfoot.

Drei Jahre später.

Der dunkelrote Buick fuhr mit überhöhter Geschwindigkeit über die Ausfallstraße aus Willow Creek, die in Richtung Bay City führte. Cassy gab eine Meldung an die Zentrale durch und nahm die Verfolgung auf. Nach etwa einer halben Meile gab sie mehrere Signale mit der Yelp Sirene ab und der Buick fuhr an den rechten Fahrbahnrand. Sie stieg aus, nachdem sie die Meldung an die Zentrale abgegeben hatte und näherte sich dem Fahrzeug. Ein Truck, der auf der Gegenfahrbahn von einem PKW ausgebremst wurde, setzte seine Druckluftfanfare ein. Unwillkürlich blickte Cassy sich um. Der Fahrer im Buick hatte die Annäherung im Rückspiegel beobachtet und hatte im Auto sich auf den Sitz gekniet, brachte eine alte Smith & Wesson PC 5906 in Anschlag und gab vier Schüsse auf Cassy ab. Eine Kugel ging wirkungslos vorbei. Eine traf sie in die Schulter und zwei trafen sie frontal. Augenblicklich ging sie zu Boden. Der Buick fuhr mit quietschenden Reifen an und verschwand mit hoher Geschwindigkeit. Cassy schaffte es noch, über das am Kragen befestigte Mikrofon eine Meldung abzugeben.

„Officer Down, Officer Down. Fahrzeug mit einem Täter in Richtung Norden... "

In dem Augenblick verlor sie das Bewusstsein. Sie bekam die Anrufe der Zentrale nicht mehr mit, die versuchten Cassy zu erreichen. Sofort wurde ein Trupp Paramedics losgeschickt und eine Großfahndung ausgelöst. Der Fahrer wurde kurz vor Bay City gestoppt. Ein Streifenwagen stupste bei hoher Geschwindigkeit den Buick hinten an der Flanke an und brachte den Wagen zum Schleudern. Im Grasstreifen neben der Straße lag ein größerer Stein, über der der Buick mit dem rechten Vorderrad fuhr. Das Rad wurde abgerissen und der Wagen überschlug sich immer wieder. Der Fahrer hatte sich nicht wieder angeschnallt und schleuderte unkontrolliert im Insassenraum herum. Sein linker Unterarm wurde von der Dachkante abgeschert, als der Wagen zum wiederholten Male auf dem Dach aufkam. Er lebte noch zwanzig Minuten, wobei die Beamten im Fahrzeug zunächst auf die Verstärkung warteten und sich dann mit äußerster Vorsicht dem Wrack näherten. Seine Schreie erstarben zu einem Wimmern, bevor der Blutverlust zu groß wurde. Er wurde als ein iranischer Emigrant identifiziert, der sich radikalisiert hatte und in einem Amoklauf wahllos Polizisten erschießen wollte, um in der texanischen Bevölkerung eine Verunsicherung zu erzeugen. Seine Waffe hatte er sich über einen Waffenschmuggler besorgt.

Cassy wurde in die Klinik auf den Navy Stützpunkt gebracht, da dort einer der Chirurgen umfangreiche Erfahrungen mit Schuss-Traumata hatte.

„Der Treffer in der Schulter hat einen Knochen getroffen, aber die Geschichte ist reparabel. Der Blutverlust hält sich in Grenzen. Und jetzt nehmt bitte mal diese Schutzweste runter. Ich will sehen, wie groß die Blutergüsse sind."

Dr. Pierce führte eine gründliche Untersuchung durch, um dann im OP die Schulter zu richten. Die Treffer im Brustbereich waren schmerzhaft, aber folgenlos. Zwei Stunden später lag Cassy in einem Einzelzimmer und wurde langsam wieder wach. Sean saß an ihrer Seite und die leitende Stationsschwester Serena Williams wechselte die Flasche mit der Infusionslösung aus. Rusty Chamber betrat mit einem riesigen Strauß Blumen das Zimmer und schaute sorgenvoll in die Runde. Sean machte eine Geste mit dem erhobenen Daumen und nickte mit einem Lächeln. Rusty seufzte erleichtert und stellte die Blumen

212

auf den Beistelltisch. Er hatte gleich an eine gefüllte Blumenvase gedacht. Cassy richtete sich ein wenig auf und schnaufte einmal tief durch.

„Gut, daß du gekommen bist, denn ich muß mit euch beiden reden."

„Warte, ich geh mal eben raus."

„Serena, was soll der Blödsinn? Wir kennen uns seit der Junior High und ich denke eine neutrale Meinung ist nicht ganz verkehrt. Nach diesem Tag habe ich beschlossen, mir einen anderen Job zu suchen. Ich kündige."

Alle drei schauten ziemlich erstaunt zu Cassy hin, denn mit dieser Entscheidung hatte keiner gerechnet.

„Bist du dir sicher? Du bist eine gute Streifenpolizistinnen, die ich kenne und es wäre ein Riesenverlust für die ganze Gemeinde."

„Rusty, mein Entschluß steht fest. Ich weiß zwar noch nicht, was ich dann machen werde, aber diese Geschichte war mir eine Warnung."

Serena hatte zugehört und ihr Gesicht erhellte sich mit einem Lächeln.

„Nun, wenn ich mich da mal einmischen dürfte. Die Kliniken in Bay City, Freeport und unser Hospital wollen einen gemeinsamen Krisenstab aufstellen und wir brauchen einen Leiter dieses Stabes. Cassy, du wärst

geradezu ideal für den Job. Ich bräuchte nur einige
Telefonate führen und du kannst bestimmt noch auf dem
Krankenbett den Arbeitsvertrag unterschreiben."

* * *

Zwei Jahre später saßen Cassy und Sean zusammen in der
Küche beim Abendessen. Eine Weile sprachen die beiden
über ihre Arbeit. Cassy war ganz stolz auf die neue
Kamerasoftware, die bei allen Krankenhäusern installiert
war. Aber nach einer Weile wechselten sie das Thema.

„Sean, würdest du mich noch einmal heiraten?"

„Jederzeit. Möchtest du, daß wir unser Ehegelöbnis
wieder erneuern? Ich dachte aber immer, so etwas macht
nach 25 Jahren Ehe. Aber sehr gerne. Hast du schon eine
Vorstellung?"

„Ja. Dieses Jahr fallen das Frühlingsfest und die ganz
spezielle Hochzeit im Blue Egypt auf dasselbe
Wochenende."

„Du meinst die CMNF-Hochzeit?"

„Ja, die meine ich. Ich möchte mit dir an diesem Tag so
heiraten. Von meinen Träumen, daß ich nackt in der
Öffentlich bin, habe ich Dir doch erzählt. Und wenn ich
ehrlich bin, ich habe mich nie geschämt, sondern es hat
mich eher erregt. Und das will ich nicht nur vor dir
ausleben. Und ich habe mir fast alle Hochzeiten immer

selber angeschaut. Und ich wollte immer selber nackt vor dem Traualtar stehen. Zusätzlich zu der klassischen Zeremonie."

„Ok. Bist du dir sicher? Wir könnten so eine Zeremonie auch in Vegas buchen. Aber da schauen dir höchstens Fremde zu und nicht sämtliche Freunde, Verwandte, Bekannte und der Rest des Dorfes. Ich kann mich noch gut daran erinnern, daß wir beide uns hier am Küchentisch über das gleiche Thema unterhalten haben."

„Richtig, mein Schatz. Aber erstens bin ich nicht mehr im Streifendienst, also ist meine Rolle als Autoritätsperson nicht betroffen. Und an diesem Wochenende sind dann alle Einheimischen auf dem Frühlingsfest. Das heißt, daß dann nur Angehörige der Navy im Blue Egypt sind, mit denen du nie Kontakt hast. Keiner außer den Bedienungen kennt uns, und denen ist es egal. Wobei ich drei kenne, die selber so geheiratet haben. Ich stelle es mir vor. Nur mit den braunen Cowboystiefeln, die du mir in El Paso geschenkt hast und einem Bolerojäckchen. Und das will ich auch nur wegen dem Tattoo tragen."

„Was ist so verkehrt an einer Rosenblüte? Du trägst doch auch gerne schulterfreie Kleider oder am Strand deinen Badeanzug. Da sieht doch auch jeder die Tätowierung. Oder ist es die Narbe vom Durchschuss"

Nachdem die Wunde zugeheilt war, hatte sich Cassy diese vernarbte Stelle mit einer blühenden Rose übertätowiert.

„Bei der Hochzeit würde es mich sehr stören, wenn man die Narbe sieht. Frag mich nicht wieso, aber bei der Gelegenheit soll sie nicht sichtbar sein. Ist so ein Bauchgefühl von mir."

„Mir gefällt die Idee. Aber überleg dir trotzdem noch einmal, ob wir die Zeremonie nicht besser in Las Vegas machen. Wenn dein Papi und Rusty es mitbekommen, wird es ihnen nicht gefallen."

„Ich weiß. Wobei, ich habe David gefragt. Es sind diesmal achte Paare zur Trauung angemeldet. Wir würden nicht so sehr auffallen. Und ich würde zum ersten Mal in meinem Leben etwas Verrücktes tun."

„Wieso zum ersten Mal? Du mich schon vor fünf Jahren geheiratet.

Drei Wochen später war der Tag der zweiten Hochzeit gekommen. Als fünftes von insgesamt neun Paaren betraten Cassy und Sean zusammen die Tanzfläche. Sie hatte recht behalten, nicht ein bekanntes Gesicht war anwesend. Selbst bei den Bedienungen hatten alle Einheimischen heute frei und waren auf dem Frühlingsfest. Die einzige Ausnahme waren David als Friedensrichter und Diana und Joanna, die ihrer Freundin auch bei dieser Hochzeit nicht von der Seite weichen wollten. Cassy trug ein hellbraunes Bolerojäckchen, die braunen Stiefel im Western-Stil mit den hohen Absatz und einem Strauß Rosen in der Hand. Vervollständigt wurde es durch ihren braunen Stetson, denn schließlich

216

war sie eine waschechte Texanerin. Nach der Zeremonie tranken alle vier noch zusammen ein Bier zusammen, dann zog Cassy ein schulterfreies, beiges Sommerkleid an, schlüpfte wieder in den Bolero und sie zusammen verbrachten den Rest des Abends auf dem Sommerfest. Von der zweiten Hochzeit hatte keiner von den Freunden oder Verwandten jemals etwas erfahren. Cassy hatte dennoch diesen Augenblick bis zur letzten Sekunde genossen und war richtig stolz, daß sie sich getraut hatte. Sean legte den Arm um sie.

„Wenn man bedenkt, wie das alles mit uns zusammen angefangen hat."

„Ich musste dir schließlich erst eine reinhauen, um dich davon zu überzeugen, daß ich die richtige für dich bin."

„Nun, daß wäre fast ins Auge gegangen."

„Du weißt doch: Don`t mess with Texas."

Cassy und Sean küssten sich lang und innig.

5 - Play the Game

01 - Back In Town

George Major, genannt Spider, saß auf dem Beifahrersitz des silbernen Chrysler seiner großen Schwester. Die beiden fuhren auf dem Weg nach Hause den Harbour Drive in Warrenton entlang. Er war ein hagerer Mann Ende dreißig, dessen dunkelbraune Haare von immer mehr grauen Strähnen durchzogen wurden. Zudem hatte sich sein Haaransatz weiter in Richtung Hinterkopf verzogen - was Spider richtig frustrierte, denn seine Schwester Alexandra Colby, die sieben Jahre älter war, wirkte jung und frisch neben ihm. Lediglich einige Fältchen um die Augen hatte die Zeit bei ihr hinterlassen und ihre schulterlangen Haare waren immer noch so dunkelbraun wie vor zwanzig Jahren. Je nach Lichteinfall wirkten sie fast schwarz, aber sie musste kein einziges graues Haar tönen. Nachdem sie die Brücke zum Nachbarort Astoria überquert hatten, bog Alexandra in eine der Nebenstraßen ein und hielt vor einem dreistöckigen Appartementhaus, wo Spider sich von seiner Schwester verabschiedete. Er hatte in dem Gebäude eine kleine Wohnung mit zwei Zimmern, wobei er zumindest einen guten Blick auf die Bucht weiter unten hatte, die Oregon vom Nachbarstaat Washington trennte. Alexandra fuhr ein paar Straßen weiter, wo ihr schlichtes, aber doch großzügiges Haus stand. Sie parkte vor der Doppelgarage und stieg aus dem gepflegten Cabrio aus. Wie immer kam ihr Lucky entgegen, die vierjährige Hundedame, die das Ergebnis einer Liaison eines Rottweilers mit einem Berner Sennenhund war. Groß, mit breiter Brust und kurzem, schwarzem Fell war sie ein beeindruckender Anblick. Dabei war sie ausgesprochen verspielt, treu und wohlerzogen. Die Hündin begrüßte ihr Frauchen mit einem dezenten

219

Nasenstupser und Alexandra kraulte sie hinter den Ohren, was Lucky mit einem leisen, grollenden Brummen beantwortete. Sie betrat ihr Haus und ging direkt in die Küche, um Luckys Napf mit Futter zu füllen. Die Kaffeemaschine summte, und mit dem gefüllten Pott stand sie an der Spüle und schaute in den nach unten abfallenden Garten. Zwischen den Bäumen sah sie das Wasser der Bucht. Ihr ging eine Begegnung am Nachmittag nicht aus dem Kopf. Wobei es mehr Spider betraf, der einen Geist aus einer längst vergangenen Zeit wiedergetroffen hatte. Es war ein alter Schulfreund, mit dem ihn eine lange Haßliebe verband. Es war James „Jim" McKlusky, der vor gut zwanzig Jahren, kurz nach der Beerdigung seiner Eltern, über Nacht aus der Stadt verschwand. Die McKluskys sind bei einem Verkehrsunfall ums Leben gekommen als ein angetrunkener Autofahrer den Wagen von Jims Eltern frontal traf. Man wusste nur, daß Jim wohl beim United States Marine Corps angeheuert hatte. Das Haus seiner Eltern übergab er seinem Onkel, der es verkaufte. Jim McKlusky verschwand wie ein Gespenst in einer nebligen Nacht, ohne eine einzige Spur zu hinterlassen.

*   *   *

Harry McKlusky begrüßte seinen Neffen Jim, der nach zwanzig Jahren wieder zurückgekehrt war, mit einer väterlichen Umarmung. Obwohl er seinen Neffen jahrelang nicht gesehen hatte, war er froh über seine Rückkehr. Seine Frau hatte Tränen in den Augen, als sie Jim in die Arme schloss. Nach dem Tod seiner Eltern war Jim fertig mit der Welt. Er hatte gerade das College angefangen, als ihn die böse Nachricht erreichte. Jim übergab nach dem Begräbnis das Haus an seinen Onkel

220

und verpflichtete sich beim Corps. Harry war sich sicher, daß sein Neffe nur dort mit seiner Trauer fertig werden konnte. Harry verkaufte das Anwesen und legte die Kaufsumme in einem Aktiendepot an, daß er Jim beizeiten übergeben wollte. Vor ungefähr zehn Jahren haben sich die beiden in San Diego getroffen, wo Jim eine Zeit lang als Ausbilder tätig war. Er bat seinen Onkel, das Depot weiter zu verwalten und seit diesem Zeitpunkt blieben sie in Kontakt, indem sie öfters miteinander telefonierten und sich öfters Briefe schrieben. In Warrenton hatte die meisten Jim inzwischen völlig vergessen und Harry erwähnte ihn nicht weiter. Außer bei Tina, seiner Frau, die ihren Neffen durchaus vermisste. Und jetzt war er zurück. Seine Zeit bei den Marines war beendet und in den letzten Briefen hatte er angedeutet, daß er seine Heimat vermisste. Passenderweise hatte ein paar Kilometer weiter östlich, in Navy Heights, eine große Firma für militärische Marineradartechnik eine Stelle als Leiter der Sicherheit offen. Jim hatte das Corps mit dem Dienstgrad ‚Captain' verlassen und brachte zudem eine umfangreiche Erfahrung aus drei Einsätzen im Irak mit. Die Firma hatte ihn sofort eingestellt und seine Tante bestand darauf, daß ihr Neffe zunächst bei ihnen wohnte. Die kleine Einliegerwohnung war frei und Jim nahm das Angebot dankbar an, denn er wollte bei seiner Tante wieder einiges gutmachen.

*   *   *

Einen Tag später fuhr Jim im Ort spazieren, um sich diese Mischung aus alten Erinnerungen und neuen Eindrücken einzuverleiben. Der Ort hatte sich verändert, auch wenn die Straßen dieselben waren. Das Kino existierte noch, ebenso wie die Gebrauchtwagenhändler am Ende der

221

Hauptstraße. Das alte Rathaus ist inzwischen einem scheußlichen Neubau gewichen. Er stoppte vor der Brücke, die Warrenton mit Astoria verband und dabei den Youngs River überspannte. Zwanzig Meter von der Straße entfernt stand eine Parkbank, auf der Jim Platz nahm und gedankenverloren in die Bucht hinunterblickte, als ihn ein Geräusch herumfahren ließ. Spider ging den schmalen Weg entlang und blieb bei Jim stehen.

„Du bist zurück? Hast du nach all der Zeit Warrenton wieder gefunden?"

„Eine ausgesprochen dämliche Frage, da ich hier mitten im Ort sitze. Man könnte fast meinen, daß du ein Problem damit hast, daß ich wieder zurück bin."

„Du bist damals bei Nacht und Nebel verschwunden, ohne dich zu verabschieden. Und hast dann nie wieder etwas von dir hören lassen, also warum sollen wir jetzt für dich eine Willkommensparade veranstalten?"

„Charmant wie immer. Ich bin zurück und damit hat es sich. Davon wird deine Welt nicht untergehen."

„Mach dir um meine Befindlichkeiten mal keine Sorgen. Du warst bei den Jarheads?"

„Nur ein Jarhead darf einen andern Jarhead als Jarhead bezeichnen. Jeder andere bekommt ein Problem mit einem Jarhead."

„Immer noch das gleiche Arschloch. Semper Fi bis in den Tod."

222

„Du laberst bis heute über Dinge, von denen du nicht die geringste Ahnung hast. Wenn du bloß gekommen bist, um mich zu nerven, dann schieb wieder ab."

„Bist du eigentlich noch fit?"

„Was soll jetzt wieder die Frage?"

„Das Pack von Seaside ist der Meinung, daß die Blue Buccaneers es nicht mehr drauf haben."

„Na und? Was habe ich damit zu tun? Ich habe vor langer Zeit für die Buccs gespielt."

„Sie haben uns nicht als Blue Buccs bezeichnet."

„Also haben sie uns Blue Balls genannt. Das ist doch nichts Neues. Also benötigt ihr einen Fullback?"

„Du warst damals auch ein brauchbarer Tight End. Coach Higgins meinte damals, du bist universal einsetzbar."

„Wann und wo?"

„In drei Wochen hier bei uns. Training übermorgen um 18:00. Coach ist Fuller."

„Fuller? Der hat doch frisch angefangen, als wir von der Senior High runter sind."

„Bist du nun dabei?"

„Oorah!"

223

„Ich werte das mal als Zustimmung. Lust auf ein Bier?"

„Hat Debbie noch ihre Spelunke?"

„Worauf du deinen Truck verwetten kannst."

* * *

Seit drei Stunden hetzten die Männer über den Trainingsplatz und übten immer wieder wie besessen die Spielzüge. Coach Fuller kannte Spider lange genug, um seine Qualitäten als Passempfänger gut einschätzen zu können. Er war schnell genug, bei der Defence Line durchzukommen, um sich dann freilaufen zu können. Interessant dagegen war McKlusky, der geheimnisvolle Heimkehrer. Als Marine war er in guter körperlicher Verfassung und entsprechend schnell. Zudem war er kräftig gebaut und ausgesprochen robust. Seine Erfahrung als Fullback aus der Schulzeit lag zwar lange zurück, aber verlernt hatte Jim nichts. Im Gegenteil, er war sowohl für das Passspiel als auch das Laufspiel geeignet und im Notfall konnte er in der Offence Line mit die Pocket für den Quarterback bilden. Rob Lowe, der Offence Coordinator, schaute sich die Spielzüge an und machte sich diverse Notizen. Bei der Besprechung stellte sich heraus, daß sie die gleiche Idee für den Einsatz von McKlusky hatten

* * *

Die Sonne kam hinter den Wolken hervor, erhellte das Spielfeld und wärmte die Zuschauer. Alexandra hatte heute ihr Markenzeichen für das Spiel angepasst und trug blaue hochhackige Pumps und eine farblich passende

224

Bluse - der gleiche Farbton wie die Teamfarbe der Blue Buccs. Sie trug oft Pumps in gewagten Farben zusammen mit Oberteilen in der gleichen Farbe. Sie mochte Farben wie neongelb, orange, rot, lila oder auch gerne mal pink. Nur bei Stiefeln bevorzugte sie schwarz und braun. Zusammen mit Dorothy Walton setzte sie sich auf eine der Bänke auf der Zuschauertribüne, wo alle ihre Freunde und Nachbarn bereits Platz genommen hatten. Unten auf dem Feld liefen die beiden Mannschaften auf. Alexandra erkannte ihren Bruder, der hoch zur Tribüne blickte und seiner Schwester zuwinkte. Nachdem die Nationalhymne gesungen wurde, nahmen die Mannschaften Aufstellung. Mit dem Kick Off der Bears wurde das Spiel eröffnet. Danny Glover fing den Ball an der zwanzig Yard Linie und konnte noch zwölf Yards nach vorne Laufen, bevor er gestoppt wurde. Dann nahmen beide Teams ihre Positionen an der Line Of Scrimage. Der Center reichte den ovalen Ball durch die Beine nach hinten zum Quarterback, der einen Paß nach vorne warf, wo Spider, der als Wide Receiver spielte, den Ball fing, aber sofort von einem Spieler der Defence zu Boden gebracht wurde. Er stand wieder auf und die Buccs bereiteten sich auf das nächste First Down vor.

*   *   *

Der Quarterback täuschte einen Wurf an, dann warf er ihn Jim zu, der in einem Meter Entfernung an ihm vorbeilief. Um die fehlenden drei Yards zu erlaufen, reichte es, in die schmale Lücke zu rennen, die die beiden Defence Tackle aufmachten. Die Defence hatte die Ballübergabe nicht bemerkt und reagierte nicht schnell genug, so daß er weiter durchlaufen konnte. Einer der Linebacker versuchte ihn noch abzufangen, war aber eine

Sekunde zu langsam. So konnte sich Jim mit dem Ei immer weiter in Richtung der Endzone. nähern Bei der 30 Yard Linie versuchte ihn der Cornerback zu tackeln, aber Jim stieß ihn mit der ausgestreckten linken Hand weg. Der Safety wagte ebenfalls einen Versuch, den Tight End zu stoppen und schaffte es auch Jim zu Fall zu bringen, aber da waren beide schon in der Endzone und die Blue Buccs hatten weiter sechs Punkte auf dem Konto. Gerald klopfte Jim auf die Schulter und zog seiner Gegner hoch.

„Fuck, du hast uns echt verarscht. So schnell hab ich noch keine alten Sack rennen sehen."

„Rennen? Bei euch Schnecken? Ich habe meinen Sonntagsspaziergang absolviert."

„Sei es drum. Die Nummer lassen wir nicht mehr zu."

„Gerald, Gerald, Gerald - ihr werdet euch noch wundern. Für die Bezeichnung Blue Balls werdet ihr noch bezahlen."

*   *   *

Das Spiel wurde ausgeglichener, aber die Blue Buccs lagen noch immer mit sechs Punkten in Führung, bis die Bears im letzten Viertel ausgleichen konnten. Die Offence Line stand im Halbkreis zusammen, während der Quarterback den nächsten Spielzug plante.

„Wir versuchen es nochmal mit Spielzug 22 Delta. Spider läuft weit vor und wenn er frei ist, kriegt er den Pass und Jim täuscht ein Laufspiel durch die Mitte an."

Jeder nahm wieder seinen Platz an der Line Of Scrimage ein. Der Center reichte den Ball nach hinten und bildete zusammen mit den Guards den Schutzwall vor dem Quarterback, während Spider zusammen mit dem zweiten Wide Receiver versuchte sich freizuspielen, aber da machten ihnen die Linebacker einen Strich durch die Rechnung. Der Quarterback erkannte, daß die Bears mit einem Passwurf gerechnet hatten und so warf er den Ball wieder in Richtung Jim, der ihn auffing, es wieder durch eine Lücke schaffte und die nötigen zehn Yards erlief. Ungehindert konnte er weitere Yards gut zu machen, und wieder reagierten, zur allgemeinen Überraschung, die Spieler der gegnerischen Defence zu spät. Jim stürmte weiter vor, erreichte gefahrlos die Endzone und holte weitere sechs Punkte, die der Kicker dann noch auf sieben erhöhte. Die letzten zwei Minuten reichten den Bears nicht mehr, nahe genug an die Endzone der Buccaneers zu kommen.

Mitten im Pulk der Mannschaft stand der Coach, der Jim heranwinkte.

„Jim, der lokale Radiosender möchte ein Interview mit dir aufnehmen. Daß du als Fullback mit einem Laufspiel zwei Touchdowns in einem Spiel gemacht hast, ist eine mittelprächtige Sensation."

„Muß das sein? Ich kann diese Pressefritzen auf den Tod nicht leiden."

„Jim, mach es einfach! Wir brauchen eine gute Presse und Birdy vom lokalen Sender macht faire Interviews, aber sie reagiert unangenehm, wenn man sie grundlos ignoriert.

Coach Fuller zeigte mit strengem Blick in Richtung der Pressekabine und mit gerunzelter Stirn ging Jim zum Interview, während der Rest der Mannschaft zufrieden in die Umkleidekabine wanderte. Weil das Team vom Radio zunächst technische Probleme hatte, dauerte das Interview eine halbe Stunde, so daß er erst dann in die Kabine kam, als der Rest sich auf den Weg nach Hause machte.

02- Play A Game

Alexandra öffnete vorsichtig die Tür zur Umkleidekabine des Teams und schaute durch den Spalt. Es war keine Menschenseele zu sehen, nur das Wasserrauschen aus der Dusche war zu hören. Sie betrat den Raum und schaute sich weiter um, aber es waren tatsächlich alle außer Jim weg. Auf einer der Bänke lag eine Tasche mit Kleidung und daneben war ein Haufen mit der Spielerbkleidung. Ihre hohen Absätze klackten mit den Metallplättchen auf den Fliesen. Sie betrat den Duschbereich und lugte um die Ecke. Jim stand mit dem Rücken zu ihr und spülte sich die Haare aus. Möglichst leise bewegte Alexandra sich wieder rückwärts, denn sie wollte sich nicht in der Umkleide erwischen lassen. Sie kam bis zur Bank, dann wurde das Wasser abgestellt und sie hörte ihn kommen. Bis zur Tür würde sie es nicht mehr schaffen, aber der Boden zwischen den Spinden war mit einer dünnen Gummimatte belegt und so eilte sie lautlos in den Gang und setzte sich, einer spontanen Eingebung folgend, neben der Tasche auf die Bank und schlug die Beine übereinander. Dabei legte sie ihre Hände gefaltet um das Knie. So erweckte sie den Eindruck, als würde sie schon eine Weile auf ihn warten. Er hatte sich ein Handtuch um die Hüfte gelegt und sich vorher nur oberflächlich abgetrocknet. Eine seiner Augenbrauen wanderte nach oben, als er sie erkannte.

„Hi, ich wusste gar nicht, daß sich hier im Ort Unisex-Umkleidekabinen etabliert haben."

„Hi, diesen ganz speziellen Raum haben wir dem Hippster-Spießer-Kaff Portland voraus, aber ich wollte dich persönlich zum Grillen einladen und da dachte ich,

ich schau mal schnell persönlich vorbei. Ich wusste ja, wo du steckst."

„Einen gewissen Hang zur Logik kann ich ja bei dir erkennen, aber wenn man sich zwanzig Jahre lang nicht gesehen hat, dann ist der Ort doch etwas gewöhnungsbedürftig. Und wir beide hatten damals wenig miteinander zu tun. Leider."

Warum hatte er jetzt leider gesagt? Anscheinend gefiel ihm diese mehr als prickelnde Situation. Alexandra war nun innerlich richtig aufgewühlt. Die Situation war für sie mehr als reizvoll und doch auch aufregend. Sie war ein Nervenbündel, das nach außen versuchte, cool zu wirken, denn sie hatte Jim eher beiläufig gekannt. Spider und Jim waren nie richtige Feinde gewesen, aber ihre mehr als gegenläufigen Ansichten haben zu vielen Auseinandersetzungen geführt. Ihr fiel immer ein Buch ein, das ihr vor Jahren in der Bücherei in die Hände gefallen war. Es waren eine Reihe von Geschichten, in denen sich ein Priester und der Bürgermeister eines italienischen Dorfes oft bekriegt, aber genauso oft zusammengearbeitet hatten. Diese Sammlung von Geschichten beschrieb im Grunde auch dieses merkwürdige Verhältnis zwischen ihrem Bruder und Jim. Die zwei verband eine Hassliebe. Politisch standen sich der liberale Punk Spider und der konservative Psychobilly Jim unversöhnlich gegenüber, beim Football spielten sie perfekt zusammen und sie haben sich mehrfach gegenseitig geholfen, wenn einer von ihnen sich mit seiner großen Klappe in irgendwelche Schwierigkeiten gebracht hatte. Die zwei waren wie Brüder, die sich öfter in die Wolle bekamen, wenn sie alleine waren, aber so nahe zusammenstanden, daß kein Blatt Papier

230

dazwischen passte, wenn eine dritte Partei sich einmischen wollte. Alexandra wollte trotz ihrer Nervosität die Situation in der Kabine noch ein wenig auskosten, aber sie fand es nicht richtig, wenn er jetzt so einfach vor ihr blank ziehen müsste. Der Anblick würde ihr sicherlich gefallen, aber nicht unter diesen Umständen. Nur wusste sie nicht unter welchen Umständen dieses geschehen würde. Denn Jim strahlte neben Vertrauen auch Gefahr und, wenn sie ehrlich zu sich war, auch Erotik aus. Er konnte umwerfend lächeln und dabei wirkte er selbstbewusst. Zum Abschied sollte er sie zumindest als eine durchaus anzügliche Frau in Erinnerung behalten. Sie erhob sich und lächelte ihn an, während sie mit dem Handrücken über das Handtuch strich. Eine ganz sanfte Geste, aber sie spürte ‚ihn'.

„Heute Abend um sieben bei mir, ich hoffe, du weißt noch, wo meine Eltern gewohnt haben. Ich würde mich freuen, wenn du auch kommen würdest."

Sie blickte noch einmal bedeutungsvoll an ihm herunter, drehte sich um und verließ die Umkleide. Alexandra war sich sicher, daß er unter dem Handtuch eine deutliche körperliche Reaktion hatte. Die Beule war nicht zu übersehen - und gut zu spüren.

*   *   *

Jim schaute der Frau nach und sein Blick blieb an ihrem Po hängen. In der Jeans wirkte sie sexy. Das rhythmische Klicken der Absätze passte zu der schwingenden Bewegung ihres hübschen Arsches. Während er sich anzog, dachte er an die Zeit vor zwanzig Jahren zurück und versuchte sich an die Alexandra aus der

231

Vergangenheit zu erinnern. Sie war schon damals hübsch, aber zu der Zeit hatte sie eine spitze Zunge, gegen die man nur schwer ankam. Zumindest wenn man damals sechs oder sieben Jahre jünger war. So ganz wurde er auch jetzt nicht schlau aus ihr. Entweder sie war ein ausgekochtes Kleinstadtluder, das zu oft Desperate Housewifes oder Sex In The City gesehen hatte, oder sie war in eine unerwartete Situation geraten, in der sie sich kokett aus der Affaire gezogen hatte. Ihre Augen hatten dabei sehr einen sehr warmen Glanz und ihr Lächeln hatte ihn in ihren Bann gezogen. Wobei, als sie sich umdrehte, wirkte dieses Lächeln ausgesprochen frech und sogar ein wenig ... lasziv.

* * *

Der Himmel war weiterhin wolkenfrei, als Alexandra zu ihrem Auto ging. Aber da, wo der silberne LeBaron stehen sollte, war eine große Lücke. Innerlich fluchend fiel ihr ein, daß sie den Wagen ihrer Tochter Vanessa überlassen hatte. Sie überlegte, wie sie zurück nach Hause kommen könnte. Ein Marsch von einer Meile mit hohen Absätzen war auch für sie eine Herausforderung. Sie wollte ihre Tochter anrufen und schaute in ihre Handtasche. Dabei stellte sie mit einem Stöhnen fest, daß ihr Mobile noch in der Halterung am Armaturenbrett stecken musste. Sie überlegte weiter und stand gedankenversunken auf dem Parkplatz. Die Stimme hinter ihr ließ sie zusammenzucken und mit einem Kribbeln im Nacken drehte sie sich um.

„Wir sollten uns nicht mehr so auffällig treffen. Dein Mann schöpft sonst verdacht."

Jim hatte bei den Marines wohl schnelles Umziehen gelernt, denn sie war in mehrfacher Hinsicht überrascht. Das fixe Erscheinen, dann der Schreck, als er sie angesprochen hatte. Und er hatte einen schrägen Sinn für Humor.

„Paß auf, du! Ich habe schon ganz anderen Kerlen für belanglosere Streiche eine verpasst. Und mein Mann kann gerne davon erfahren, wir sind seit vielen Jahren geschieden."

Alexandra fragte sich selbst in gleichen Augenblick, warum sie gerade die Scheidung erwähnt hatte. Diese Geschichte lag inzwischen sieben Jahre zurück und emotional war es längst vergessene Vergangenheit. Aber warum wollte sie, daß er es weiß? Sein Gesichtsausdruck war nachdenklich und er schaute ihr direkt in die Augen.

„Kann ich dich mitnehmen? Ich sehe dein Cabrio nicht und du wartest sicher auf eine Mitfahrgelegenheit. Wenn ich heute Abend dein Gast bin, dann fahre ich die Gastgeberin mit Vergnügen."

„Du weißt, was ich für ein Auto fahre?"

„Weil es dasselbe silberne Cabrio ist, das du vor über zwanzig Jahren schon gefahren hast. Ein LeBaron von 1994 fällt heutzutage auf, vor allem in diesem gepflegten Zustand. Und dein Auto habe ich gleich am ersten Tag gesehen. Selbst die Kennzeichen hast du nie geändert."

Sie schaute ihn etwas entgeistert an, dann beantwortete er die von ihr nicht gestellte Frage.

„Im Corps lernt man schnell, auf Details zu achten. Mylady, erweisen sie mir nun die Ehre?"

„Charme und Höflichkeit in einer Kleinstadt - du irritierst mich. Das kenne ich gar nicht mehr. Wo steht denn dein Wagen?"

„Mach zwei Schritte zurück und du kannst dich dagegen lehnen."

„Och nö, mußt du jetzt jedes Klischee erfüllen, daß man über Marines erfunden hat? Einen Pick Up - und noch dazu ein Japaner. Jetzt erzähl mir bitte nicht, daß du eine Stripperin geheiratet hast."

„Ich habe gar nicht geheiratet, aber ich war zweimal mit einer Stripperin zusammen."

„Und sind solche Frauen besser im Bett?"

„Da müsste ich mit dir Sex haben, dann kann ich es vergleichen und dir verraten, wer besser ist."

„Paß auf, du! So leicht bin ich nicht zu haben."

Alexandra spürte, wie ihr Gesicht zu glühen anfing. Warum hatte sie das gesagt? Sie war doch nicht gerade dabei, mit Jim zu flirten? Wollte sie tatsächlich, daß er ihr den Hof machte? Es kribbelte im Magen und sie hatte das Gefühl, als ob ein heißer Blitz durch ihre Nervenbahnen schoss. Und jetzt öffnete er ihr wie ein Kavalier die Autotür. Was auch immer er beim Corps gelernt hatte, gute Manieren standen öfters auf dem Stundenplan.

Jim fühlte sich gerade so, als wenn er in einem Film mitspielte. Er war Rock Hudson und sie Paula Prentiss und vom ersten Augenblick an führten sie ein Rededuell nach dem anderen. Immer mit Esprit, ohne den anderen zu verletzten. Nur wenn das Drehbuch des alten Films weiter wortgetreu umgesetzt wird, dann würde er, wie Rock Hudson, mehrfach baden gehen. Und Warrenton hatte viel Wasser um sich herum. Gerade noch rechtzeitig konnte er es verhindern, ihr beim Einsteigen zu helfen - indem er ihren Po mit seiner Hand sanft in die Höhe schob. Wenn Alexandra sich nicht sonderlich geändert hatte, dann war sie immer noch die gleiche selbstbewusste, willensstarke Frau, die sich ohne Probleme selber wehren konnte. Aber ihr süßes Lächeln war unbezahlbar. Vorsichtig schloss er die Beifahrertür, legt die Sporttasche auf die offene Ladefläche des Hillux und setzte sich anschließend hinter das Lenkrad. Jim ließ den Toyota sanft anrollen und drehte das Radio etwas leiser, denn Motörhead war nicht für jeden etwas. Alexandra hatte sich an die Wagentür gelehnt und schaute ihn von der Seite an.

„Woher stammen die vielen Narben auf deinem Körper? Warst du an vielen Gefechten beteiligt?"

„Ich war eine Zeitlang im Irak, da habe ich bei einigen Gefechten den einen oder anderen Kratzer abbekommen. Das ärgerlichste war, als ich mir bei meinem Spind die Finger in der Tür eingeklemmt habe. Das hat sogar drei Tage lang wehgetan."

„Jim, hör auf den Helden zu spielen. Das beeindruckt mich nicht im geringsten. Außerdem hast du das doch nicht nötig."

„Dein Onkel war doch in Vietnam. Hat er jemals darüber gesprochen?"

„Ich weiß nicht, ob er mit Tante Jane ernsthaft darüber gesprochen hat, aber bei uns machte er nur einige Witze ... oh!"

Sie legte zur Entschuldigung ihre Hand auf sein Knie und lächelte ihn scheu an. Sein freundliches Grinsen war Antwort genug. Für eine Weile schwiegen sie, dann hielt er in der Einfahrt vor ihrem Haus und machte den Motor aus. Alexandra suchte in ihrer Handtasche nach ihrem Haustürschlüssel, was Jim die Gelegenheit gab, auszusteigen und um das Auto herumzugehen, damit er ihr die Wagentür öffnen konnte. Zudem reichte er ihr die Hand und sie rutschte elegant vom Sitz. Vom hinteren Teil des Gartens kommend, trabte Lucky über den Rasen im Vorgarten. Wie immer bekam Alexandra zur Begrüßung einen Stupser mit der Nase, dann beschnüffelte die Hundedame misstrauisch den für sie fremden Mann. Dabei hörte man von ihr ein leises grollendes Brummen. Jim wollte schnell Freundschaft schließen und ging in die Hocke. Er streckte die Hand aus, damit Lucky an ihr schnuppern konnte. Der Hund machte zwei Schritte auf Jim zu und schaute direkt in sein Gesicht - um ihn laut und herzhaft anzuniesen. Sie verteilte eine fein vernebelte feuchte Wolke und verpasste Jim so eine volle Breitseite ins Gesicht. Der war für einen Augenblick erstarrt, bis sich seine Gesichtszüge angeekelt verzogen. Lucky setzte sich und betrachtete scheinbar zufrieden ihr

236

Werk, während Alexandra einen Lachanfall bekam. Sie brauchte fast eine Minute, um sich zu beruhigen. Währenddessen erhob sich Jim wieder.

„Sie hat mich vollgeschleimt."

Alexandra musste weiter giggeln und es dauerte einen Augenblick, bis sie sich endlich beruhigte. Mit einem Grinsen ging sie zu ihrer Haustür, kraulte im Vorbeigehen den Kopf der Hündin und sperrte auf.

„Braves Hundchen."

„Ey, ich glaube es hackt. Sie hat mich vollgerotzt."

„Und?"

„Ihhhh, Hundebazillen."

„Komm mit rein. Ich gebe dir einen Lappen und eine Tasse Kaffee."

Jim hatte sich mit dem Spruch von Lucy van Pelt einigermaßen aus der Affaire gezogen und folgte Alexandra ins Haus. Lucky drängte sich mit einem Brummen vorher an ihm vorbei, so als wollte sie die Rangfolge festlegen. Alexandra reichte ihm ein Küchentuch, mit dem er sich das Gesicht abwischte, während Alexandra eine Tasse Kaffee für ihn machte. Sie hatte zwar über die Situation lachen müssen, vor allem weil es so spontan geschah, aber sie wollte bei Jim nicht schadenfroh sein, denn sie mochte ihn. Sie schaute zu, wie Lucky sich neben Jim stellte, um ihn dann mit der Nase anzustupsen.

„Ich glaube, sie will sich entschuldigen."

Jim ging nochmal in die Hocke und fing an, den Hund vorsichtig hinter den Ohren zu kraulen, was der Hundedame ausgesprochen gut gefiel. Er erhob sich wieder und nahm die Tasse mit Kaffee entgegen. Für einen Augenblick schwiegen beide über ihren Kaffeetassen.

Er versucht tatsächlich mit mir zu flirten. Und er schaut mir sowohl in die Augen als auch auf meine Boobies. Ich werde ihm noch etwas bieten und nach der Zuckerdose ganz unten im Schrank suchen. Wobei, Jim wird zu anständig sein, meinen Po einfach anzulangen.

Jim traute seinen Augen nicht, als sie sich herunterbeugte und ihre Jeans sich über ihren hübschen Po spannte.

„Ein hübscher Anblick. Wow."

Alexandra richtete sich langsam auf und dreht sich zu Jim um. Der schaute sie mit einem unschuldigen Gesichtsausdruck an.

„Ich rede von deinem Hund. Was dachtest du denn?"

„Pass auf, du! Lucky merkt, wenn du lügst und beißt dich."

„Lucky, so was Schlimmes machst du?"

Luckys Antwort war eindeutig. Sie stupste mit der Nase sein Knie an und lehnte sich mit einem lauten Schnaufen an sein Bein.

*   *   *

Nachdem Jim sich verabschiedet hatte, bereitete Alexandra das spontan geplante Gartenfest vor. Tochter Vanessa hatte sich von unterwegs gemeldet und brachte noch die fehlenden Sachen aus dem Supermarkt mit. Während Ihre Mutter Salate vorbereitete, kümmerte sich Vanessa um den Grill. Spider kam dazu und unterstützte die zwei. Gegen sieben Uhr trafen die Mannschaftsmitglieder, der Trainer und einige Freunde ein und die Party konnte beginnen.

*   *   *

Mit einem Drink in der der Hand schlenderte Alexandra über dem Rasen zu der kleinen Pergola, die in der hinteren Ecke stand. Die laute Musik und der Gesprächslärm wurden leiser, denn eine Hecke als Sichtschutz trennte die Pergola vom restlichen Gartenbereich ab. Dorothy Walton saß dort auf einer Bank und blickte von ihrem Telefon auf, als sie die sich nähernden Absätze auf den Steinplatten hörte.

„Alex, solltest du auf Einbrecher umschulen, dann musst du deine Schuhe wechseln."

Dorothy hob ihren Becher zur Begrüßung und nahm noch einen Schluck von ihrem Mai Tai.

„Paß auf, du! Erstens mag ich keine krummen Dinger und zweitens, Sneaker sind für den Sport gedacht und genau da trage ich sie."

Sie grinste Dorothy freundlich an und setzte sich neben die Freundin.

„Die Stimmung ist richtig gut. Von diesem Spiel wird man noch lange erzählen. Das war schon ein Ding, wie Jim zweimal durchgebrochen ist."

„Stört es dich es nicht, daß er wieder hier ist? Ihr beide wart doch mal ein Paar."

„Das ist über zwanzig Jahre her, als wir noch in der Schule waren. Vorbei ist vorbei und ich habe damals Schluß gemacht. Ob er hier ist oder auf Hawaii, daß macht für mich keinen Unterschied. Jim wird sich im Laufe der Jahre bei den Marines verändert haben. Wobei ein paar Dinge sich nie ändern."

„Meinst du etwas bestimmtes?"

„Deine Absätze haben mich drauf gebracht. Jim fährt total darauf ab, wenn Frauen Stöckelschuhe tragen."

„Nun, daß gefällt vielen Männern."

„Er mag es auch, wenn er mit der Frau im ... Bett ist. Wobei, damals hatte er es mir nur anvertraut. Als ich ihm sagte, daß ich damit wenig anfangen konnte, war es für ihn in Ordnung. Wir haben uns darüber unterhalten und er hat es mir erklärt."

240

Irgendwas in Alexandras Gesicht ließ Dorothy aufhorchen.

„Du willst mehr wissen. Du bist scharf auf ihn - gib es zu."

Alexandra spürte, wie sie rot wurde und ihr Schweigen wurde als stille Zustimmung gewertet, denn Dorothy sprach weiter.

„Ich glaube aber auch, daß er immer noch verlässlich sowie ehrlich ist und eine Frau sehr glücklich machen kann. Alle Stripperinnen der Welt könnten ihm das nicht austreiben."

„Würdest du ihn wieder nehmen?"

„Nein, Paul und ich sind füreinander bestimmt und das seit zwanzig Jahren. Aber es gibt auch einen Mann, der für dich bestimmt ist und du für ihn."

Sie machte eine Pause, wobei sie Alexandra in die braunen Augen schaute.

„Jim sagte mal, daß er Sommersprossen bei einer Frau sehr attraktiv findet, ebenso wie Selbstbewusstsein und Humor. Also alles, was du auf deiner Good-Girl-Bad-Girl-Liste stehen hast. Dazu noch dein knackiger Po in einer enge Jeans ... und er ist gut sechs Jahre jünger."

„Hast du noch was von der Zubehörliste vergessen? Außerdem sind meine Sommersprossen Pigmentflecken und die gefallen mir selbst nicht."

Alexandra versuchte ein spöttisches Grinsen aufzusetzen.

„Jim sieht immer das große Ganze und eine seiner angenehmen Züge ist, Schönheit dort zu sehen, wo andere nichts Schönes sehen. Er kann zuhören. Ach ja, deine Augen haben so einen eigentümlichen Glanz."

Es folgte keine Antwort, denn Alexandra hatte sich vorgebeugt, die Arme auf den Beinen abgestützt und starrte in die abendliche Dämmerung.

03 - Black Ops - G T A

Seit dem Spiel, daß noch eine ganze Weile das Stadtgespräch war, waren mehrere Wochen vergangen, und Jim lebte sich recht zügig wieder ein. Die Arbeit machte ihm Spaß und gerade seine Tante tat alles, um ihm das Leben so angenehm wie möglich zu gestalten. Auf dem Flohmarkt in der Innenstadt und beim Feuerwerk am vierten Juli hatte er Gelegenheit Alexandra zu sehen, mit ihr zu flirten und ein wenig zu plauschen. Die Tage flossen dahin, als Alexandra an einem Morgen aus der Haustür trat und der Chrysler weg war. Sie war den Tränen nahe und konnte es nicht fassen, daß ihr geliebtes Cabrio gestohlen war. Es war ein Geschenk ihrer Eltern und sie hatte den Wagen all die Jahre mit Begeisterung gefahren und ihm jede Pflege zukommen lassen, so daß der Chrysler außer einigen Verschleißteilen nie eine Reparatur benötigt hatte. Und genau dieses Auto steht nicht mehr an seinem Platz. Er war weg und sie wusste nicht wohin. Mit einem Schluchzen setzte sie sich auf die Bordsteinkante. Sie bekam nicht einmal mit, wie ein Auto an ihr vorbeifuhr und anhielt. Sie registrierte nicht einmal, daß eine Gestalt sich neben sie hinsetzte. Mehr durch Zufall blickte sie zur Seite und sah Jim neben sich sitzen. Alexandra erzählte ihm, was passiert war. Jim hörte in Ruhe zu und stellte nur einige Fragen.

„Ich hab da eine Idee. Seit ich hier wieder arbeite, habe ich mir in kurzer Zeit einige gute Kontakte zur Polizei aufgebaut. Ich werde schlicht mit einigen Leuten plaudern und mal einige Fragen stellen.Und du solltest nie den Schlüssel stecken lassen."

Am Nachmittag fuhr er wieder zu Alexandra und erzählte ihr von den Fortschritten, die er bei der Suche nach ihrem Auto gemacht hatte.

„Also, ich habe viel telefoniert und insgesamt sieben potentielle Täter, von denen ich bisher sechs ausschließen konnte. Eine Möglichkeit ist eine Bande aus der Nähe von Forrest Grove, die die Fahrzeuge als Ganzes oder zerlegt als Ersatzteile weiterverkauften. Ich denke, ich fühle denen mal auf den Zahn und da du sicherlich helfen willst, nehme ich dich mit. Aber nur unter einer Bedingung: du machst nur das, was ich dir sage."

*   *   *

Sie hielten vor der Werkstatt in Forrest Grove, wo die Autodiebe ihr Versteck hatten. Für eine Stunde beobachteten Jim und Alexandra die Zufahrt zu der Halle, dann stand sein Plan fest.

„Also, du wartest hier. Im äußersten Notfall haust du mit dem Wagen ab, ansonsten gibst du mir mit der Hupe ein Warnsignal, wenn üble Typen zur Werkstatt kommen. Denn Hupen fällt hier nicht auf."

Mit diesen Worten stieg er aus, querte die Straße und marschierte direkt in die Halle. Der LeBaron stand scheinbar unberührt in einer der Boxen. Ansonsten befanden sich fünf weitere Fahrzeuge in der Werkstatt, alle in unterschiedlichen Zuständen der Ausschlachtung. Insgesamt drei Personen waren vor Ort und schauten Jim unfreundliche an. Alle drei waren Anfang zwanzig. Links stand ein großer muskulöser Bursche, der ein breites

244

Grinsen aufsetzte und dabei in der Hand einen großen Schraubendreher hielt.

„Was willst du hier, alter Mann?"

„Den Chrysler, der gehört euch nicht. Also mache ich es euch ganz einfach. Ich fahre damit weg und keinem passiert etwas."

„Das glaube ich nicht. Habt ihr gehört, der Spinner behauptet, wir hätten hier etwas, was uns nicht gehört."

Die drei lachten laut auf und der der Mann mit dem Schraubendreher wandte sich wieder Jim zu.

„Verschwinde von hier! Aber ganz schnell. Dann könnten deine Knochen heile bleiben."

„Den Schlüssel vom LeBaron. Presto! Ich wiederhole mich nur ungern."

„Also gut, du hast es nicht anders gewollt."

Mit diesen Worten walzte der Autodieb auf Jim zu. Was dabei irritierte, war das Klicken von Absätzen auf dem ölverschmierten Betonboden. Obwohl ein Kampf unmittelbar bevorstand und ein Schraubendreher ein wirkungsvolles Stichwerkzeug war, drehte Jim den Kopf und sah, wie Alexandra im Tor stand. Dann schaute er wieder zu dem Angreifer hin. Der wollte zuerst mit seinem Opfer spielen und stellte sich breitbeinig hin, wechselte den Schraubendreher von einer Hand in die andere und wieder zurück. Mit einer fließenden Bewegung zog Jim einen Teleskopschlagstock aus der

Hosentasche und fuhr ihn mit einem Schlenker des Handgelenks aus. Mit dem ersten Schlag traf er das Handgelenk, worauf das Werkzeug fallengelassen wurde. Der zweite Hieb traf die Schläfe, woraufhin der erste Gegner wie ein gefällter Baum umfiel. Der zweite, ein großer, drahtiger Schwarzer, versuchte Jim von hinten Anzugreifen. Diesen erwischte er mit dem Ellenbogen auf den Solarplexus, was den Angreifer nach vorne kippen ließ. Jim wirbelte rum, griff dem Gegner in den Nacken und zog mit Schwung den Kopf nach unten, der gegen den Metallschraubstock prallte. Ohne einen Laut ging der Mann in die Knie und stürzte nach vorne. Autodieb Nummer drei war auf Jim zugelaufen, mit einem Hammer in der Hand. Jim nahm von der Werkbank ein Netzteil und warf es in Richtung des Burschen. Der Mann konnte ausweichen, aber die Öldose, die folgte, traf ihn genau auf der Nasenwurzel. Er flog rückwärts und rutschte noch einen Meter auf dem Boden, wo er benommen liegenblieb. Jim schnappte sich eine Rolle mit Draht, den er dazu nutzte, die drei Gestalten zu fesseln. Den dritten Automarder schleppte er zu dem Schraubstock, wo er den Unterarm des Mannes einklemmte, und drehte die Backen mit der Spindel so weit zusammen, daß der andere laut aufstöhnte. Aber er hatte noch Kraft genug, Jim zu beschimpfen.

„Du dummes Arschloch, wir werden dich fertigmachen. Das wirst du uns teuer bezahlen."

„Klar doch, du und welche Armee? Wer sind eure Hintermänner?"

„Leck mich, du blöder Scheißer. Du bist schon tot. Und die Schlampe ist dann auch fällig."

246

Jim schaute sich um, aber Alexandra hatte sich nicht von der Stelle gerührt. Mit mehreren Handzeichen bedeutete er ihr, die Halle zu verlassen. Aber Alexandra schüttelte den Kopf und sah ihm weiter zu. Er holte tief Luft und drehte sich wieder zurück. Der Schneidbrenner brachte ihn auf eine Idee. Er nahm die Lanze, drehte das Acytylen und den Sauerstoff auf, und zündete das Gemisch mit einem Feuerzeug. Er wirkte dabei sehr gelassen und fing fröhlich an zu pfeifen, was den Autodieb entsetzte. Er wurde schlagartig still, während Jim die Flamme noch einstellte, als wollte er Bleche reparieren.

„Du bist also unkooperativ und willst mir Probleme bereiten. Das finde ich ausgesprochen unhöflich. Wir müssen das mal bei einer Tasse Tee besprechen. Einfach mal eine nette Plauderei unter alten Freunden"

Ohne Vorwarnung strich er mit der Flamme über den freiliegenden Handrücken. Die Reaktion war ein schriller Schrei, den Jim mit einem Handballenschlag auf die lädierte Nase des jungen Mannes stoppte.
Er wiederholte den Vorgang und man konnte das verbrannte Fleisch riechen. Der schwarze Kumpan, der das Ganze angsterfüllt beobachtete, rief laut:

„Wir haben keine Hintermänner, wir sind eine kleine Bande, mehr nicht. Nehmen sie den Chrysler, der Schlüssel steckt. Wir werden ihnen keine Probleme bereiten, versprochen."

„Siehst du, wie gut das mit deinem Kumpel läuft, also jetzt reden wir beide mal Tacheles."

247

Jim befragte die beiden noch einige Minuten lang, wobei er mit der Flamme nur noch drohte und ihnen eindrücklich klarmachte, daß sie sich oben im Norden besser nicht mehr blicken ließen. Er drehte die Gasflaschen zu. Das Geräusch von Alexandras Absätzen offenbarte ihm, daß sie Gedanken lesen konnte. Denn er wollte ihr gerade in diesem Augenblick zurufen, daß sie mit dem Chrysler losfahren soll. Sie stieg ein, startete mühelos den Motor und fuhr aus der Halle raus. Jim schob den Schlagstock zusammen, verließ ebenfalls die Halle, sprang in seinen Hillux und fuhr zügig die Straße entlang, um den Schauplatz zu verlassen. Kurz vor Buxton überholte er sie und bedeutete ihr durch ein Handzeichen, beim nächsten Diner rechts ranzufahren. Es war eines dieser 50er Jahre Restaurants mit Polsterbänken, Blechschildern als Dekoration und einer Wurlitzer Jukebox in der Ecke. Sie setzten sich an einen der Tische und bestellten sich zwei Tassen Kaffee.

„Alexandra, bist du eigentlich wahnsinnig geworden. Ich habe dir gesagt du sollst im Wagen bleiben, um mich in Notfall zu warnen, falls die in der Halle Verstärkung bekommen. Im Corps ist ein Befehl ein Befehl. Wenn jeder macht, was er will, dann bricht Chaos aus."

„Pass auf, du! Ich bin weder im Corps, noch bin ich einer deiner Soldaten. Ich lasse mich nicht so einfach auf die Ersatzbank abschieben. Wenn ich bei sowas dabei bin, dann auch richtig. Und vor allem, was sollte diese Sache mit dem Schneidbrenner? Wolltest du tatsächlich den Jungen foltern."

„Nein, ich habe ihm gleich zu Anfang die Spielregeln klar gemacht und ihm damit den Schneid abgekauft. Ist es dir

248

schon mal in den Sinn gekommen, daß ich nicht will, daß dir etwas passiert. Die Sache hätte auch anders ausgehen können. Selbst ich konnte dort nicht alles völlig überblicken."

Die Bedienung brachte die zwei großen Kaffee und stellte sie auf den Holztisch.

„Du willst nicht, daß mir etwas passiert, dann erkläre mir mal den Grund."

Für einen Augenblick funkelten ihre Augen ausgesprochen grimmig, aber nun setzte sie ein breites Grinsen auf.

„Weil ich dich mag, weil ich dich mehr als nur nett finde und weil ich mir Vorwürfe machen müsste, wenn du..."

„Du magst mich und du findest mich nett? Ist das alles?"

Alexandra hatte ihre Ellenbogen aufgestellt, die Finger ineinander- geschlungen und ihr Kinn aufgestützt. Das Grinsen wurde zu einem sanften Lächeln. Sie wollte jetzt schönen Worte von ihm hören.

„Nein. Da ist viel mehr. Sehr viel mehr. Du bist für mich eine hübsche Frau und etwas ganz Besonderes."

„Aha, ich bin also etwas Besonders und du findest mich hübsch? Wie komme ich zu der Ehre?"

„Darf ich dich nicht hübsch finden? Erzähl mir nicht, daß du dich häßlich findest. Und ein Kompliment mag doch jede Frau."

„Hey Jarhead, ich bin keine deiner Stripperinnen, die man mit ein wenig Süßholzraspeln ins Bett bekommt."

Sie merkte, daß sie mit dem Jarhead zu weit gegangen war. Es war eine abfällige Bezeichnung, wenn sie von jemandem genutzt wurde, der nicht beim USMC war. Seine Mine hatte sich verfinstert und er schaute sie mit einer Mischung von Zorn und Enttäuschung an. Sie lächelte ihn wieder an.

„Ich habe nicht gesagt, daß du aufhören sollst. Wenn du noch ein wenig weitermachst, dann fängst du an, mich zu überzeugen. Also noch ein wenig mehr ... Wahrheit."

„Seit ich wieder zurück bin, kriege ich dich nicht mehr aus meinen Gedanken. Spätestens seit deinem Besuch in der Umkleidekabine übst du eine gewisse Faszination auf mich aus. Wenn ich in deiner Nähe bin, habe ich dieses Kribbeln im Bauch."

Alexandra legte ihre Hand auf seinen Unterarm und forderte ihn mit einem Nicken auf, weiterzusprechen.

„Alexandra, ich habe mich in dich verliebt."

„Ich weiß. Komm endlich her."

Er beugte sich vor, Alexandra kam ihm entgegen und gab ihm einen kurzen, aber zärtlichen Kuss.

„Küsst du immer einfach fremde Männer?"

„Nur wenn ich die fremden Männer kenne. Und Danke."

250

„Wofür?"

„Daß du mein Auto gerettet hast. Daß du mich
beschützen willst, weil du mich gerne hast. Dafür, daß du
gut küssen kannst. Dafür, daß ich dir jetzt sagen kann,
daß ich mich in dich verliebt habe, ohne mich zu
blamieren und mich dabei zum Narren zu machen."

„Du bist viel zu klug, um dich zum Narren machen?"

„Doch, ich könnte mich damit zum Narren machen, weil
ich acht Jahre älter bin. Du weißt schon, Orangenhaut,
Falten und graue Haare."

„Graue Haare, dafür ist dein Bruder zuständig. Wobei,
wenn ihm die Haare weiter so schnell ausgehen, dann
verliert er auch dafür seine Zuständigkeit. Und ich finde
Krähenfüße um deine Augen herum ausgesprochen
sexy."

„Pass auf, du! Du bewegst dich auf einem ganz schmalen
Grat. Und jetzt trink aus, denn ihr habt doch heute euer
Abschlußtraining, wenn morgen das Rückspiel läuft. Du
kriegst dann auch eine handgemachte Mahlzeit."

„Das klingt verführerisch. Was gibt es denn?"

„Ich bestelle Pizza bei Gino."

„Ich dachte, es gibt etwas handgemachtes zum Essen."

„Wieso. Bei Gino wird die Pizza noch mit der Hand
gemacht."

251

„Ich wundere mich sowoeso, daß es den Laden immer noch gibt."

„Inzwischen führt ja auch Gino Junior das Geschäft, aber das Essen ist immer noch erstklassig. Aber keine Sorge, so wie es aussieht, könntest du öfters Opfer meiner Küche werden."

Alexandra grinste breit, als sie dem zweifelnden Jim zusah. Sie gab ihm einen Kuß, um dann zum Auto zu gehen. Sie wusste, daß er ihr auf den Po schauen würde, also schreitete sie elegant durch das Restaurant zum Ausgang.

04 - Games Without Limits

Alexandra ging den Gang entlang, der zu den Umkleidekabinen führte. Heute trug sie, mit gelben Pumps, schwarzer Jeans und gelbem Pulli, ein typisch Outfit. Mehrere Spielern kam ihr umgezogen entgegen und sie sah Josh Hiller, der ihr sagte, daß Jim der letzte in der Kabine war. Die Geschichte wiederholt sich und sie hatte ein weiteres Mal freie Bahn. Nur diesmal würde sie bleiben. Sie öffnete die Tür und schaute sich um. Es war keine Menschenseele zu sehen und auch diesmal lagen seine Sporttasche und die benutzte Sportausrüstung auf einer der Bänke. Jim war noch unter der Dusche, wobei das Wasser aufhörte zu rauschen. Alexandra huschte leise, wie beim letzten Besuch, über die Gummimatte und setzte sich mit überschlagenen Beinen auf die Bank.

„Sag mal Alexandra, ist die Kabine dein Zweitwohnsitz? Daß du hier bist, finde ich ausgesprochen reizend, aber es irritiert mich ein wenig. Wäre ein Café, deine Terrasse oder Wohnzimmer nicht passender?"

„Also ich finde, die Situation hat doch was. Wenn ich mit Stripperinnen konkurrieren muss, dann sollte die Umstände außergewöhnlich sein. Übrigens, die Farbe von deinem Handtuch steht dir."

„Kann es sein, daß dich das mit den Stripperinnen ganz schön fuchst? Es sind keine Wunderwesen, wie Feen. Und deine Kombination von gelben Heels und Shirt fällt mir ein Lied ein."

„Verrätst du mir, welches Lied du meinst?"

„Here comes the Sun."

Alexandra spürte sofort, wie ihr das Blut ins Gesicht schoß, der Nacken kribbelte und das Flattern im Magen zunahm. Sie freute sich über dieses Kompliment, wollte ihm aber nicht, wie in einem schlechten Liebesroman, schmachtend in die Arme sinken. Sie war diesmal kein Nervenbündel, obwohl es in ihrem Magen zuging wie in einem Brausebad. Mit einer graziösen Bewegung stand sie auf und stellte sich direkt vor Jim hin.

„Ich bin überrascht, das im Corps auch Poesie im Ausbildungsplan steht, aber es gefällt mir. Ich frage mich bloß, was du für ein Lied im Kopf hast, wenn ich schwarze Pumps trage. Die Titelmelodie von ‚Six Feet Under‘ oder sonst ein morbides Lied?"

„Also, da ich nicht an ‚Sabbath, Bloody Sabbath‘ dachte, blieb nur noch ‚Lady in Black‘. Ein wenig mehr Romantik kannst du mir zutrauen."

„Jedes deiner Komplimente geht mir runter wie Öl. Auf jeden Fall freust du dich immer noch, mich zu sehen. Und ich muß noch nicht einmal hinlangen. Er steht, weil ich es einfach will. Vieleicht kann ich dich später tatsächlich fragen kann, ob sie besser sind im Bett."

Wie von selbst näherten sich ihre Lippen und die beiden küssten sich für eine gefühlte Ewigkeit.

„Jim, ich machen dir einen Vorschlag, den du unmöglich ablehnen kannst. Ich warte vor der Tür, du ziehst dich an, dann fahren wir zu mir und ich mache uns eine Flasche Rosé auf. Vanessa ist bei ihrem Freund, so bist du nur

254

durch Lucky abgelenkt, wenn wir beide einen Abend auf dem Sofa verbringen. Und wer weiß, wie der Abend enden wird."

Eine halbe Stunde später betraten sie das Wohnzimmer und Alexandra holte zwei Weingläser aus dem Schrank, während Jim von der großen Hundedame wie ein alter Freund begrüßt wurde. Die beiden kugelten zusammen über den Parkettboden, was Lucky mit einem begeisterten Knurren und Jaulen quittierte. Nach fünf Minuten verzog der Hund sich in sein Körbchen zum Schlafen, da Vanessa bereits mit ihr einen langen Spaziergang gemacht hatte. Für das kleine Geschäft konnte sie durch die Hundeklappe immer in den Garten. Jim wusch sich noch die Hände, dann setzte er sich zu der Hausherrin, die ihn erwartungsvoll anschaute.

„Sag mal, nur aus Neugier, wie ist deine Vorliebe für Frauen mit hohe Absätze gekommen?"

„Erinnerst du dich an Darleen Preston?"

„Du Hirsch, sie ist seit dem Kindergarten meine beste und engste Freundin."

„Darleen und ihre Freundin, wie hieß die noch? - ach ja, Alexandra Major, sind schon sehr früh auf hohen Absätzen herumgelaufen und das hat bei mir Spuren hinterlassen."

„Pass auf, du. Verarschen laß ich mich jetzt nicht von dir."

„Nicht unbedingt verarschen, aber ihr hattet euren Anteil, wenn auch nur aus der Ferne. Spider hätte es damals

255

nicht gewollt, wenn ich mich bei euch rumgetrieben hätte. Und ihr wart bestimmt nicht scharf darauf, wenn ich kleiner Junge euch auf den Keks gegangen wäre. Ihr beiden hättet mich doch nicht ernst genommen. Aber letztendlich hatte mich unsere Nachbarin verführt, als ich fünfzehn Jahre alt war, und da bin mir über meine Vorlieben bewusst geworden. Sie hat mit mir sehr viel ausprobiert und weil es ihr selber viel Vergnügen bereitete, habe ich selbst nie ein Problem damit gehabt."

„NEIN! Du warst ja ein wirklich schlimmer Junge. Wie alt war sie? War sie hübsch? Triffst du sie noch?"

„Sie war damals 37 und sie war eine sehr hübsche und nette Blondine mit schulterlangen Haaren. Und sie ist nach L.A. gezogen. Wir hatten noch das eine oder andere Rendezvous vor zehn Jahren, als ich damals nach Twentynine Palms versetzt wurde. Später ist sie dann nach Florida weitergezogen und wir haben uns aus den Augen verloren. Also ist diese Geschichte auserzählt. Und unsere könnte beginnen."

„Also hast du wirklich ein Faible für ältere Frauen. Auf dich muß ich gut aufpassen."

„Das mit den älteren Frauen stimmt schon, aber du brauchst auf mich nicht aufpassen. Ich bin schon zu alt, um es mir mit einer Traumfrau zu verderben."

„Ich bin eine Traumfrau? Du hast doch draußen in der großen Welt bestimmt wesentlich schönere und klügere Frau kennengelernt. Keine geschiedene Ehefrau, die es mal für drei Jahre nach Portland geschafft hatte und lediglich als Immobilienmaklerin etwas vorweisen kann."

256

„Du hast eine Tochter großgezogen, die auf die Uni geht, dein Hund folgt aufs Wort und du siehst klasse aus. Du kannst mit sehr vielen Frauen mithalten."

„Aber eine Stripperin war ich nie und manchmal komme ich mir vor, als wäre ich auf der Resterampe liegengeblieben. Aber ausgerechnet ein Jarhead gibt mir das Gefühl, eine begehrenswerte Frau zu sein."

„Wenn du mir ein paar Jahre Zeit gibst, dann kann ich so weiter machen. Aber nenn mich bitte nicht Jarhead. Wenn du kein Marine bist, ist es eine Beleidigung."

„Wenn wir zusammen sind, dann bin ich die Frau eines Marines. Und dann darf ich das. Und du bist dir sicher, daß du keine hübsche, junge Frau willst?"

„Jetzt pass mal auf, manchmal muß man weit reisen, um festzustellen, daß man das wertvollste Wesen dort findet, wo man hergekommen ist. Und nur fürs Protokoll, du bist eine hübsche und erotische Frau."

„Danke. Aber wenn ich ehrlich bin, dann steckt bei meinen Gefühlen sehr viel mehr dahinter. Alleine schon dafür, daß du losgezogen bist und mir mein Cabrio zurückgebracht hast, macht dich zu einem Helden für mich. Dein Charme, deine Komplimente und dein Humor - diese Dialoge zwischen uns beiden kann sich kein Schwein ausdenken. Es passt alles zusammen. Wenn ich damals geahnt hätte, was aus dir wird, dann wäre ich schon in der Schule netter zu dir gewesen. Und hätte dich nie weggelassen."

„Nun, die vielen Jahre beim Corps haben mich geprägt. Ich wäre wohl nicht der Mann, der ich jetzt bin. Ausserdem, durch den Tod meiner Eltern musste ich weg und raus aus der Gegend. Vieleicht hätte zu der Zeit eine Beziehung mit dir mich gerettet. Aber vielleicht wären wir jetzt auch geschieden und würden kein Wort miteinander sprechen. Aber ich hätte gar kein Problem damit, wenn du die letzte Frau bist, die ich je küssen werde. Und die mit mir unaussprechliche Dinge tun will."

„Kuchen backen und Nähkurse besuchen?"

„Ich glaube, ich muß jetzt doch das Weite suchen."

„Pass auf, du! Du bist jetzt hier mit mir auf dem Sofa und ich will nicht, daß du wieder gehst. Ansonsten müsste ich Lucky auf dich hetzen. Wenn Madame ihren behaarten Hintern aus dem Körbchen heben würde."

„Aber bitte nur, wenn sie vorher gefüttert wurde. Dann reichen 20 Meter rennen und sie geht wieder in den Tiefschlaf."

„Du kennst mich bereits ganz gut, aber daß du meinen Hund so gut kennst, macht mir sorgen. Dieses Mistvieh sollte mit treu ergeben sein und kaum bist du da, hat sie nur noch Augen für dich. Da wird man richtig eifersüchtig."

„Wäre es dir lieber, daß sie ständig zuschaut und knurrt, wenn ich dich auch nur eine Sekunde zu lange küsse. Und immerhin hat sie mich bei der ersten Begegnung vollgeschnaddert."

Alexandra langte zum Wohnzimmertisch und drückte einen Knopf auf der Fernbedienung. Die ersten Takte von „Let`s Get It On" klangen an und sie stand auf, um sich langsam auszuziehen. Nachdem sie die Bluse aufgeknöpft hatte und von den Schultern gleiten ließ, tanzte sie ein wenig mit wiegenden Hüften zu der Musik, um dann den Verschluß vom BH aufzuhaken. Für einen Augenblick bedeckte sie ihren Busen mit den Armen, bevor sie sie mit einer eleganten Präsentationsgeste vom Körper wegstreckte. Jim schaute sie bewundernd an und seine Augen weiteten sich, als Alexandra die Jeans aufknöpfte, die flachen Hände in den Bund schob und Hose und Slip von der Hüfte schob, bis sie in Kniehöhe hängenblieben. Sie deutete mit dem Zeigefinger auf ihre Spalte, dann steckte sie wie ein kleines Mädchen den Finger in den Mund, den Kopf ein wenig gesenkt, während sie ihn anschaute.

„Alex, dir ist aber schon klar, daß dieses der sinnlichste Strip war, den ich je gesehen habe. Du kannst dir darauf echt was einbilden. Ich weiß gar nicht, warum du Stripperinnen für so übermächtig hältst."

„Immerhin sind das eure bevorzugte Art der Ehefrauen. Und jetzt sei lieb zu mir."

Inzwischen war er an sie herangetreten und küsste die nackte Frau. Fast schon gierig zupfte Alexandra sein Shirt aus der Hose.

„Was werden wir jetzt anstellen?"

„Alles, was uns gefällt."

*   *   *

Zwei Stunden danach lagen die beiden eng umschlungen in dem breiten Bett in ihrem gemütlichen Schlafzimmer.

„Du hältst jetzt etwas sehr Wertvolles in deinen Händen."

„Dein Herz und dein Seelenheil?"

„Du mußt ab jetzt gut darauf achtgeben, denn von nun an könntest du sehr viel kaputtmachen. Ich brauche einen Mann, der zu mir steht. Und eine intakte Familie ist sehr wichtig für mich."

„Nachdem zwanzig Jahre lang das Marine Corps meine Heimat und meine Familie war, ist das Zusammenleben mit dir der Himmel auf Erden."

„Kein Wunder, ich bin ja auch ein Engel."

Alexandra küsste Jim zärtlich, bevor sie wieder über ihn herfiel, denn heute Nacht war sie unersättlich nach ihm. Und er nach ihr.

6-Ruhrpott Bebop

.

01 - New Paint

Wuppertal - Parkplatz an der Bundesallee - Juni 1992

Der Parkstreifen, der an der Bundesallee lag, war ein beliebter Treffpunkt für die Autoliebhaber der Stadt, die sich dort zusammenfanden. Direkt am Ufer der Wupper gelegen, unweit vom Stadtzentrum, neben einer Tankstelle, sammelten sich an jenem Sommerabend wie üblich eine Reihe von Manta-Fahrern, mit ihren optisch stark veränderten Fahrzeugen. Weiter unterhalb war der Platz der Ford Enthusiasten, die sich mit den „Mantas", bis auf die üblichen Lästereien, gut verstanden. Der Parkplatz war recht elegant aufgeteilt. Jeweils fünf Parkbuchten wurden von den nächsten fünf Parkplätzen durch eine schmale Hecke abgetrennt. Zur Straße und zum Fluß hin waren ebenfalls Heckenpflanzen gesetzt worden. Die Opel-Fraktion stand in den Buchten gleich neben der Tankstelle, wo an die zwölf Fahrzeuge aus Rüsselsheim standen. Am auffälligsten war der goldene Manta von Gorilla, der mit überbreiten Kotflügeln und einem riesigen Heckspoiler frisiert wurde. Gorilla war der Spitzname von Gerald Mebus, einem großen, glatzköpfigen Bodybuilder, der als Anführer der Clique fungierte. Trotz seines beeindruckenden und manchmal auch aggressiven Auftretens war er ein kluger und humorvoller Zeitgenosse, der weniger mit harter Autorität, als mit guten Ideen den Freundeskreis anführte. Gegenüber stand der rote Opel Manta CC vom Vize, seinem besten Freund seit der Grundschulzeit, der mit

262

bürgerlichem Namen Marco Hahn hieß und schon immer seine rechte Hand war.

Daneben stand der metallicblaue Manta A von Ringo, der grauen Eminenz der Clique. Als einzige optische Extravaganz waren goldfarbene Speichenfelgen mit passenden Niederquerschnittsreifen, samt einer sehr moderaten Tieferlegung montiert. Dafür war unter der Motorhaube ein 200 PS starkes Triebwerk eingebaut, was den alten Wagen zu einem sehr schnellen Gefährt machte, vermutlich das schnellste im Freundeskreis. Gorilla wurde aus seinem alten Schulfreund nie ganz schlau, denn Richard-Ottokar Wozniak war auf der einen Seite ein hilfsbereiter und verlässlicher Freund mit einem Hang zum sarkastischen Humor, auf der anderen Seite war Ringo ein sturer Hund, der manchmal eigenwillig seinen eigenen Weg ging, wobei ihm seine Erfahrung, sein Instinkt und seine Ausbildung meistens recht gaben. Zusammen mit dem Vize hatten die drei die Grundschule und anschließend die Realschule besucht, um mit einer Ausbildung weiterzumachen. Ringo lernte Automechaniker, verbrachte seinen Wehrdienst mit dem Reparieren von Panzern, lernte für seinen Meisterbrief und wurde schnell zu einem ausgewiesenen Fachmann für Verbrennungsmotoren. Sein Chef, ein großer Opel-Händler in Wuppertal, fuhr regelmäßig auf dem Nürburgring bei Langstreckenrennen mit. Ringo fuhr zweimal als Fahrer mit, bei den anderen Rennen nahm er als Motorenmechaniker teil und einmal sogar als Teamchef. Für die Clique war er ein Glücksfall, denn neben seinen Fähigkeiten als Schrauber war er auch Ratgeber für den Vize und ihn selbst. Sie nannte Ringo auch den „L I", in Anspielung auf die Figur des Leitenden Ingenieur, aus dem Film „Das Boot", gespielt von Klaus Wennemann. Denn er war immer zur Stelle, wenn einer der Mantas ein Problem hatte. Und er hatte die gleiche nüchterne und realistische Art und Weise an sich wie der „L I".

Ein seltsames Motorengeräusch weckte Gorilla aus seinen Gedanken. Dieses Geräusch klang wie das eines Zweitaktermotors. Wobei, es war kein typische „Reng Deng Deng" eines Trabant, sondern ein älterer Wartburg, mit einer blau weißen Zweifarbenlackierung wie in den fünfziger Jahren. Der Kombi fuhr langsam zwischen den Parkreihen, um dann etwas Abseits der Opel Horde zu halten. Auf dem ersten Blick war das Auto in einem sehr gepflegten Zustand, irritierend waren aber die auffälligen Dreckspuren an der rechten Fahrzeugflanke. Eine blonde Frau stieg aus dem alten Wagen aus und schaute sich frustriert um. Sie ging um ihr Auto rum und war schließlich fassungslos, als sie die Dreckspuren entdeckte. Der Vize sowie Freddy und Martin schauten sich den Wartburg näher an. Es war eine Wartburg 311/5 Campinglimousine, die Ende der Fünfziger Jahre gebaut wurde. Auch bei näherem Hinsehen war der alte Wagen in einem prächtigen Zustand. Freddy schaute sich die Schmutzspuren näher an.

„Was ist denn hier passiert? Der Wagen ist ja mit Erde oder Matsch versaut worden. Das sind ja richtige Klumpen."

Die Frau schaute ihn an. Sie trug eine hellblaue Jeans, die man Mitte der Achtziger getragen hatte, ein pinkfarbenes Shirt und weiße Buffalo Sneaker mit einer sehr dicken Sohle. Die Frisur war schulterlang, mit lockigen Wellen am unteren Ende und man sah ihr den Ossi schon von weitem an. Die Kleidung hinkte der aktuellen Mode mehrere Jahre hinterher, ebenso wie die Frisur, die eher noch an die siebziger Jahre erinnerte. Zudem war sie einige Jahre älter als die Clubmitglieder, die alle Anfang bis Ende zwanzig waren. Aber sie machte einen netten Eindruck auf Gorilla und erinnerte ihn an seine Schwester, die als Apothekerin in Hilden arbeitete.

„Das waren diese Mistkerle mit ihren GTIs. Ich wollte mich nur mit meinem 311 dazustellen und ein wenig plaudern, aber die haben mich ausgelacht und gesagt, daß ich mich mit meinem Mülleimer verpissen soll. Dann haben sie mein Auto mit Dreckklumpen beworfen."

„Wo ist das passiert?"

„Draußen an der Uellendahler Straße, bei dieser großen Bushaltestelle. Vermutlich haben sie mir damit den Lack zerkratzt und sogar daß Blech verbeult."

„An der Tankstelle ist eine Waschanlage, da geht der Dreck schnell runter."

„Das würde ich nicht machen!"

Alle drehten sich zu Ringo um, der sich unbemerkt angeschlichen hatte.

„Das ist doch sicher noch der Originallack, vermutlich auf Nitro-Basis. Da könntet ihr in einer Waschanlage mehr Schaden anrichten als notwendig. Am besten nimmt man Wasser und einen sauberen Schwamm, dann kann man Kratzer vermeiden."

Fred machte sich sofort auf den Weg zur Tankstelle, um die Sachen zu besorgen. Wobei, er war auf die brünette Maus scharf, die an dem Abend an der Kasse Dienst hatte und erledigte daher bereitwillig den Auftrag. Nach fünf Minuten kehrte er mit einem gelben Wasserschlauch zurück, der am Wasserhahn neben der Waschanlage angeschlossen war und bis zum Parkplatz reichte. Mit reichlich Wasser reinigten sie den Wagen von den Dreckspuren. Man sah Annegret, der Besitzerin des Wartburg 311, die Erleichterung an, als sie keinerlei Schäden entdecken konnten. Sie bedankte sich bei der Gang und wollte weiterfahren. Der Vize hielt sie zurück.

„Sag mal, wieso wolltest du zu den GTI-Ärschen?"

„Nun, ich wollte Anschluss bei euch finden und da hier anscheinend die halbe Stadt mit den Autos flaniert, dachte ich, mein Wartburg wäre eine exotische Ergänzung. Und die ersten, die ich getroffen habe, waren die Typen mit den GTIs. Zuerst haben sie nur blöde geschaut, dann fingen sie mit den dummen Sprüchen über Ossis an und auf einmal flog die Blumenerde aus den Rabatten. Ich konnte gerade noch die Kurve kriegen, bin stadteinwärts und ziellos durch die Innenstadt gefahren, bis ich mich so weit beruhigt hatte. Dann habe ich nach einem ruhigen Platz gesucht, um nach Kratzern zu suchen. Also noch einmal vielen Dank."

„Du bleibst jetzt bei uns. Wir finden deinen Caravan echt schick, und da Opel ja in Eisenach ein Werk hat, betrachten wir ihn als einen Ahnen. Wie heißt du eigentlich?"

„Annegret. Annegret Wilms. Das Modell nennt sich Campinglimousine und nicht Caravan, obwohl es ja eigentlich ein Kombi ist."

Sie war Anfang vierzig, mit 1,68 cm nicht zu groß, wobei sie mit den extrem dicken Sohlen ihrer Buffalo Sneaker wesentlich größer wirkte. Ihr Gesicht war schmal, mit Sommersprossen und grünen Augen, die dunkel umrahmt und durch einen leicht geschwungenen Lidstrich verlängert waren. Ihre Haare reichten bis über ihre beiden Schultern. Trotzdem lästerte Felix, sie sähe aus wie Zonen-Gaby, obwohl sie mit der Frau auf dem bekannten Foto keine Ähnlichkeit hatte. Ihr pinkes Shirt lag eng an und man konnte sehen, daß sie kleine Brüste hatte. Ihre Bluejeans war eine dieser knallengen Modelle aus den achtzigern, aber dadurch wurde ihr knackiger Po betont. Aber alle waren sich sofort einig, daß ihr strahlendes Lächeln traumhaft schön war. Lediglich Ringo hielt sich zurück, was aber auch daran lag, daß ihm seine neue Freundin, die schwarzhaarige Susanne, nicht einen Millimeter von der Seite wich und besitzergreifend ihren Arm um seine Hüfte legte. Trotzdem konnte er sich einen anzüglichen Kommentar nicht verkneifen.

„Sie hat ein fantastisches Fahrgestell."

Der Gorilla war dagegen schon einen Gedankengang weiter. Ihm ging das Verhalten der GTI-Meute nicht aus dem Kopf und er wollte ihnen eine verpassen.

„Ich finde, wir feiern deinen Einstand mit einer kleinen Racheaktion und fahren hoch zum Raukamp, wo diese Idioten abhängen, und dort verpassen ihnen eine Abreibung."

„Hattest du an etwas Bestimmtes gedacht?"

„Klar Vize. Im Kofferraum liegen noch die fünf Gotcha-Pistolen. Wir verpassen ihnen eine Neulackierung. Ringo, du warst doch beim Heer, hast du nicht eine Idee?"

„O heilige Einfalt! Was habt ihr bei der Luftwaffe eigentlich gelernt? Ich war bei der Inst, da war ich seit der Grundausbildung nur selten im Gelände. Aber eine Idee hätte ich im Kopf, im Gegensatz zu euch Pflaumen. Wir locken sie den Berg rauf, hoch zur Hatzfelder Straße. In den engen Kurven bringen wir sie in einen Hinterhalt. Wir fahren über die Carnaperstraße hoch und machen mit einem Teil die erste scharfe Rechtskurve dicht, vier weitere von uns fahren die Hatzfelder ein Stück weiter durch und biegen nach links runter in den Raukamp, und ihr positioniert euch beim TÜV. Ich fahre noch weiter und komme von oben über die Ullendahler, rolle am Treffpunkt vorbei und verpasse den Assis einige Treffer mit den Farbkugeln, dann werde ich versuchen, beim Beginn der Grünphase links Richtung TÜV abzubiegen, in der Hoffnung, daß ein oder zwei GTIs hinterherkommen. Es würde mich wundern, wenn so schnell mehre von denen reagieren. Wenn wir vorbei sind, dann folgt ihr uns. Am Ende vom Raukamp biege ich rechts ab und komme auf die Doppelkurven zu. Einer stellt sich weiter oben als Horchposten auf, wenn ihr mein Hupen hört, macht ihr die Straße einfach dicht. Dann kommen sie weder vor noch zurück. Wir nehmen sie dann ins Kreuzfeuer und verschwinden wieder Richtung Elberfeld und nehmen dort die A 46, im Notfall weicht der Rest in Richtung Norden aus und fährt in Wichlinghausen auf die Autobahn. Denn bis dahin wird der Rest von den Golfern die Bühne betreten. Teilt euch auf der Bahn weiter auf, an jeder Abfahrt verlässt einer die Autobahn, damit die anderen sich entsprechend ebenfalls aufteilen. Treffpunkt wieder hier."

Heini, der mit seinen bunten Hemden, dem dicken Goldkettchen und der Vokuhila-Frisur den archetypischen Manta Fahrer darstellte, stellte erwartungsgemäß wie immer die Blödmann-des-Tages-Frage.

„Und was mache ich, wenn die alle sich an mich dranhängen?"

„Schneller Fahren. Der liebe Gott hat dafür das lange Pedal rechts unten erfunden. Und dann fährt man ASAP zum Parkplatz."

Die anderen Mantas nickten zustimmend und Gorilla teilte mit Ringo die zwei Teams ein. Annegret durfte beim Vize mitfahren und der Wartburg blieb an der Tankstelle zurück. Ines, die hübsche Bedienung, auf die Fred so scharf war, würde auf den Wagen aufpassen. Susanne und zwei weitere Mädels hatten keine Lust mitzukommen und blieben bei der Tankstelle, um noch einen Sekt zu picheln. Drei Wagen blieben mit Fred als Bewachung zurück, denn diese Fahrzeuge waren mit den schwächsten Motoren ausgestattet und hätten Probleme, bei einer Verfolgungsjagd die Gegner anzuhängen. Der Troß aus neun Opels bewegte sich die Bundesallee weiter entlang, die durchs Tal bis nach Barmen führte. Am alten Markt bogen sie nach links in die Carnaperstraße ein, unterquerten die A 46, die später ein Teil der Fluchtroute sein würde und trafen dann die Stelle für den geplante Hinterhalt. Die enge und sehr kurvenreiche Straße war um diese Zeit kaum befahren und wirkte mit den vielen Bäumen eher wie eine Landstraße. An der scharfen Linkskurve positionierte sich der erste Trupp, den Gorilla anführte. Der Rest schlängelte sich den steilen Berg weiter rauf, bis der Trupp, angeführt vom Vize, den ebenso engen wie kurvigen Raukamp herunterfuhr, wo sie sich kurz vor der Kreuzung zur Uellendahler Straße links vor der Zufahrt zum TÜV stellten. Ringo fuhr die Hatzfelder Straße noch weiter entlang, bis er einen Bogen schlagen konnte, um auf die Ullendahler wieder zurück in Richtung Stadtmitte zu fahren. Oberhalb der großen Wendeschleife für die Linienbusse der Stadtwerke, wo sich diese Gruppierung von GTI-Fahrern traf, hielt er zunächst am Seitenstreifen an und sondierte, nachdem er den Motor abgestellt hatte, kurz die Lage .

Der Rest der Clique fragte die eigentlichen Anführer, warum gerade er die Operation leitete. Gorilla und der Vize wussten als einzige, daß Ringo während seine Zeit bei der Bundeswehr bei einer Großübung zehn Tage lang als Feinddarsteller unterwegs gewesen war. Unter der Führung eines Feldwebels der Fallschirmjägertruppe war ein zusammengewürfelter Trupp von Soldaten mit Störmaßnahmen im Manövergebiet unterwegs. Sie sollten Überfälle und Sabotageaktionen durchführen. Unter der Anleitung des erfahrenen Feldwebels lernte Ringo im harten Schnellverfahren jede Menge Tricks. Und dieses Wissen nutze Ringo nun aus. Er konnte weiter unten die Kreuzung beobachten um die Phasen der Ampelanlage auszurechnen. Er hatte eine der Paintball Pistolen dabei, und so kurbelte er das Fenster auf der Beifahrerseite herunter und fuhr langsam los. Um sich in die richtige Stimmung zu bringen, hatte er sich das passende Lied von Slaughter And The Dogs ausgesucht. Das kurze Intro von ‚Where Have All the Boot Boys Gone?' leitete den schnellen aggressiven Song ein. Ringo hasste Pop und Dancefloor Musik, denn von klein auf liebte er Rockmusik der schnelleren Art. Mit sieben Jahren warf er seine ganzen Schallplatten mit den Kinderliedern raus und hörte von Jimi Hendrix bis hin zu der aufkommenden Punkwelle alles, was auf E-Gitarren laut, schnell und dreckig gespielt wurde. Auf Höhe der versammelten Volkswagen hielt er an, feuerte einige der Farbkugeln auf die Autos und erzielte mehre Treffer, worauf hin er fast schon gemächlich weiterfuhr. Die Ampel sprang rechtzeitig auf grün um und im Rückspiegel sah er, wie ihm zwei Golf folgten. Der Plan ging perfekt auf. Er fuhr, gefolgt von den beiden GTIs, am TÜV vorbei, wo der Vize mit den Freunden bereitstanden. Und die nahmen nun ebenfalls die Verfolgung auf und fuhren die bergige Straße wieder hoch. Oben an der Kreuzung zur Hatzfelder Straße bog Ringo, gefolgt von der Meute, nach rechts ab und gab das Hupsignal, woraufhin der Trupp um Gorilla die Straße blockierte. Ringo näherte sich, bremste den Wagen ab und stieg gelassen aus. Der Gegner kündigte sich mit lauten Technoklängen an. Die beiden GTIs stoppten mit blockierenden Reifen und wurden mit einem regelrechten Kugelhagel eingedeckt. Der andere Trupp machte dahinter die Straße dicht und eröffnete ebenfalls das Feuer. Innerhalb von Sekunden änderte sich die Farbe der Wolfsburger Produkte von silber und rot in ein grelles Neongrün. Auf einen Piff von Ringo sprangen alle Mantafahrer in die Autos und hetzten die Straße talabwärts. Die beiden kurzfristig fahruntüchtigen GTIs hatten inzwischen von zwei weiteren Fahrzeugen der Gang Verstärkung bekommen, die nun die Verfolgung aufnahmen. Mit sehr viel Schwung preschten alle auf die A 46 in Richtung Düsseldorf, ausser Ringo, der stattdessen spontan in die Gegenrichtung fuhr, gefolgt von einem blauen GTI. Er fand das Rennen regelrecht entspannend, mit der passenden Musik von The Exploited sogar amüsant. Der GTI konnte geradeso mit ihm mithalten, allerdings auch nur, weil Ringo ein mit dem Blödmann spielen wollte und die Motorenleistung seines Mantas nicht einmal ansatzweise ausreizte, und so bog er dann am Dreieck Nord auf die A1, nahm einige Kilometer danach die nächste Abfahrt und fuhr geradeaus in Richtung des Gewerbegebiets. Nach der Eisenbahnunterführung nahm er die enge und scharfe Rechtskurve mit hoher Geschwindigkeit, wobei er das ausbrechende Heck seines Mantas mit einer Lenkbewegung elegant einfing. Der Fahrer des Golfs war wohl ein Anfänger, denn er überfuhr den Bordstein in der Kurve. Mit einer offensichtlich gebrochenen Felge blieb der Verfolger liegen. Der „L I" konnte im Rückspiegel gut sehen, wie der Golf in leichter Schieflage quer stand. Während der wilden Hatz durch das abendliche Umland von Wuppertal hatte Ringo im Radio weiter schnelle Songs gehört. Durch eine Seitenstraße kam er wieder auf die B7, die dann zur Friedrich-Engels-Allee wurde und sich dann wieder Bundesallee nannte. Er legte eine andere Kassette ein und der verstorbene Freddie Mercury sang, als er wieder auf den Parkplatz einbog, das passende Lied für diesen kleinen Sieg. Bis auf Gorilla war der Rest der Mantas wieder am Parkplatz eingetrudelt, wie Ringo feststellen konnte.

* * *

Die Gruppe aus acht Mantas teilte sich an jeder Abfahrt weiter auf, bis nur noch der goldene Manta und der schwarze GTI in Richtung Sonnborner Kreuz unterwegs waren. Das Duell war zog sich in die Länge, denn Gorilla konnte den GTI nicht mehr abhängen, der GTI konnte aber auch nicht weiter aufholen. Er änderte sein Vorgehen und fuhr auf die L71. Der GTI folgte ihm zunächst, bog dann aber zu seiner Überraschung auf die L418 in Richtung des Kiesbergtunnels ab, der wieder nach Elberfeld führte. Gorilla wunderte sich darüber, während er über Cronenberg sich auf den Rückweg machte. Er sollte nie erfahren, daß dem anderen schlicht das Benzin ausging und es nicht riskieren wollten, irgendwo im Niemandsland zwischen Wuppertal, Solingen und Remscheid liegenzubleiben. Gorilla passierte auf dem Weg zurück in die Innenstadt die bergische Universität und schließlich erreichte er den Parkplatz, wo der Rest sich schon Sorgen machen wollte. Die gelungene Aktion feierten alle mit einer Runde Dosenbier, aber nach dem ersten Schluck bogen drei GTIs auf dem Parkplatz ein. Malte Traber, der Boss der Golf-Truppe stieg aus und man konnte ihm ansehen, daß er regelrecht angepisst war. Er blaffte Gorilla an.

„Sag mal, spinnt ihr? Was sollte der Scheiß?"

„Nur eine kleine Lektion für schlechtes Benehmen. Ihr habt Annegrets Auto mit Dreck beworfen, Das ist doch unhöflich."

„Wer ist Annegret? Doch nicht etwas diese Ossi-Schnepfe mit ihrem Müllhaufen?"

Annegret, die weiter hinten stand, ballte ihre kleinen Fäuste und wollte antworten, aber Ute hielt sie zurück. Der Disput ging lautstark weiter.

„Sie ist keine Schnepfe und ihr Auto ist ein Klassiker. Aber ihr seit zu dämlich, das zu erkennen. Und zwanzig gegen eine, daß ist nicht gerade fair."

„Nun, wenn ihr einen Narren an diesen Udos gefressen habt, ist es euer Problem. Aber das gibt euch nicht das Recht, Rüdigers GTI zu demolieren."

„Haben die Farbkugeln denn was kaputt gemacht?"

„Ich rede von der ruinierten Felge."

„Daran ist er aber selber schuld. Wenn er nicht fahren kann, dann darf er sich nicht an solchen Rennen beteiligen."

Eine Weile fetzten sich die beiden lautstark, denn Malte brauchte nach dieser mehr als schmählichen Niederlage einen kleinen Erfolg, um sein Gesicht wahren zu können - und das des Clubs! Ringo seufzte kurz, dann machte er einen Vorschlag.

„Ein Vorschlag. Ich besorge ihm eine neue Felge mit Reifen zum Einkaufspreis. Und ich wuchte ihn auch aus. Take it or leave it!"

Malte schaute eine Weile nachdenklich zu Boden, dann nickte er zustimmend. Ringo gab ihm seine Visitenkarte, damit der Blödmann am Montag anrufen konnte. Auf sein Zeichen hin, setzten sich seine Freunde in ihre Fahrzeuge und rückten ab. Mit einem tiefen Atemzug drehte sich Gorilla mit dem Vize zu Ringo um. Der „L I" hatte nicht nur spontan eine brillante Racheaktion organisiert, sondern auch diese Situation entschärft, auch wenn immer noch eine Retourkutsche folgen könnte. Er klopfte dem „L I" auf die Schulter.

„Das war fair."

„Man muß dem Gegner auch die Möglichkeit geben, sein Gesicht nicht völlig zu verlieren."

Susanne schaute Ringo spöttisch an, denn sie konnte es nicht leiden, wenn ihr Macker so sehr im Vordergrund stand.

„Hast du das auch von diesem Dschungel Jim im Manöver gelernt?"

„Das war Miamoto Musashi."

„Der Fallschirmspringer war Japaner?"

Ringo bekam ein wenig Zweifel, ob diese Frau so eine kluge Auswahl war. Annegret war blond, aber die wahre Blondine war wohl Susanne. Der Zonen-Gaby Verschnitt wiederum hatte die etwas dusslige Frage mitbekommen und grinste verstohlen. Ihre Augen leuchteten ein wenig, als sie Ringo dabei anschaute. Dann stupste sie Gorilla in die Seite.

„Vielen Dank für eure Hilfe. Das war echt toll."

„Wir haben dabei auch unseren Spaß gehabt. Es tut mir aber leid, daß die dich so übel beschimpft haben."

„Was meinte dieser Malte eigentlich mit Udo?"

„Das möchtest du lieber nicht wissen."

„Also komm, was bedeutet es?"

„Unsere doofen Ossis. Ich sagte doch, du willst es nicht wissen."

„So ein Arschloch!"

„Das siehst du richtig."

„Denkst du, das diese Typen euch noch Ärger machen."

„Wenn ich ehrlich bin, ich habe keine Ahnung. Malte ist an sich ganz in Ordnung, aber seine Leute sind merkwürdige Typen. Aber ich denke, sie werden nichts

Dummes anstellen. Sie haben genauso viel zu verlieren wie wir."

02 - Falling Leaves (Winter Is Coming)

W u p p e r t a l - O p e l G u h l - J u l i 1 9 9 2

Annegret fuhr den Otto-Hausmann-Ring in Richtung Varresbeck, um auf den Hof des Autohauses Guhl einzubiegen. Sie hatte ein Vorstellungsgespräch und war nervös. Sie wusste, daß Ringo dort arbeitete, hatte ihm aber nichts von dem Gespräch erzählt. Die Geschichte mit den Golf-Fahrern lag nun schon zwei Wochen zurück und in der Zeit hatte sie fünf Gespräche geführt, aber bisher nur Absagen oder gar keine Antwort erhalten. Sie wurde von einem jüngeren Mann in Empfang genommen, der sich als der Juniorchef vorstellte. Hannes Guhl führte sie in das Büro seines Vaters, wo sie ein halbstündiges Gespräch führten. Heribert Guhl überzeugten die Unterlagen und das Auftreten der Frau. Hannes dagegen versuchte mit ihr zu flirten. Beide stellten ihr eine interessante Option in Aussicht. So würde sie zunächst in der Auftragsannahme eingesetzt und dann in der Endkontrolle. Wenn sie sich dort ohne Probleme bewährte, dann könnte sie den Posten des Werkstattleiters bekommen. Das Herr Wozniak ebenfalls für diesen Posten in Frage kam, erwähnten sie nicht. Hannes zeigte ihr noch den Verkaufsraum, wo zahlreiche aktuelle Modelle standen. In einer Vitrine standen diverse Pokale, die bei Rennsportveranstaltungen

278

gewonnen wurden. Wenn sie sich einige der Fotos, die an einer der Wände aufgehängt waren, genauer angeschaut hätte, wäre ihr unter Umständen Ringo aufgefallen. Von seinen erfolgreichen Einsätzen im Motorsport hatte sie bisher noch nichts erfahren.

Wuppertal - Parkplatz an der Bundesallee - September 1992

Es wurde langsam dunkel und die Straßenbeleuchtung fing an zu strahlen, als Ringo sich mit einer Taschenlampe über Gorillas Manta beugte, um den Fehler am Motor zu finden. Der Wagen lief unruhig und sprang nur widerwillig an. Seit einer Stunde ging er systematisch die möglichen Fehlerquellen durch, war aber noch keinen Deut schlauer. Die Clique war schlau genug, in diesem Augenblick keine Tipps oder gute Ratschläge zu erteilen. Wenn er angefressen war, dann konnte er ausgesprochen bissige Antworten geben. Annegret schaute eine Weile dabei zu, als ihr ein lockeres Kabel auffiel. Während Ringo sich kurz abwandte, um einen Schluck Cola zu trinken, steckte sie das Kabel an und wies Gorilla an, den Motor zu starten. Prompt und ohne jegliche Probleme sprang der Manta an. Mit einem triumphierenden Lächeln nahm sie die Glückwünsche entgegen, während Ringo sich die spöttische Frage anhören musste, ob er nicht langsam zu alt werde. Fred, der diesen Spruch brachte, zuckte allerdings zusammen, als er den eiskalten Blick von Ringo auf sich spürte. Er machte noch den Versuch, sich mit einem gequälten Lächeln zu entschuldigen, aber Ringo ging mit seiner Cola zu seinem Wagen und warf seine

Gummihandschuhe in den Mülleimer. Er setzte sich in seinen Manta und stellte das Radio an. Die Stone Temple Pilots sollten entweder seine schlechte Laune vertreiben oder zumindest seine Nerven beruhigen. Mit einer finsteren Miene sah er zu, wie Annegret sich in ihrem Ruhm sonnte. Seit sie bei Opel Guhl angefangen hatte, wurde sie von den Chefs regelmäßig in den Himmel gelobt, während er immer wieder einen Tadel nach dem andern bekam. Dabei durfte er ständig ihre Fehler ausbaden und korrigieren. So wie vor einer Woche, als sie mehrfach vergessen hatte, verbrauchte Ersatzteile für das Lager nachzubestellen. Oder als sie es immer wieder fertigbrachte, bei der Eingangskontrolle von Kundenfahrzeugen Mängel und Schäden zu übersehen. Aber jedesmal durfte sich Ringo anhören, daß er schlampig arbeiten würde. So langsam hatte er die Schnauze voll. Die leere Coladose landete im Mülleimer, dann zog er eine kleine Metalldose aus seiner schwarzen Jeansjacke und holte ein Minzbonbon raus. Susanne schaffte es einmal mehr, mit ihrer unübertrefflichen Art, seine schlechte Laune noch zu vertiefen, als sie zu ihm trat.

„Na „L I", machst du jetzt noch den Fahnder?"

Der wollte seine Ruhe haben und schaute sie nur finster an. Sie zuckte gelangweilt mit den Schultern und ging zur Tankstelle, um sich noch einen Piccolo zu holen. Für den Rest des Abends ignorierte sie Ringo, der sich dann früh verabschiedete.

Wuppertal - Am Raukamp - Oktober 1992

Malte schaute angesäuert in die Runde von zehn GTI-
Fahrern, die von ihn zum wiederholten Male forderten,
sich an den Mantas zu rächen. Sie wollten der Opel Bande
die Reifen zerstechen und den Lack verkratzen. Und zum
gefühlten tausendsten Mal erklärte Malte den Freunden,
daß sie den Unfug nicht machen sollten. Dabei hatte er
das Gefühl, im Kindergarten zu sein.

„Kotzdonner, wie oft soll ich euch es noch erklären?
Wenn wir mit solchen Methoden anfangen, haben wir
einen Krieg. Für jeden zerstochenen Reifen wird euch ein
Reifen aufgeschlitzt. Und mit der Truppe von Gorilla
würde ich mich nicht anlegen. Vor allem Ringo ist
ausgebufft.“

„Dann machen wir seine Karre zuerst platt. Es gibt ja nur
wenige blaue A Mantas.“

„Und m nächsten Tag brennen euren Wagen und wenn
ihr Pech habt, fehlen euch noch einige Zähne. Es wird
kein fremder Wagen angerührt. Ich werde das mit Gorilla
alleine klären - IST DAS KLAR? Ansonsten könnt ihr euch
jemand anderen als Anführer suchen. Und Finger weg
von Ringo. Ich habe keine Lust, einen von euch aus der
Wupper zu fischen.“

„Die ist doch viel zu seicht."

„Es reicht, um einen nassen Arsch zu bekommen. Und damit kommt mir keiner ins Auto. Busfahren soll auch ganz amüsant sein."

Wuppertal - Parkplatz an der Bundesallee - Oktober 1992

Die Mantas standen an diesem kühlen Oktoberabend wie immer auf dem Parkplatz, als, untermalt von lauten Technoklänge, drei GTIs auf den Platz fuhren und stehenblieben. Ringo überlegte, ob er den Baseballschläger aus dem Kofferraum holen sollte, aber Malte stieg aus und ging entschlossen auf Gorilla und den Vize zu.

„Wir müssen reden!"

„Das können wir, wenn ich auch nicht weiß, worüber?"

„Wir beide klären das heute mit eurem Überfall, denn wir wollen eine Revanche für die Farbattacke, mit einem Rennen. Wir fahren die A 43 runter bis Abfahrt Laer und von dort wieder zurück. Startpunkt und Zieleinlauf ist die Bundesstraße beim Kreuz Nord. Nur du und ich, sonst keiner. Es geht um die Ehre der Clubs. Heute Abend um elf Uhr."

Gorilla nickte nur, dann verschwanden die GTIs unter den bollernden Bassklängen. Bei Ringo schrillten die

Alarmglocken, denn für ihn passte nichts zusammen. Warum diese elendig lange Strecke, wobei es ja nur Autobahn war. Interessant wurde es in der Regel durch die Kurven, also waren entweder die Innenstadt oder Landstraßen die Wahl der Rennstrecke. Gut, in der Stadt war die Rennleitung sehr aktiv und die Landstraße konnten tückisch sein, aber 60 Kilometer Autobahn, da war viel Zeit und Raum für Fallen und Attacken. Oder Malte hatte in der Zwischenzeit seinen GTI auf Geschwindigkeit getrimmt. Die meisten in der Szene legten nur Wert auf die Optik, so wie Gorilla, der mit seinem Manta, mit seinen 120 PS, knapp die 180 Km/h erreichte. Und mehr brachte die Golf Fraktion in der Regel auch nicht auf. Ringo dagegen hatte optisch ausser einem Sportlenkrad und einem Aluschaltknauf von Momo nur die 16 Zoll BBS Kreuzspeichenfelgen und den aufpolierten Originallack aufzuweisen. Um die 220 PS zu beherrschen, hatte er gute Fahrwerkskomponenten und eine erstklassige und überdimensionierte Bremsanlage verbaut. Sein Manta A war gefürchtet, seit er in einem einzigen Rennen zwei 3er BMW so richtig versägt hatte. Ansonsten ließ er die Ampelrennen sein, denn durch seine Zeit im Rennteam war er diesem Amateurkram entwachsen. Sein ‚Blue Lightning' war für diese Rennen besser geeignet, aber wenn Gorilla das Rennen fahren wollte, dann natürlich nur mit seiner eigenen Schüssel.

„Du bist dir sicher, das Rennen gegen Malte zu fahren?"

„Hast du eine bessere Idee?"

„Bisher nicht. Die Typen sind immer noch sauer wegen der Attacke mit den Farbkugeln. Die wollen eine Revanche und wir könnten das mit einem Rennen klären."

„Das glaube ich jetzt nicht. Es mag sein, daß du und Malte miteinander im Reinen seid, aber der Rest muß sich nicht daran halten. Wir sind ein Freundeskreis, kein OMC oder eine hierarchisch organisierte Gruppe, in der es Kommandoketten oder Regeln gibt. Das gilt ebenso für die Golfer."

Ringo hatte bisher geschwiegen, aber er fand, es war an der Zeit, eine mögliche Katastrophe abzuwenden.

„Du glaubst doch nicht allen Ernstes, daß Malte alleine zu dem Rennen kommt. Das ist eine Falle. Von Farbattacken bis hin zu zerstochenen Reifen ist alles drin. Wenn du Pech hast, machen die aus deinem Heckspoiler tatsächlich eine Pommestheke. Um mal General Akbar zu zitieren: „Es ist eine Falle!"

Heini, der sonst eher ein langsamer Denker war, stimmte Ringo zu.

„Es passt nichts zusammen. Entweder wir begleiten alle Gorilla zum Rennen oder einer von uns muß spionieren."

„Sag mal hast du Lack gesoffen? Spionieren wie bei James Bond. Und du hältst dich für eine Doppelnull?"

Der Vize spottete über Heini, aber diesmal war es ausgerechnet Ringo, der ihn in Schutz nahm.

„Was er meint, ist die klassische Spähaufklärung. Luigi wird mit mir zusammen die Lage peilen. Wir nehmen unsere Winterautos - meinen Frontera und seinen Astra - und fahren Streife in der Gegend. Wenn die Golfer was vorhaben, dann werden wir es entdecken.“

Gorilla und Vize schauten Ringo an, als wenn er wahnsinnig geworden wäre. Daß er meistens den richtigen Riecher hatte, war seit einiger Zeit vergessen. Lieber hörten sie auf die Ratschläge von Annegret. Ringo verdrehte innerlich die Augen, sagte aber nichts mehr dazu. Gorilla merkte aber, daß Ringo langsam sauer wurde, also nickte er ihm zu, woraufhin Ringo zu seinem Manta ging und nach Hause fuhr, um die Autos zu tauschen, ebenso wie Luigi. Sie hatten die ehemalige Wendeschleife der früheren Straßenbahn am Gabelpunkt als Treffpunkt ausgemacht, um gleich auf die A 46 zu fahren. Am Kreuz Wuppertal Nord trafen die A 46, die A1 und die A 43 zusammen und es war der einzige Autobahnabschnitt in Deutschland mit einer Ampel. Die A 46 wurde dort zur Bundesstraße 326. Dort war der Startpunkt für das Rennen. Ein Abzweig führte auf die A 43 in Richtung Bochum, die recht hohe Geschwindigkeiten zuließ und um Mitternacht ziemlich leer war. Bei der Abfahrt Bochum Laer war der Wendepunkt. Hin und zurück waren das an die sechzig Kilometer. Während Ringo mit dem Frontera die

Nevigeser Straße wieder bergabwärts fuhr, überlegte er sich, wo die Fallen sein könnten. Er tippte auf den Startpunkt, aber wie bekloppt könnten die Golfer sein? An einer der zahlreichen Auffahrten lauern, um Gorilla abzudrängen? Zu schwer zu koordinieren, außer sie verwendeten CB-Funk. Aber zu risikoreich, denn es konnte tödlich enden oder zumindest mit sehr viel verbeultem Blech an den gestylten Autos.Möglich wäre eine Aktion am Wendepunkt, aber auch hier war das Risiko zu hoch und die Koordination zu kompliziert. Luigi wartete bereits auf ihn und zusammen gingen sie die Möglichkeiten durch. Sein Kumpel schaute ihn fragend an, aber Ringo meinte nur: „Frage dich niemals ob du paranoid bist. Frage dich immer, ob du paranoid genug bist.".

Luigi blieb beim Startpunkt und versteckte sich in einem Waldweg, während Ringo die Rennstrecke abfuhr. Wenn sie auf der Stecke was vorhatten, dann mussten sie in Position sein. Aber er entdeckte keine Posten, auch nicht als er auf dem Rückweg war. Er erreichte den Startpunkt, sah aber nur den GTI von Malte und den Opel von Gorilla. Die beiden Autos standen nebeneinander auf der Landstraße und fuhren mit quietschenden Reifen los. Luigi rollte aus dem Forstweg und berichtete Ringo, daß er nichts gesehen hatte. Ringo holte tief Luft, da es tatsächlich ein Zweikampf war, der mit fairen Mitteln ausgetragen wurde. Der Rest der Bande würde ihn jetzt bis in alle Ewigkeit verarschen, aber lieber blamierte er sich, bevor sein Kumpel zu Schaden kam.

286

Malte lag knapp zwei Wagenlängen vor Gorilla, der sich aber bis zur Abfahrt Witten bis an sein Heck näherte. Er konnte sogar auf die gleiche Höhe kommen, als Malte gezwungen war, vom Gaspedal runterzugehen, denn vor ihm musste ein PKW seinen Überholvorgang beenden, während Gorilla rechts auf dem Standstreifen überholte. Sie preschten die zweispurige Autobahn weiter entlang, bis der Wendepunkt an der Abfahrt Laer kam. Gorilla schaffte es, vor Malte von der Autobahn runter und in der Gegenrichtung wieder auf die Bahn zu kommen. Maltes Golf hatte untersteuert, also musste er Gas wegnehmen und verlor dadurch einige Sekunden. Auf dem Rückweg konnte Gorilla seinen Vorsprung von mehren Wagenlängen zunächst halten, da die beide Fahrzeug leistungsmäßig auf einem vergleichbaren Level waren. Schließlich waren sie auf der Höhe des Kemnader Sees und der langgezogene Anstieg begann. Malte schaffte es, ein paar Meter näher heranzukommen, aber einen Überholversuch konnte Gorilla abwehren, als er knapp vor Maltes Golf einscherte, um einen Lastwagen zu überholen. Beide Autos fuhren nun Stoßstange an Stoßstange, Gorilla vorneweg und Malte mit seinem GTI an Gorillas Manta hängend. Sie näherten sich schließlich wieder dem Kreuz Wuppertal Nord; hier musste die Entscheidung auf der Abfahrt auf die Bundesstraße 326 fallen, wo Ringo und Luigi warteten. Ein GTI-Fahrer hatte sich doch dazugesellt. Es war Bernd Knobel, der für Malte den Sekundanten spielen wollte. Ein eher ruhiger und freundlicher Typ, der sich immer mit den ganzen

Lästereien zurückhielt. Dafür begrüßte er freundlich die Mantafahrer und teilte mit beiden seinen Vorrat an Cola Dosen und Chips, die er im Kofferraum dabei hatte.

Gorilla hatte immer noch die Führung und bog als erster in die Rechtskurve der Abfahrt auf die Bundesstraße ein. Er dankte im Geiste, daß Ringo ihm Stoßdämpfer und Federn besorgt hatte, die seinen Manta nicht nur optisch tieferlegten und die geile Optik perfekt machten, sondern auch für eine stabile Kurvenlage sorgten. Er konnte mit hohem Tempo die Kurve nehmen und mit querstehendem Heck vorne bleiben. Der Golf von Malte untersteuerte stärker, als ihm lieb war und er musste vom Gas gehen, um die Kontrolle nicht zu verlieren. Auf der Bundesstraße waren es nur noch 400 Meter, als Gorilla sich verschaltete und den Gang nicht rein bekam. Der Manta verlor an Schwung und beim Erreichen der Ziellinie, die Unterquerung der A1, hatte er nur noch eine halbe Wagenlänge Vorsprung.

Bernd, Ringo und Luigi, die sich in der letzten halben Stunde angeregt unterhalten hatten, schauten sich an. Luigi fand die treffenden Worte.

„Wir werden jeweils sagen, daß es ein eindeutiges Unentschieden war. Keiner hat gewonnen, es war ein harter Fight, der fair durchgeführt wurde. Und der Streit ist nun endgültig beendet. Wir beschränken uns auf die üblichen Lästereien und schenken uns den anderen

Scheiß. Ich kriege jedesmal die Krise, wenn ich an der Ampel hinter mir einen Golf sehe."

Bernd stimmte ihm zu und beide schauten Ringo an. Der zog in Spock-Manier die Augenbraue hoch.

„Dann haben wir eine einstimmige Entscheidung. Wer bringt das Malte und Gorilla bei?"

„Du, Ringo, wer sonst?"

Die beiden Fahrzeuge wendeten und folgte der leicht nach rechts gekrümmten Straße und hielten bei den dreien. Gorilla und Malte nahmen die Entscheidung des Triumvirats gelassen entgegen. Ihre einzige Reaktion war der schlichte Handschlag, der das Ergebnis besiegelte.

03 - Days Of Aquarious

Wuppertal - Opel Guhl - November 1992

Ringo arbeitete schon seit einigen Jahren für den alten Guhl. Dieser hatte in früheren Jahren an diversen Rallye-Veranstaltungen teilgenommen, bis er sich später auf Rundstreckenrennen wie den Veedol Langstreckenpokal oder die 24-Stunden-Rennen auf der Nordschleife beschränkte. Er setzte schließlich sogar ein zweites Fahrzeug ein, bei dem er auch Angehörige seiner Mannschaft einsetzen wollte. In einem internen Vergleich entpuppte sich Ringo als ausgesprochen talentiert und er wurde zusammen mit zwei erfahrenen Fahrern ins Rennen geschickt. Team Zwo war so gut, daß sie wesentlich erfolgreicher als Team Eins waren. Gerade Ringo hatte in der Nacht, bei Regen und dichtem Nebel, einen erfolgreichen Einsatz gehabt. Heribert Guhl war ziemlich angefressen, daß er so stark ins Hintertreffen geraten war. Ein Jahr später schaffte Team Zwo sogar den dritten Platz in ihrer Fahrzeugklasse, während Team Eins mit einem kapitalen Motorschaden aufgeben mußte, da Heribert den Motor überdreht hatte, um bessere Zeiten als das Team Zwo herauszufahren. Ringo hatte wieder in der Nacht sein Können bewiesen, denn das typische Wetter der Eifel hatte der Nordschleife sintflutartige Regenfälle beschert, die fast zu einem Rennabbruch geführt hätten. Im darauffolgenden Jahr wollte der Eigentümer Ringo einen weiteren Erfolg verweigern und setzte ihn als Mechaniker ein. Hannes Guhl, der Sohn von Heribert, sollte als Teamchef fungieren, war aber mit der Aufgabe absolut überfordert. Der Chef des Motorenteams, Dieter Fuhr, übernahm die Rolle des Teamchefs, woraufhin Ringo das Motorenteam erfolgreich anführte, eine Aufgabe, die er ein Jahr später wieder erfüllte, dieses Mal offiziell. Die gute Arbeit, die Ringo Tag für Tag erbrachte, war dem Juniorchef ein Dorn im Auge, denn für ihn war er ein Konkurrent, der ihm später die Führung der Firma streitig machen könnte. Ihn freute der Umstand, daß sein Vater expandieren wollte und mit den Banken einen Kredit aushandelte. Dafür musste aber das Motorsportengagement beendet werden. Und nun konnte er dem Wunderknaben Wozniak eine Demütigung verpassen. Der alte Werkstattleiter ging in Rente und es war seit zwei Jahren eine ausgemachte Sache, daß Ringo sein Nachfolger werden sollte. Aber Hannes schaffte es, seinen Vater zu überzeugen, Annegret mit der Aufgabe zu betrauen. Immerhin hatte sie studiert und hatte einen großen Bereich geführt. Es war ihm eine Genugtuung, das Gesicht von Ringo zu sehen. Dabei entging ihm, ebenso wie seinem Vater, daß ein nicht unerheblicher Teil der Belegschaft die Nachricht eher negativ aufnahm. Zum einen war Ringo sehr beliebt und aufgrund seiner Führungsqualitäten anerkannt, während Annegret mit ihrer zurückhaltenden und distanzierten Art nicht sonderlich beliebt war. Zum anderen konnte keiner diese Entscheidung, und die Art und Weise der Verkündigung, verstehen. Jeder sah darin eine öffentliche Demütigung von Ringo und das fand keiner gut. Selbst Annegret bemerkte es. Daß sie diese unglaubliche Chance erhielt, war ein unglaubliches Glück. Aber sie wollte es nicht auf Kosten von Ringo, der diese Behandlung nicht verdient hatte. Und daß sie die Folgen vermutlich ausbaden musste, denn die zum Teil bösen Blicke der Mitarbeiter sprachen Bände. Der Chef und sein Sohn bekamen nicht mit, daß Karl Fuchsberger, der Verkaufsleiter, kurz nach der Versammlung ein Telefonat mit einem Anschluß in Düsseldorf führte.

Ringo starrte mit düsterer Miene auf den Rosenbusch in seinem Garten, als das Telefon im Wohnzimmer klingelte.

Er überlegte, es einfach klingeln zu lassen, entschied dann aber doch dafür, ans Telefon zu gehen. Zu seiner Überraschung meldete sich ein Manager eines bekannten japanischen Automobilherstellers und lud ihn zu einem Gespräch nach Düsseldorf in die Zentrale ein. Sie machten einen Termin für die kommende Woche aus. Nachdenklich legte Ringo auf. Das klang nach einem Jobangebot. Und so machte er sich einige Tage später mit seinen Unterlagen und Zeugnissen nach Düsseldorf auf. Sein Winterauto war ein alter Frontera A, der bei Salz und Schnee als fahrbarer Untersatz diente. Ohne Probleme fand er das Gebäude, in dem die Zentrale eines großen japanischen Herstellers untergebracht war. Modern und schlicht, mit Grünanlagen, machte es auf jeden Besucher Eindruck. Ringo parkte auf dem Parkplatz vor dem Haus und meldete sich am Empfang. Er war überrascht, daß ihn Europachef Tagagi Nakatomi sowie Duck Ewing, der Leiter der europäischen Motorsportabteilung in Empfang nahmen. Das Gespräch dauerte über eine Stunde, in der Ringo eine Reihe von Fragen beantworten mußte. Er wurde mit allen Regeln der Kunst auseinandergenommen, was ihn vermuten ließ, daß er tatsächlich nicht nur für einen simplen Job als Mechaniker in Frage kam. Trotzdem verlief das Gespräch in einer entspannten Atmosphäre, wobei Ringo es sich erlaubte, vier Tassen Kaffee und einen Gebäckteller zu leeren. Nach dem Gespräch sollte er noch kurz auf sie warten.

Tagagi Nakatomi und Duck Ewing lehnten sich zufrieden zurück. Das Gespräch mit Herr Wozniak verlief

292

zufriedenstellend und sie hatten genau den Fachmann, den sie suchten. Einen erfahrenen Motorenexperten mit Rennsporterfahrung, der noch weiter ausbaufähig war. Sie hatten vor einigen Monaten einen Ingenieur von der Firma Cosworth abgeworben, der das Tourenwagenteam bei den Rennen vor Ort unterstützte und einen passenden Mitarbeiter in der Entwicklung brauchte. Er sollte letzte Änderungen oder Fehler bearbeiten sowie Lösungen finden, die das Rennteam dann vor Ort umsetzen konnte. Jack McNulty, der frühere Cosworth Mitarbeiter, war ebenfalls bei dem Gespräch mit anwesend und an seiner Gesichtsmimik konnte man ablesen, daß der passende Mann für den Job gefunden worden war. Die Diskussion dauerte lediglich fünf Minuten, dann waren die drei sich einig. Ringo war mit einem Assistenten im Vorraum, wo beide angeregt miteinander plauderten. Tagagi Nakatomi überreichte ihm wortlos mit beiden Händen den Umschlag mit dem Arbeitsvertrag. Mit einer Verbeugung nahm Ringo den Umschlag ebenfalls mit beiden Händen entgegen, was Nakatomi mit einem Lächeln quittierte, denn Ringo hatte ein nicht unerhebliches Wissen über japanische Gepflogenheiten. Noch am gleichen Abend tippte er seine Kündigung bei seinem Arbeitgeber, um sie dort am nächsten Tag im Büro abzugeben. Der bereits unterschriebene Vertrag lag vor ihm auf dem Tisch. Die Bedingungen waren fair, der Verdienst mehr als großzügig und der Job war sehr verlockend. Manchmal schloß das Leben ein Fenster, um dafür ein Hangartor zu öffnen. Eines, bei dem eine 747 durchpasste. Bei Opel Guhl wurde seine Kündigung vom Junior mit einem müden Achselzucken entgegengenommen. Der Senior-Chef bezeichnete Ringo als einen schlechten Verlierer, der den angedachten Posten sowieso nicht ausfüllen konnte. Aber tief im Inneren ahnte der alte Guhl, daß nun sein bestes Pferd im Stall weg war.

Wuppertal - Wiener Steffi - Januar 1993

Das Tanzlokal war wie immer gut gefüllt und die Manta Clique war an einem Tisch versammelt. Alle bis auf Ringo und Fred. Fred hatte erfahren, daß er Vater wird und zog sich zurück, um sich um seine Freundin zu kümmern.

Ringo dagegen hatte sich, da der eine oder andere der Mantas lieber Annegret als Ringo bei technischen Problemen konsultierte, seit November immer mehr rar gemacht...- dabei war er derjenige, der danach die Fehler endgültig beseitigte. Der „L I" blieb immer öfters weg, was er mit seinem neuen Job begründete. Gorilla erkannte, daß die Zeit der Manta-Clique zu ihrem Ende kam. Franz und Luigi wollten jeweils heiraten und planten inzwischen ihre zukünftigen Eigenheime. Selbst der Vize spielte mit dem Gedanken, mit seiner Marianne eine Familie zu gründen. Er hatte plötzlich ein wehmütiges Gefühl im Bauch, als ihm klar wurde, daß dieser Abend so etwas wie die Abschiedsfeier der Gang sein könnte. Die Freundschaft mit Ringo und Vize blieb davon hoffentlich
294

unberührt. Er empfand es als geradezu prophetisch, daß der DJ das Lied „Age Of Aquarius" von The 5th Dimension spielte. War es für ihn und die Freunde ein Zeitenwechsel, der ihnen ein neues Zeitalter voll Veränderungen bescherte? Es war ungewöhnlich, denn im Wiener Steffi liefen eher Schlager, Discofox oder Pop Rock. Das älteste Lied, was er hier je gehört hatte, waren die Bay City Rollers. Betty, die mit bürgerlichem Namen Bettina hieß, nahm seine Hand und zog seinen Kopf am Nacken herunter, um ihm einen Kuß zu geben. Sie konnte seine Gedanken lesen.

„Hey, du brauchst nicht Trübsal blasen, der harte Kern wird immer zusammenhalten. Die richtigen Freunde werden nicht gehen und Ringo braucht gerade Zeit für sich, aber wenn er sich in der neuen Firma etabliert hat, dann kommt er auch zurück. Und wenn du ehrlich bist, ihr habt Ringo in der letzten Zeit ziemlich ignoriert und unsere Annegret bevorzugt. Sie ist klasse, aber von Autos versteht Ringo doch wesentlich mehr."

Gorilla nickte, konnte aber nicht antworten, weil er einen Kloß im Hals hatte. Es würde halt nie wieder so sein, wie früher.

Velbert - TCI Racing - Januar 1993

Ringo machte sich mit dem Motorenteststand vertraut, denn am nächsten Tag stand ein Probelauf für ein neu

295

entwickeltes Triebwerk auf dem Programm. Er prüfte die
Parameter für die Turbolader, als Jack McNulty den
Leitstand betrat. Sie gingen die Abläufe durch und Jack
stellte wieder fest, daß sie mit Ringo Wozniak einen
Vollprofi bekommen hatten. Der hatte sich innerhalb
kürzester Zeit ins Team eingefunden, sog jegliches neues
Wissen wie ein Schwamm auf und brachte sich mit guten
Ideen ein, ohne sich in den Vordergrund zu spielen.
Seinen Spitznamen hatte die Crew schlicht übernommen.

Am nächsten Morgen um Punkt neun startete der
Testlauf und Jack beobachtete mit Ringo zusammen die
diversen Monitore, die die zahlreichen Daten, Diagramme
und Informationen darstellten. Nach einer halben Stunde
fiel beiden auf, daß bei schnellen Gangwechseln
ungewöhnliche Vibrationen auftraten. Sie machten sich
Notizen, als gegen Ende der Simulation die Vibrationen
wesentlich stärker wurden. Jack ging auf Nummer sicher
und beendete das Programm vorzeitig. Noch während die
Motorendrehzahl sich verringerte, verglichen die beiden
Ideen und Vorschläge. Angefangen von Änderungen bei
der Aufhängung des Motorblocks bis hin zu der
Optimierung des Drehzahlreglers. Zusammen mit den
fünf Mechanikern des Teams änderte sie das Layout des
Motors und am Nachmittag starteten sie einen zweiten
Versuch. Es klappte ohne weitere Probleme und sie
konnten sich zusammen mit den anderen Entwicklern an
die Planung der Testfahrten machten. Mit den
Simulationen konnte vieles überprüft werden, aber es
ersetzte keinesfalls die reale Belastung unter

296

Rennbedingungen. Vor allem Turo Castelano, der für das Fahrwerk zuständig war, brauchte die Tests auf der Piste, um alles auf Herz und Nieren zu prüfen. Um die erfolgreiche Woche zu feiern, traf sich das Team in der großen Halle zum gemeinsamen Abschlußbier.

Nürburgring - Nordschleife - März 1993

Wie üblich im März hing dichter Nebel über der Nordschleife, als Ringo und Jack McNulty, auf dem Abschnitt zwischen Karussell und Hohen Acht, dem Testwagen und dem neuen Motor unterwegs waren. Sie hatten den Ladedruck des Turboladers wesentlich erhöht und wollten nun die Standfestigkeit prüfen. Jack McNulty versuchte die Telemetriedaten auf dem Display des Laptops abzulesen, was bei den unruhigen Erschütterungen nicht so ganz einfach war. Ringo versuchte den Wagen möglichst ruhig auf der Strecke zu halten. Bei Eschbach hörten beide ein Rasseln, gleichzeitig sah Jack einen starken Ausschlag auf einem Kurvendiagramm. Er brauchte nichts zu sagen, denn Ringo nahm sofort das Gas weg. McNulty fluchte, weil seine Theorie völlig daneben lag. Ringo hob zwei Finger der linken Hand, was McNulty mit einem resignierten Nicken quittierte. Sie würden es, wie Ringo es vorgeschlagen hatte, mit zwei Turboladern versuchen. Jack wollte Gewicht sparen und nur einen Turbolader im Fahrzeug verbauen, aber mit zwei Ladern wäre die

Leistung höher. Die nächsten zwei Stunden war Ringo und zwei Mechaniker mit dem Umbau beschäftigt, dann setzten sie die Testfahrt fort. Über vier Runden hinweg wurde der Motor bis zur Belastungsgrenze ausgefahren, ohne daß Auffälligkeiten erkannt wurden. Gegen zehn Uhr am Abend beendeten sie den Testtag. Jack und Ringo hockten mit einem Bier auf der Boxenmauer und ließen den Tag Revue passieren. Die zwei verstanden sich blind nach den drei Monaten und versuchten vom jeweils anderen zu lernen. Ansonsten ergänzten sich die beiden, getreu dem Motto: „Arsch auf Eimer". Jack hatte noch eine kleine Überraschung für Ringo, denn im Testpool war ein AMG E 24 übrig, den er als Dienstwagen nutzen könnte. Der getunte E-Klasse 300er war zwar ein Gebrauchtwagen, dafür aber in einem sehr guten Zustand und eine seltene Variante mit Achtzylindermotor. Jack musste lachen, da sein Kollege ihn ungläubig anschaute.

„Du kannst dann endlich diesen häßlichen Frontera entsorgen und den Manta für die Wochenendausflüge aufsparen. Ich habe übrigens eine S-Klasse Variante von Brabus, also nur keinen Neid."

„Leckomio. Das haut mich jetzt vom Sockel."

„Nun, wenn wir so weitermachen, dann kriegen wir in einigen Jahren Firmenwagen aus der Luxusklasse. Uns beiden und unserem Team stehen spannende Zeiten und sehr arbeitsreiche Wochen bevor. Ich muß für eine Weile immer wieder in die USA, daß heißt dann für dich, mir

298

jeden Tag für die aktuellen Probleme die Lösungen zu liefern. Und das Rennen am Ring begleiten wir auch. Über Langeweile brauchst du dich nicht beklagen."

„Ok, wenn es weiter nichts ist, dann machen wir uns dran."

Wuppertal - Kneipe „Bulldog" - April 1993

Die zwei Freunde saßen in der an diesem Abend leeren Kneipe, an einem der Holztische. Gorilla hatte mal wieder den Blues, da sich der alte Freundeskreis aufgelöst hatte. Er wollte sich mit Ringo aussprechen, wobei Ringo ihm keine Vorwürfe machte, weil sie Annegret derartig vorgezogen hatten. Durch den neuen Job hatte sich Ringo zwar nicht verändert, aber er hatte eine andere Welt entdeckt, in der sich unendlich viele Möglichkeiten boten. Er würde zu einem der wenigen Fachleuten gehören, die im Motorsport die Entwicklung vorantreiben konnten. Vielleicht nicht ganz so bekannt wie Ross Brawn, Paul Rosche oder Hans Mezger, aber einer, der immer mitspielen würde. Die Zeit im Club war abgelaufen und alle mussten weiterziehen. Dafür blieb die Freundschaft zwischen ihm, Gorilla und dem Vize. Der Optimismus von Gorilla kehrte zurück, denn Ringo erinnerte ihn daran, daß seine Betty auf einen Heiratsantrag wartete und er gerade erst befördert wurde. Und es sah so aus, als ob es nicht die letzte Beförderung sein würde. Also gab es für alle einen Grund nach vorne zu schauen. Aber so dann

und wann konnte man auch mal einen Blick zurück
werfen.

Z a n d v o o r t - C i r c u i t P a r k - A p r i l 1 9 9 3

Das Open-Air-Konzert auf dem Gelände der ehemaligen
Grand Prix Strecke war gut besucht. Es war ein typischer
Rumble, bei dem sich die Psychos aus ganz Europa trafen.
Inzwischen bildeten sich in Polen und dem restlichen
Ostblock kleine, aber umtriebige Szenen. Ringo stand mit
einem Trupp Dänen und Tschechen in der Nähe der
Bühne, auf der die Space Cadets ihren Auftritt hatten.
Nach ihnen waren dann Batmobile und später The
Meteors dran. Ole und Morten machten ein Wettrülpsen,
daß Ole mit einem sechs Sekunden Aufstoßen für sich
entschied.

„Echt kosmisch, die fünfte Dimension. Das war eine totale
Photonenumkehr."

Ringo war nach seinem sechsten Bier ziemlich albern.
Victor, der ebenfalls schon gut abgefüllt war, prustete los.
Ole schaute sich um, stellte aber fest, daß dieses Jahr
weniger Mädels als sonst unterwegs waren. In Belgien
und Hannover waren zwei große US-Car Treffen, bei
denen viele der Rockabillys waren, die sonst auch bei den
Rumbles zu finden waren. Die wenigen Schnecken waren
meisten mit ihren Typen da und die wenigen potentiellen
Ziele waren nicht der Hit. Die Cadets gaben noch eine

300

Zugabe, dann traten sie ab und für zehn Minuten waren die Roadies auf der Bühne am Werk.

Ringo liebte seinen Job im Motorsport, brauchte aber nach der arbeitsreichen Zeit einen Reset mit einer riesigen Menge Bier. Dieter, ein alter Freund, kam mit einem Beutel Bierdosen zurück, die er aus dem alten Transit geholte hatte, mit dem er und Ringo angereist waren, und der gut geeignet war, darin zu pennen. Der Abend war noch jung, als Batmobile seinen Gig mit ‚Ice Rock' eröffnete. Die gute Stimmung wurde immer besser, auch wenn sich dieses Jahr nur wenige in den ‚Wrecking Pit' wagten, wo eine verschärfte Variante des Pogos getanzt wurde. Vlad meinte lakonisch, daß die Szene doch ein wenig alt wurde und der Nachwuchs inzwischen aus Japan oder Brasilien kam. Sogar die Amis kamen auf dem Geschmack.

Wuppertal - Am Eckbusch - Mai 1993

Annegret lag alleine auf dem Bett und versuchte sich darüber im Klaren zu sein, wie es auf Dauer weitergehen sollte. Der Neuanfang im Westen gestaltete sich ausgesprochen zäh und war wenig erfolgreich. Der Freundeskreis der Manta Fahrer hatte sich still und leise aufgelöst, auch wenn sie mit einigen der Mädels noch losen Kontakt hatte. Aber die gemeinsamen Abende in der Stadt oder die Ausfahrten waren Geschichte und ihr fehlte die Kameradschaft. Die Beziehung mit Mario war inzwischen nur eine Wohngemeinschaft, in der man versuchte, sich aus dem Weg zu gehen. Seit Silvester schliefen sie in getrennten Zimmern, und die letzten Zärtlichkeiten hatten sie Anfang Oktober ausgetauscht. Der letzte richtige Sex war inzwischen fast ein Jahr her.

Und Mario hatte ein Problem damit, daß sie einen Job mit gutem Verdienst hatte, während er selbst lieber Stütze kassierte, anstatt selber etwas auf die Beine zu stellen. Er neidete ihr den Wartburg und den beruflichen Erfolg, wobei er nicht wusste, daß sie im Job inzwischen erhebliche Probleme hatte. Annegret ging inzwischen nur noch mit Bauchschmerzen zur Arbeit, weil dort ständig Kritik auf sie lauerte. Jeder kleine Fehler wurde ihr unter die Nase gerieben und sie wusste nicht, wie lange sie das noch aushalten konnte. Sie fragte sich schon lange, wieso sie sich mit einem Looser wie Mario abgab. Tatjana hatte mal die Vermutung geäußert, daß sie ihn retten wollte. Krankenschwestersyndrom war die passende Bezeichnung für ein derartiges Verhalten. Aber ihm war nicht mehr zu helfen. Ihr war klar geworden, daß er ein Alkoholproblem hatte. Eine Flasche mit hochprozentigem Schnaps am Abend war entschieden mehr als ein Gläschen zur Entspannung.

Sie blickte sich um und wieder wurde ihr klar, daß sie in einer Rumpelkammer wohnte. Die Möbel passten nicht zusammen, an einer Wand standen diverse Kartons mit Klamotten, die Mario über dubiose Kanäle verticken wollte. Allerdings war er dabei nicht sonderlich ehrgeizig oder erfolgreich. Alles in der Wohnung wirkte vollgestellt und verlottert. Wohnlich war etwas anderes. Zumindest hatte sie sich eine kleine Leselampe zugelegt, damit sie das grelle Deckenlicht nicht brauchte. Um ihr Gedankenkarussell zum Stillstand zu bringen, nahm sie ein Buch vom Nachttisch. Der heitere Roman würde sie hoffentlich ablenken, damit sie einschlafen konnte. In sechs Stunden würde der Wecker klingeln und der Albtraum in der Firma würde weitergehen. Sie hatte mitbekommen, daß man sie in der Belegschaft die Hexe nannte. So wie bei AWE. Sie gaben ihr die Schuld für den Weggang von Ringo und für alles andere, was so schief ging. Ihr waren öfters Fahrzeugmängel entgangen und sie hatte Probleme mit dem Computersystem. Durch falsche Eingaben hatte es eine Reihe von Problemen gegeben wie die teilweise gelöschte Datenbank: mehr als 1000 Artikelgruppen mussten händisch nachgezählt werden, was sehr viele Überstunden bedeutete. Seit sie die Annäherungsversuche vom Juniorchef abgelehnt hatte, war es seine Lieblingsbeschäftigung, ihr das Leben zusätzlich schwer zu machen. Egal was sie tat, nichts war gut genug. Jeden Tag wurde sie gemaßregelt, zum Teil für Sachen, die von der Belegschaft bewusst verursacht wurden. Man ließ sie regelmäßig ins offene Messer rennen und ihr wurde bewusst, daß sie es nicht mehr lange aushalten würde.

Am nächsten Morgen fuhr sie wie immer zur Arbeit. Heute war das Übelkeitsgefühl besonders schlimm und sie blieb auf dem Parkplatz beim Autohaus noch ein paar

Minuten sitzen, bis sie das Zittern ihrer Fingern unter Kontrolle bekam. Bis um zehn Uhr war sie beschäftigt, bis ihr die Sekretärin von Herrn Guhl am Telefon sagte, daß sie sich in zehn Minuten im Büro einfinden sollte. Das miese Gefühl im Bauch wurde immer stärker, als sie sich im Vorzimmer einfand.

04 - East Versus West

Wuppertal - Triebelsheide - Mai 1993

Ringo warf einen Blick in den großen Flurspiegel und prüfte den Sitz seines schwarzen Hemdes und der schwarzen Jeans. Er wollte zu einer Party, auf der ihn Susannes Schwester eingeladen hatte. Seit Tagen war sie besonders nett zu ihm und er wurde das Gefühl nicht los, daß sie scharf auf ihn war. Sabine war durchaus nett, aber sie war ihrer Schwester zu ähnlich. Und er konnten ihre Eltern nicht leiden. Über sein Liebesleben hatte Ringo nie große Worte verloren. Der große und schlanke Mann war durchaus attraktiv, wobei es bei ihm die subtile Ausstrahlung war, die ihn interessant machte. Mit dem kurzen Bürstenhaarschnitt hatte er etwas militärisches an sich, aber Ringo war in der Jugend lange ein Psychobilly, was er nie vergessen konnte. Die Szene war umtriebig und er verbrachte seine freie Zeit auf diversen Konzerten. Domestos Jeans und Flattop trug er zwar nicht mehr, aber die Musik, eine Mischung aus Rockabilly und Punkrock, hörte er weiterhin. Seine
304

Freundinnen hatte er immer gut behandelt, aber seine Freiheit war ihm zur Zeit noch sehr wichtig. Er ging zwar eine Weile mit Susanne, einer attraktiven Frau mit langen, schwarzen Haaren. Sie war eigentlich nicht sein Typ, da sie sehr zickig sein konnte und sich nicht die Bohne für Autos interessierte. Sie mochte die Freundinnen der Mantas, daher war sie häufig mit dabei. Ringo war für sie eine sichere Bank, da er vernünftig war und keinen Blödsinn machte. Sie hatte nie verstanden, daß Ringo einen ausgeprägten Sinn für Humor hatte und viele Frauen ihn alleine schon dafür mochten, weil er sie alle jederzeit zum Lachen bringen konnte. Susanne dagegen war zudem beim Sex langweilig und ging nur in Verbindung mit Alkohol richtig ab. Umso mehr wunderte es ihn, daß sie schon seit geraumer Zeit ein Verhältnis mit einem anderen Typen hatte. Ein Bekannter hatten ihm davon erzählt und einmal hat er die beiden in der Stadt beim Poussieren gesehen. Susanne gab sich gar keine Mühe, sich diskret zu verhalten, so als ob Ringo für sie ein blinder Idiot war. Er hatte Anfang Januar die Beziehung beendet, aber Susanne hatte seit Anfang Mai begonnen, ihn wieder anzurufen und regelrecht zu umgarnen. Sie wollte ihn zurück und versprach ihm den Himmel auf Erden. Er wollte ihr eine zweite Chance geben, war aber nie richtig mit dem Herzen dabei. Die Tatsache, daß Susanne ihn wieder betrog, ärgerte Ringo, wenn auch nicht sonderlich. Die Frau war ihm eigentlich vollkommen egal und er fragte sich zum tausendsten Mal, warum er sich noch einmal auf sie eingelassen hatte. Seit vier

Wochen trafen sie sich wieder, aber Ringo vermied es tunlichst, mit ihr ins Bett zu gehen. Erstens war der Sex mit ihr nie richtig prickelnd und er vermutete, daß sie mitbekommen hatte, daß er nun mehr Geld verdiente als bei Opel. Er hatte die Befürchtung, daß sie sich von ihm schwängern lassen wollte und ihm im schlimmsten Fall ein Kuckuckskind unterschob. Wenn man es im richtigen Licht betrachtete, dann war ihm diese Frau sogar zuwider. Daß sie den Sex vermisste, war sowieso ungewöhnlich, denn für Susanne war es eher Mittel zum Zweck als wirkliches Vergnügen. Aber von Anfang an wieder zweigleisig zu fahren, zeigte, daß sie es nicht ehrlich meinte.

Die Party bei ihrer Schwester Sabine war die Gelegenheit, mit ihr Schluß zu machen. Sabine hatte nach einer Stunde schon ordentlich einen im Tee und flirtete mit Ringo, denn der durchaus ansehnliche und große Mann hatte für sie von Anfang an seinen Reiz, aber bisher hatte sie Hemmungen, ihre Schwester zu hintergehen. Aber seit Susanne mit Ernie ins Bett ging, war Ringo für sie vögelfrei. Sie hatte sich sowieso darüber geärgert, daß sie die Gelegenheit nicht genutzt hatte, als Ringo solo war. Aber da war ja Peter, mit dem sie es probiert hatte, der sich aber als Reinfall entpuppte. Aber die Party war eine perfekte Gelegenheit und so baggerte sie Ringo auf Teufel komm raus an. Der nutzte die Gunst der Stunde und zog sich mit Sabine unauffällig ins Schlafzimmer zurück. Daß die Schwester auch nur unter Strom zur Lady Chatterley wurde, lag wohl einfach in der Familie. Nach

306

zwanzig Minuten war Ringo wieder im Flur und ging in Richtung Bad. Susanne kam aus der Küche und wollte ebenfalls ins Bad. Ringo ließ ihr den Vortritt, aber die junge Frau zog ihn mit in das Badezimmer. Sie wollte mit ihrem Freund noch schnell einen Quickie machen. Sie mochte Ringo sehr gerne, aber sie brauchte immer wieder den Reiz des Verbotenen, also traf sie sich mit Ernie. Dabei war der Sex mit Ringo immer besser, wobei sie immer das Gefühl hatte, daß er nie so richtig zufrieden mit ihr war. Aber trennen wollte sie sich nicht von ihm, denn er gehörte zu den Männern, die immer gut verdienen werden und einer Frau eine sichere Zukunft bieten würde. Denn alleine sein neuer Dienstwagen war der Hammer. Allerdings begriff sie nicht wirklich, daß es der Verdienst für harte Arbeit war. Ringo dagegen hatte von Susanne die Nase voll, denn er wusste, daß Susanne nur einen Versorger suchte und das Thema Kinder mehrfach erwähnt hatte. Und gerade da war Ringo absolut der falsche Mann. Kinder bezeichnete er meist als Hausaffen, Teppichratten oder Milchsäufer. Spontan kam ihm die Idee, seinem Abgang noch eine böse Spitze mitgeben. Susanne, die vollkommen nackt auf der Toilettenschüssel saß, verpasste ihm einen Blowjob. Er krallte seine Hand in ihre Haare und gab so mit sanfter Gewalt den Takt vor, so wie sie es immer schon gerne mochte, wenn sie einige Gläser Sekt intus hatte. Mit einem Lächeln schaute sie zu ihm hoch, als er fertig war, und schluckte den Saft mit einem vollen Glas Sekt herunter. Anstatt sich bei ihr zu revanchieren, zog er lediglich seinen Reißverschluss hoch und verließ das Bad. Seine letzten Worte an sie waren deutlich.

„Übrigen, die Geschmacksrichtung war Sabine. Ihr seid euch im Bett sehr ähnlich. Und dachtest du, ich bekomme dein Gspusi nicht mit? Ein Typ mit Namen Ernie? Ernsthaft?"

Es war ein Volltreffer, denn Susanne entglitten die Gesichtszüge und mit einem süffisanten Grinsen ging Ringo runter auf die Straße, um seinen Besuch bei der Party und damit auch die Beziehung mit Susanne endgültig zu beenden. Trotzdem wollte er noch nicht nach Hause. Der AMG startete mit einem heiseren Grollen und Ringo suchte ein passendes Lied zum Cruisen. Da war ‚Free Bird' genau richtig. Wobei, er war schon seit Januar frei, aber nun war es Fakt. Ein wenig ziellos fuhr er die üblichen Flanierwege durch die Innenstadt entlang, bis er über den Kasinokreisel in Richtung Luisenviertel rollte. Beim Blick in eine der vielen Seitenstraßen sah er in Richtung Bundesallee und wollte, aus einer Ahnung heraus, beim alten Treffpunkt der Clique vorbeifahren; dahin zog es ihn in diesem Moment. Dort angekommen ließ Ringo seinen AMG ausrollen. Er rechnete nicht wirklich damit, jemanden von der Clique zu treffen, denn der lockere Verbund war schlicht auseinandergebrochen, nachdem er sich zurückgezogen hatte und diese Annegret seinen Platz nicht ausfüllen konnte. Ringo war halt derjenige, der Gorilla und dem Vize oft die Ideen gab und manchmal auch deren Temperament einbremste. Die graue Eminenz war nun Mal ein Teil der Troika, der heilige Geist, der so dann und wann wie die Deus ex machina alles wieder per Zauberhand zum Guten wendete. Gerade Gorilla konnte bei aller Freundlichkeit sehr aufbrausend und ein sturer Bock sein, und der Vize stand ihm in nichts nach. Da brauchte es immer den „L I" als Vermittler. Und diese Rolle konnte diese Ossi Tante nie ausfüllen, ebenso wenig wie die regelmäßige Hilfe bei den kleinen technischen Problemen, die alte Opel Fahrzeuge nun mal haben. Wie in der Werkstatt, kam sie mit der Technik nicht zurecht und ihre neunmalkluge und arrogante Art kam weder hier noch dort gut an. Bis auf einige geparkte Autos war der Parkplatz vollkommen leer. Er sah eine zusammengekauerte Gestalt, die auf dem Randstein einer Baumumfassung hockte, tippte auf das Gaspedal und näherte sich mit heiserem Motorenflüstern an, denn er wollte sehen, wer oder was da hockte. Die Gestalt blickte kurz auf - es war Annegret, mit verheulten Gesicht, ihre Augenpartien waren angeschwollen und sie blickte verzweifelt um sich. Seinen Benz konnte sie nicht kennen und er überlegte, weiterzufahren. Was auch immer mit ihr war, er betrachtete es nicht als seine Angelegenheit oder gar als Problem. Er sprach leise zu sich selbst.

„Not My Circus. Not My Fucking Monkey."

Aber es wäre eine prima Gelegenheit, sie ein wenig zu trätzen und fertigzumachen. Ringo war sicherlich ein umgänglicher Zeitgenosse, aber er hatte auch eine dunkle

Seite, die boshaft und rachsüchtig sein konnte. Wenn er einmal richtig angepisst war, dann konnte er sich seine Wut lange bewahren und erst dann zum Gegenschlag ausholen, wenn die andere Seite nicht mehr daran dachte oder wehrlos war. Seine Mutter hatte einige Male im Kindergarten antreten dürfen, weil er erst dann mit seiner Schüppe zuhaute, wenn das andere Kindergartenkind, daß ihn geärgert hatte, schon lange mit etwas anderem beschäftigt war. Und in seiner düsteren Stimmung war Annegret genau das perfekte Opfer. Er stellte seinen Wagen ab, nachdem er an ihr vorbei gerollt war und stieg aus. Sie schaute ihn an, ohne ein Wort zu sagen, während er mit einem süffisanten Grinsen stehenblieb.

„So alleine? Wo hast du den Wartburg gelassen? Und wo sind deine Freunde? Ein wenig still hier, an diesem Freitagabend."

Er merkte gleich, daß er es übertrieben hatte, denn sie jaulte wie ein Schlosshund los und ihre Schultern zuckten rhythmisch bei dem neuerlichen Heulanfall. In einem Buch von Barbara Cartland oder Uta Danella würde jetzt bestimmt stehen, daß sie bitterlich weinte oder vor tiefer Verzweiflung schluchzte. Aber er setzte noch einen drauf.

„Sind dir die Guppys entschwommen oder ist dein Hamster ersoffen?"

Ihre Antwort war ein nicht verständliches Stammeln und Schluchzen. In ihren Augen stand etwas, was nach purer

310

Verzweiflung aussah. Da stieg in ihm Mitgefühl auf, der Wunsch zu helfen und ihre zerbrochene Welt wieder zu kitten. Denn eines musste er sich seit dem Augenblick, in der er sie zum ersten Mal gesehen hatte, eingestehen: er fand sie auf den ersten Blick ausgesprochen hübsch und er hatte sich in diese dunkel umrahmten, grünen Augen verliebt. Allen Frust und Ärger zum Trotz hat sie ihm sehr gut gefallen, ihr schmales Gesicht war immer dezent geschminkt und inzwischen war sie auch sportlich chic gekleidet. Ringo fand sie sexy, auch wenn er es ihr gegenüber nie zugegeben hätte. Und sie hatte wirklich keine Ähnlichkeit mit Zonen Gaby. Jetzt aber sah sie mit der zerlaufenen Wimperntusche im Gesicht wie eine Drogensüchtige aus. Mühsam stand sie auf und blickte, immer noch heulend, zu Boden. Fast wie bei einer perfekt eingespielten Choreographie ließ sie sich nach vorne in seine Arme fallen, während Ringo wie selbstverständlich die Arme um sie schloß und sanft an sich drückte. Der klassische Fall von ‚zwei Doofe und ein Gedanke'. Nur daß Annegret keine Hintergedanken hatte, sondern nur in den Arm genommen werden wollte. Und Ringo wollte sie trösten, denn ihr Kummer ging ihm schlicht zu Herzen.

„Was auch immer passiert ist, es wird wieder gut. Ich bin ja da."

Annegret klammerte ihre Arme um ihn und presste sich mit aller Kraft an ihn. Sie weinte in ihren Kummer an seiner Schulter aus, gelegentlich unterbrochen durch die leisen Rotzgeräusche, wenn sie Luft holte. Nach bestimmt fünf Minuten waren ihre ersten verständlichen Worte: „Es tut mir so leid. Es tut mir so furchtbar leid. Ich wollte das alles nicht. Bitte geh nicht weg! Bitte! Du bist doch alles, was ich jetzt noch habe." Wenn man diese Worte zu jemandem sagt, der eigentlich der Erzfeind ist, dann muß die betreffende Person schon arg verzweifelt sein. Sie löste sich von Ringo, der ihr ein Taschentuch gab, mit dem sie die Tränen abtupfte und dann reinschnodderte. Etwas angewidert sah Ringo auf seinem schwarzen Hemd, daß dort zwei Rotzspuren im Schulterbereich zu sehen waren.

„Soll ich dich nach Hause bringen?"

„Ich habe kein Zuhause mehr. Ich stehe ohne alles auf der Straße."

Sie war immer noch schwer zu verstehen, denn alleine bei diesem Geständnis brach wieder die pure Verzweiflung durch. Sie lehnte sich, ihre Arme an den Körper gepresst, wieder gegen Ringos Brust.

„Also gut, ich mache dir jetzt einen Vorschlag. Wir fahren zu mir. Mein Gästezimmer ist frei und dann kannst du mir alles erzählen. Aber bitte die ganze Wahrheit."

Annegret schaute nun mit ungläubigen Augen zu ihm hoch, denn er war bestimmt einen halben Kopf größer. Eigentlich einen ganzen Kopf größer, denn sie trug die Buffalos mit der dicken Sohle, während Ringo seine flachen Puma Schuhe an hatte. Sie brauchte mehrere

Sekunden, bis sie sein Angebot verstand und begriff. Sie nickte und ließ sich, willenlos wie eine Puppe, zu seinem Auto dirigieren. An der nächsten Linksabbiegerspur wendete Ringo und fuhr das Stück bis zum Robert-Daum-Platz zurück, um über die Briller und dann Nevigeser Straße bis zur Siedlung Triebelsheide am Stadtrand hochzufahren, wo er in dem L-förmigen Bungalow mit Satteldach wohnte, den ihm sein Onkel vererbt hatte, nachdem er zu seiner Schwester an die Nordsee gezogen war. Ringo liebte den im 60er Jahre Stil gehaltenen Bau mit seinen dazu passenden, damals modernen Möbeln. Er hatte nur wenig ausgetauscht, so als wollte er die Vergangenheit nicht vertreiben. Und die meist im dänischen Design gehaltenden Möbel und Accessoires waren einfach bis heute cool und sogar richtig bequem. Es war die Erinnerung an seine verstorbene Tante, die glücklichen Nachmittage, Sonntage oder ganzen Wochenenden, die er dort zu Besuch verbracht hatte. Nicht daß seine Kindheit schlecht war, denn Ringo hatte diese sorglose Adoleszenz, die seiner Alterskohorte, der Generation X, gemein war. Aber die Besuche blieben immer etwas Besonderes, ebenso wie die Besuche bei seinen Großeltern im Sauerland. Er zeigte Annegret das Gästezimmer im hinteren Flügel neben seinem Schlafzimmer, und das großzügige Badezimmer sowie Küche und Wohnzimmer. Die Bibliothek, die er auch als Lese- oder Studierzimmer nutzte, ließ Ringo mal außen vor. Annegret hatte inzwischen mit dem Weinen aufgehört und wirkte einfach nur erschöpft. Die Tatsache, daß sie für heute Nacht ein Dach über dem Kopf hatte, gab ihr Hoffnung. Mit leiser, piepsiger Stimme machte sie sich bemerkbar.

„Ringo, dürfte ich ein Bad nehmen?"

„Sicher. Aber bitte nicht absaufen. Im Zweifel kriegst du Schwimmflügel."

Er machte den Scherz mit einem leichten Grinsen und zum ersten Mal an diesem Tag konnte Annegret für einen Augenblick lächeln.

„Ich mach in einer Stunde Abendessen. Der Bademantel, der an der Tür hängt, ist dir bestimmt zu groß, aber zum Wohlfühlen reicht es. Hast du überhaupt Wäsche zum Wechseln mit?"

Sie hob mit einem traurigen Lächeln die beiden Plastiktüten hoch, in der ihr letztes Hab und Gut war. Ringo legte ihr ein Badehandtuch hin, dann war Annegret alleine im Bad. Sie stellte ihre Zahnbürste und Kosmetika in ein freies Fach in dem Regal neben dem Waschbecken, dann ließ sie heißes Wasser einlaufen und gab Badeschaum dazu. Ringo hatte ihr gesagt, daß sie alles benutzen durfte und sie war dankbar dafür. Eine halbe Stunde lag sie in dem warmen Wasser und sammelte ihre Gedanken. Sie wollte Ringo die ganze Geschichte erzählen, ohne ihm dabei etwas vorzujammern. Sie hoffte, daß er die ersten Tage half, ihr aus den Fugen geratenes Leben wieder in den Griff zu kriegen, bis sie selbst eine

314

Lösung gefunden hatte . Barfuß tappte sie nach dem Bad über die kalten Fliesen in Richtung Küche. Ringo hatte sie gehört und ahnte sofort, was sie brauchte, holte aus der Schublade im Flurschrank ein Paar dicke Wollsocken, die sie über ihre nackten Füße zog.

„Du bist nicht die erste Frau, die auf den Fliesen kalte Füße kriegt."

In der Küche war eine Eckbank nebst Esstisch, der bereits gedeckt war.

„Was hast du denn gekocht?"

„Es gibt NATO-Kitt mit Klotzfischen. Kapitale Bursche. Also nichts besonderes."

„Riecht lecker. Nun sag aber bloß, du hast einen richtigen Kartoffelstampf gemacht."

„Es waren noch Kartoffeln von gestern übrig, da war es einfach."

Zusätzlich hatte er noch Erbsen und Spiegeleier zubereitet und schweigend nahmen die beiden das Abendessen zu sich. Nachdem Ringo das schmutzige Geschirr in die Spülmaschine gestellt hatte, stellt er zwei Weingläser und eine Flasche Rosé auf den Tisch. Annegret nahm einen ersten Schluck Wein und legte mit ihrer Geschichte los.

315

„Daß ich bei Opel-Guhl rausgeflogen bin, hast du vermutlich schon mitbekommen. Dein Chef hat sehr schnell die Geduld mit mir verloren. Und da war dann noch der Junior Chef."

„Mein Chef? Bitte in der Vergangenheitsform. Und hat Junior dich angemacht? Das wäre typisch für ihn. Hat er seine Lieblingsmasche abgezogen? Ein Essen beim Italiener?"

„Ja und als ich nicht darauf einging, fing er an, mir Schwierigkeiten zu machen. Ich vermute, daß ich nicht die erste war. Nun, ich konnte den beiden gar nichts mehr recht machen. Wenn ich auf dem Wasser wandeln würde, dann würden die über mich erzählen, daß ich nicht einmal schwimmen kann."

Ringo musste bei dem Spruch lachen, dann erzählte Annegret weiter

„Ich habe es nicht geschafft, mich mit der Technik oder auch der Organisation der Arbeit anzufreunden. Zumindest nicht als Werkstattleiterin. Zwischen der Produktion bei AWE und der Arbeit hier liegen doch Welten. Und die Hürde war für mich schlicht zu hoch. Oder ich hatte die falschen Erwartungen, aber ich habe es nicht gepackt. Wenn ich dir etwas gestehen muß, dann warst du für mich der Fixpunkt."

„Der Fixpunkt?"

316

„Richard Ottokar ‚Ringo' Wozniak gilt als die Koryphäe
der Verbrennungsmotoren und als
‚der' Meisterschrauber. Ich wollte mich immer an dir
orientieren, denn wenn ich so gut bin, wie du es bist,
dann kann ich es wieder im Beruf zu etwas bringen. Aber
ich wollte dich nie verdrängen oder vertreiben. Ich habe
es wohl übertrieben und das tut mir wahnsinnig leid.
Aber ich wollte nach der Entlassung bei AEW wieder eine
sinnvolle Arbeit..."

Annegret brach ab, holte tief Luft und setzte neu an.

„Ich fang besser ganz am Anfang an. Übrigens, bevor du
das Ganze für eine dieser traurigen Ossi-Schicksale aus
dem Fernsehen hältst, es ist wahr und ich habe auch
Unterlagen, die es bestätigen."

„Erzähl einfach. Wenn sich herausstellt, daß du mir einen
Bären aufgebunden hast, ist deine Entschuldigung
sowieso wertlos. Und wenn es dir ernst ist, dann erzählst
du mir eine wahre Geschichte."

Annegret nickte stumm, wobei sie seinem Blick standhielt,
um dann fortzufahren.

„Ich bin in Gera aufgewachsen. Bis zu meinem zehnten
Lebensjahr hatte ich eine normale, glückliche Kindheit.
Dann geriet meine Mutter ins Visier der Stasi. In ihrem
Freundeskreis waren mehre Dissidenten, die unter
Beobachtung standen. Einer von ihnen war ein „IM", ein
informeller Informant, und war wohl auf meine Mami

317

scharf, obwohl sie mit meinem Vater glücklich verheiratet war. Sie gab ihm einen Korb und so lieferte er Berichte beim MfS ab, in der ihr HWG unterstellt wurde. Das steht für häufig wechselnde Geschlechtspartner, eine beliebte Diffamierung von Frauen bei den Behörden. Meistens wurden die Frauen dann in venerologischen Einrichtungen zwangseingewiesen. Es war aber im Prinzip wie ein Knastaufenthalt. Dann machten sie etwas Politisches daraus und sie wurde in Hoheneck eingekerkert. Und das Wort passt, denn es war einer der dunkelsten Orte in der DDR. Ich will jetzt nicht alle Einzelheiten berichten, denn es war übel und ich habe bis heute Probleme damit über die Ereignisse zu reden, ohne dabei in Tränen auszubrechen. Sie ist nach sechs Monaten Haftzeit einfach verreckt. Ihr Hausarzt hatte früher festgestellt, daß sie einen Herzfehler hatte. Mein Vater ist daran zerbrochen und schaffte es, sich innerhalb von fünf Jahren ins Grab zu saufen. Meine Großeltern haben sich um mich und meine Schwester gekümmert. Normalerweise hätte ich keinerlei Chance gehabt eine höhere Schulbildung zu erhalten, aber man hatte bei den Behörden doch ein schlechtes Gewissen gehabt. Solche Todesfälle sollten schon damals nicht mehr vorkommen und die Gefängnisleitung hat bei der Dienstaufsicht versagt. Also hat man mir keine Steine in den Weg gelegt und ich konnte doch noch auf die Erweiterte Oberschule und dann studieren. Vermutlich lag es auch daran, daß ich erst bei den Jungpionieren und dann bei der FDJ war. Ich war kein Vorzeigemitglied, aber dafür unauffällig und fleissig. Man sah in mir wohl keine Gefahr und daher sollte ich wohl der Beweis sein, daß der Sozialismus alle Wunden heilt und was weiß ich noch alles. Meine Eltern waren tot und sobald ich mit der Schule fertig war, bin ich aus Gera abgehauen. Meine Schwester ist ein Jahr vor mir nach Rostock gegangen und außer meinen Großeltern hatte ich nur noch drei Freundinnen. In Berlin konnte ich Sozialistische Betriebswirtschaft mit Schwerpunkt Betriebsplanung sowie wirtschaftliches Rechnungswesen studieren. Durch einen Kontakt bekam ich eine Stelle bei den Automobil Werken Eisenach und stieg innerhalb von drei Jahren zur Produktionsleiterin der Motorenfertigung auf. Für einige Jahre hatte ich wieder ein normales Leben und eine Aufgabe. Das mit meiner Mutter ist ein Paket, das ich nie mehr loswerde, aber wenn man von den dunklen Nächten absieht, kam ich zurecht. Bis die Wende kam und sich die betrieblichen Entscheidungen der letzten Jahrzehnte rächten. Veraltete Anlagen, ein Produkt, das kein Mensch mehr haben wollte, da kam das wirtschaftliche Ende sehr schnell. Für die höher qualifizierten Angestellten gab es schnell Alternativen, aber als Frau war es schwer. Zudem hatten mir viele den schnellen Aufstieg geneidet. Bei den Arbeiterinnen war ich die Hexe, weil ich seit dem Tod meiner Eltern nur noch selten jemanden an mich heranlassen wollte. Ich war sehr unnahbar. Und so bin ich in den Westen gegangen, denn weder in Gera noch in Eisenach habe ich jemanden. Meine Oma war dann inzwischen verstorben, von meinen drei Freundinnen ist

Ines bei einem Autounfall umgekommen, Tatjana lebt in Hamburg und Kerstin hat in Gera Familie und konnte mir nicht immer das Händchen halten. Wuppertal ist nun mal die günstigste Stadt zum Wohnen, wenn man im Ruhrgebiet einen Job finden will. Ich hatte gehofft, hier im Ruhrpott schneller und leichter eine neue Arbeit zu finden. Mario war ein guter Bekannter, mit dem ich schon vorher eine Art Liaison hatte. Er war mitgekommen, weil er in Eisenach ebenfalls keine Zukunft sah. Die Wohnung hatte er von einem alten Freund übernommen, der nach Frankfurt weitergezogen ist. Mario kriegt aber den Arsch nicht mehr hoch, kassiert seitdem nur noch Sozialhilfe, verbringt seine Zeit vorm Fernseher und säuft sich die Hucke voll. Mir fiel die Decke auf den Kopf. Mein Wartburg war dann ideal für Ausritte in die Stadt und ich dachte, ich könnte mit den Jungs beim Autokorso mitspielen. Nun, die Reaktion auf mein Ansinnen bei der GTI-Fraktion hast du ja gesehen, als ich zum Glück euren Club getroffen hatte."

„Das mit deinen Eltern tut mir leid. Und ich verstehe zumindest dein Verhalten. Aber warum soll ich dir das nachsehen?"

„Nun, du hast dich doch auch beruflich verbessert."

„Das war aber nicht dein Verdienst. Ich wäre vorsichtiger mit irgendwelchen blöden Kommentaren, denn wir sind noch lange keine Freunde."

Annegret erschreckte die heftige Reaktion von Ringo und sein Gesichtsausdruck war ausgesprochen düster. Ringo holte tief Luft, denn er merkte selber, daß Annegret ihn nicht beleidigen wollte und seine Reaktion zu heftig war.

„Sorry, ich weiß, daß du es nicht böse gemeint hast. Aber warum sitzt du jetzt auf der Straße?"

„Das Schlimmste, was mir passieren konnte, habe ich heute Mittag erfahren. Mario hat sich eine jüngere Freundin angelacht und mich aus der Wohnung geworfen."

„Das darf er doch gar nicht so ohne weiteres."

„Der Mietvertrag läuft auf seinen Namen. Er hat sogar schon die Türschlösser von der Wohnungstür ausgetauscht."

„Gehört dir denn noch etwas in der Wohnung?"

„Ja, sicher. Meine Bücher, meine Unterlagen, Kleidung, eine Kommode und meine Stehlampe. Eine sehr hübsche Art déco-Lampe. Und er hat den Fahrzeugbrief und die Schlüssel vom Wartburg."

„Und mit welcher Begründung behält er deine Sachen ein? Es sind ja deine ganz persönlichen Sachen."

„Weil er leider ein Arsch ist und jetzt seine Machtspielchen spielt. Und was den Wartburg betrifft, auf den war er schon immer neidisch. Für ihn kann es nicht sein, daß ein Mädchen so ein Auto besitzt. Allenfalls als Beifahrerin. Nicht auszudenken, wenn ich so eine Macho-Karre wie deinen Manta fahren würde. Vermutlich wird er den 311 einfach nur verschleudern. Da kann er sich noch einen Sportanzug aus Ballonseide sowie ein nettes Goldkettchen kaufen. Und wenn noch was übrig ist, dann kommt noch eine Kiste Danziger Goldwasser dazu. Ich kann mir bis heute selber nicht erklären, warum ich mich zu so einem Arsch hingezogen gefühlt hatte. Seit wir hier in Wuppertal sind, geht er für ein paar Tage arbeiten, meldet sich krank, dann lässt er sich entlassen und beantragt wieder Sozialhilfe. Wenn ihm das Amt dann das Geld sperren will, dann fängt er für ein paar Tage wieder an zu arbeiten und so weiter und so fort. Und nun stehe ich mit nichts auf der Straße. Nach Gera zurück kann ich nicht mehr, denn ausser Kerstin habe ich keine Freundin mehr. Von meiner Familie und dem Freundeskreis ist ja nichts mehr übrig und meine Schwester hat selber zu kämpfen. In Eisenach hat sich auch vieles geändert. Ich treibe führungslos auf hoher See.“

„Ganz so schlimm ist es nicht. Hier hast du fürs Erste einen Liegeplatz. Ich mache dir einen Vorschlag. Für eine Weile kannst du hier bei mir unterkommen und ich werde dich durchfüttern. Allerdings, wenn ich merke, daß du mich verarscht, dann fliegst du genauso schnell wieder raus.“

„Ringo, mir geht meine Unabhängigkeit über alles, also werde ich mich so schnell wie möglich um eine neue Arbeit kümmern und mir eine eigene Wohnung suchen. Denn mir ist es zuwider, als Schmarotzer abgestempelt zu werden. Und bis dahin werde ich für Kost und Logis arbeiten, indem ich für dich den Haushalt mache."

Ringo zeigte mit einem Nicken seine Zustimmung, dann versank er für einen kurzen Augenblick in seinen Gedanken, bis er mit einem Grinsen sich wieder an Annegret wandte.

„Schreib mir bitte auf, was alles dir gehört und wo ich es finden kann. Ich habe mir einen einen Plan zurechtgelegt. Morgen Abend sollten wir alles beisammenhaben."

„Was hast du vor? Und ich wäre schon gerne mit dabei."

„Laß mich dat mal moken. Da konn nich jeder mit üm."

„Ich wusste gar nicht, daß du mit Heidi Kabel und Käptn Blaubär verwandt bist."

Ringo griff zum Telefon und wählte aus dem Kopf eine Telefonnummer. Während er die Tasten tippte, ging Annegret durch das Haus und machte sich mit der Umgebung vertraut. Alles wirkte stimmig und aufgeräumt. Die Möbel hatten einen modernen Stil, wie in einem dänischen Magazin, daß sie noch zu DDR-Zeiten durch Zufall in die Finger bekommen hatte. In den Schränken im Wohnzimmer standen unzählige Bücher, was Annegret dazu einlud, die Rückentitel zu lesen. Das große Panoramafenster gab den Blick auf den Garten frei, der aber zu dieser späten Stunde im Dunkeln lag. Das sanfte Licht der Bücherschrankleuchten wirkte beruhigend und Annegret merkte, wie erschöpft sie war. Sie legte sich auf das elegante Sofa, um für einen kurzen Augenblick die Augen zu schließen, aber innerhalb von Sekunden war sie einfach eingeschlafen. Aber es war ein unruhiger Schlaf. Sie hörte schwere Schritte, die hart auf dem Boden hallten. Männer in dunklen Uniformen brüllten unverständliche Befehle, Bunkertüren schlossen sich mit lautem Krachen und plötzlich sah sie das Gesicht ihrer Mutter vor sich, die ihre Tochter unsäglich traurig anschaute, bis sich ihr Gesicht vor Schmerzen gräßlich verzog und in einem Flammenmeer verschwand.

*   *   *

Das Freizeichen war im Telefonhörer laut und deutlich zu hören, als es klickte und Vize sich meldete.

„Vize, ich bin es, Ringo. Ich brauch dich und Gorilla morgen Abend. Annegret wurde von ihrem Typen auf die Straße gesetzt und ich will ihre Habseligkeiten holen. Und das einschließlich des Wartburgs."

„Klar, du kannst auf uns zählen. Aber warum willst du ihr helfen. Immerhin hat sie dich aus dem Job und auch aus dem Club vertrieben. Sie ist damit eine sächselnde Ausgabe von Yoko Ono, wenn du mich fragst."

„Ich weiß nicht, was mich reitet. Vermutlich folge ich meinem Instinkt."

„Und ich denke, du bist ein Schachspieler, der immer zehn Züge in voraus denkt, ohne daß er es weiß."

„Treffen wir uns um halb elf vor dem Supermarkt am Jagdhaus; dem Spar."

„Gorilla und ich werden da sein. Das sind wir dir schuldig."

Beide legten auf und Ringo schaute, wo Annegret denn abgeblieben war. Er fand sie auf dem Sofa. Sie schlief, aber sie musste träumen, denn sie bewegte sich unruhig hin und her. Er erschreckte sich, als sie mit einem klagenden Laut wach wurde. Völlig verwirrt blickte sie sich um, dann erkannte sie Ringo, der sich neben das Sofa gekniet hatte.

„Sorry, ich bin eingeschlafen und habe geträumt. Ich denke, ich sollte jetzt noch etwas schlafen."

Ohne ein Wort zu sagen, schob Ringo seine Arme unter ihren Körper und hob sie an. Er trug sie zu ihrem Zimmer, während Annegret ihre Arme um seinen Nacken gelegt hatte. Sanft, fast schon zärtlich legte er sie auf das Gästebett, wo sie flink unter die Decke rutschte. Ringo löschte das Deckenlicht, so daß die Leselampe auf dem Nachttisch ein wenig Licht spendete.

„Schlaf gut. Bis Morgen. Ich wollte so um neun Frühstück machen."

„Gute Nacht. Und Ringo, eines noch."

Er schaute sie an.

„Danke."

„Ich weck dich spätesten um viertel nach. Nacht!"

05 - The Sting

Wuppertal - Am Jagdhaus - Mai 1993

Der große Zeiger der Armbanduhr rückte auf die Elf vor, was für Ringo, Gorilla und den Vize das Zeichen war und sie betraten einen der Wohnblöcke in der Siedlung am Eckbusch. Der Aufzug brachte die drei in den achten Stock, wo sie einen leeren und anonymen Gang betraten. An der dritten Tür auf der linken Seite, mit dem Namen Goehleke auf dem Schild, machten sie halt. Ringo holte ein schmales Lederetui aus seiner Jacke und nahm einen Spanner und einen Lockpick mit Diamantspitze, um die Wohnungstür zu öffnen. Als geschickter Mechaniker war es für ihn ein Leichtes, das Öffnen von Schließzylindern, ohne den dazu passenden Schlüssel zu erlernen und so dann und wann anzuwenden. Meistens musste er einem befreundeten Trödler die Schubladen von alten Möbeln öffnen. Ringo brauchte genau 23 Sekunden, dann war die

Tür offen. Sie schlichen ins Wohnzimmer, wo ein Fernseher vor sich hin lärmte. Mario saß in einem alten Ohrensessel, der nicht zur Einrichtung passte. Eigentlich passte gar nichts zusammen, denn es war alles vom Möbelstil und den Accessoires durcheinandergewürfelt und nur leidlich aufgeräumt. Vize und Gorilla traten links und rechts an den Sessel heran und legten ihre Hände auf seine Schultern. Mario hatte schon ordentlich an dem Abend getrunken, daher war seine Reaktion sehr langsam. Gorilla nutzte den Moment, Mario von Anfang an ruhig zu stellen. Denn er konnte durch seine physische Präsenz sehr einschüchternd wirken.

„Ganz ruhig, Mario. Wir sind nur ein paar gute Freunde. Da gibt es ein paar Sachen, die dich eh nur stören würden und von der Last werden wir dich erleichtern. So nett sind wir zu dir."

Gorilla setzte seine verbalen Spielchen weiter fort, während Ringo in der Wohnung die Sachen von Annegret zusammensuchte und in große, stabile Müllsäcke packte. In der Kommode waren auch der Kraftfahrzeugbrief und die Schlüssel für den Wartburg. Nach zehn Minuten hatte er alles beisammen, was Gorilla fast schon bedauerte, denn seine Psycho-Vorstellung machte ihm richtig Freude. Mal gab er sich freundlich, dann drohte er Mario wieder subtil Gewalt an. Auf dem Beistelltisch stand eine Flasche ‚Danziger Goldwasser' und ein leeres Wasserglas. Der Vize füllte es mit dem hochprozentigen Likör und hielt es Mario vors Gesicht, der ihn fragend und verwirrt

327

anschaute. Der nickt nur auffordernd und mit zittrigen Fingern setzte der Mann das Glas an die Lippen und leerte es auf Ex. Innerhalb kurzer Zeit verstärkte sich sein Rausch und Mario war praktisch im Delirium. Ringo hatte die Sachen im Flur bereitgestellt; für jeden einen Rucksack und zwei pralle Müllbeutel. Und eine recht hübsche Stehlampe, die Gorilla sich wie ein Baguette unter den Arm klemmte. Zügig bewegten sich die drei nach unten auf die Straße und marschierten zum Wartburg, der auf einen Parkplatz vor dem Gebäudekomplex stand. Sie packten die Sachen in den Laderaum des Kombis, dann verabschiedende sich Gorilla und der Vize von Ringo wie üblich mit dem Brother Handshake, dann verschwanden die beiden in der neonhellen Nacht. Ringo klemmt sich hinter das Steuer, startete den Zweitaktermotor, dann legte er, mit Mühen, den Rückwärtsgang ein und steuerte den Wagen „Am Jagdhaus" entlang, bis er nach links in die Triebelsheide einbog und dann vor seiner Garage anhielt. Annegret hatte das typische Motorengeräusch gehört und trat aus der Haustür raus. Ringo deutete auf das blau-weiße Auto.

„Identifizieren sie den Täter."

Die Frau schaute fassungslos zu Ringo, ohne sich zu rühren. Der grinste breit.

„Du könntest mir zur Hand gehen. Deine Schlüpfer wiegen eine Tonne. Was trägst du eigentlich - lila Frotteeunterwäsche?"

328

Nun kam Leben in Annegret und sie ging Ringo entgegen.

„Blödmann. Ausserdem hast du doch in meiner Schublade herumgewühlt. Du hast bestimmt heimlich dran geschnüffelt."

„Ein einfaches Danke reicht vollkommen. Und den Duft von Mu-Shi Sup-Pe hatte ich nicht in der Nase. Dafür war die Aura von Persil in der Schublade wahrnehmbar. Ich hoffe, im Wäschekorb war nichts Wichtiges, da habe ich nicht reingeschaut."

„Da wird kaum etwas zu finden sein, denn ich habe kurz vorher erst die Wäsche gemacht. Yhihiiii, du hast sogar meine Lampe gerettet."

Sie gab ihm einen Kuß auf die Backe, dann trugen sie die Tüten und Rucksäcke ins Haus, wo Annegret dann einige Stunden beschäftigt war, die Sachen zu sortieren. Sie war glücklich, daß sie ihre persönlichen Sachen hatte. Die alte Kommode würde sie vermissen, aber deren Verlust war zu vernachlässigen. Im Gästezimmer war eine Kommode, die drei leere Schubladen hatte. Dort, und im Kleiderschrank war genug Platz für ihre Habseligkeiten. Ihre Papiere legt sie auf einen Karton, der neben dem Nachttisch stand. Einen Umschlag nahm sie mit in die Küche, wo Ringo bei einem Kaffee über seinen Unterlagen brütete, denn am nächsten Wochenende wollte das Team mit zwei Fahrzeugen in Sebring starten, aber bei den Testfahrten hatten sie Probleme mit der Motorsteuerung entdeckt. Es waren Tourenwagen, die

329

speziell für die Rennen in den USA gedacht waren und bei deren Entwicklung Ringo von Anfang an mit involviert war. Seit Stunden versuchte er eine Lösung bei der Einstellung der Ventile zu finden, um dann die Ergebnisse über den großen Teich zu faxen.

„Ringo, hast du mal einen Augenblick Zeit? Ich habe da etwas, was dich hoffentlich interessieren könnte."

„Ja, sicher. Ich glaube, ich sollte eh mal eine Pause machen. Bei der letzten Formel habe ich als Ergebnis Joghurt eingetragen."

„Ich habe hier alle Unterlagen, die den Tod meiner Mutter betreffen. Ich möchte, daß du sie durchgehst. Mir ist wichtig, daß du keine Zweifel hast, was das Thema Stasi betrifft. Es wäre mir sehr wichtig."

Ringo wollte zwar erst widersprechen, aber er hätte sehr gerne Klarheit, was die Vergangenheit von Annegret betrifft. Also nahm er den Umschlag entgegen. Es waren Dokumente und Amtsschreiben, die Annegret noch aus den DDR-Zeiten aufbewahrt und mit den Unterlagen der Gauck-Behörde ergänzt hatte. Systematisch ging er alles durch, immer wieder an der Kaffeetasse nippend. Er bemerkte nicht einmal, daß sie seine Tasse nachgefüllt hat.

„Also, ich sehe, daß du mir die Wahrheit erzählt hast. Und du warst kein IM. Danke, es ist mir wichtig. Und jetzt tut mir der Tod deiner Mutter und die ganzen Folgen um so mehr leid."

„Nun, während des Studiums hatten sie es sogar versucht. Ich musste in das örtliche Büro und zwei Mitarbeiter der Stasi redeten auf mich ein. Aber ich überzeugte sie, daß ich zu ungeschickt sei und nicht den Mut hätte. Sie haben dann aufgegeben. Ich gehe aber davon aus, daß ich immer wieder mal überprüft worden bin. Und es soll dir nicht leid tun, du sollst es nur wissen und verstehen. Es hat mich nun mal geprägt und erklärt meine manchmal verschrobene Verhaltensweise. Ich musste immer die Verantwortung übernehmen und mehr leisten als andere. Mein Ehrgeiz war mein Mittel, um zu überleben."

Ringo stand auf und holte eine Flasche Averna aus dem Kühlschrank, füllte zwei Gläser mit dem Kräuterlikör und reichte ein Glas an Annegret weiter.

„Freundschaft?"

„Druzhba, tovarisch."

„Ich vermute mal, daß der Spruch Zustimmung bedeutet."

Sie nickte mit einem Lächeln.

„Ja. Und ich kann dir nicht genug Danken. Wie kann ich das je wieder gut machen?"

„Ich nehme kein Geld. Einfacher Applaus ist mir Lohn genug."

*   *   *

Zwei Wochen vergingen, in denen Ringo tief mit zwei Projekten beschäftigt war, wobei das Rennen in den USA für das Team sehr zufriedenstellend verlief, denn der Motor hielt über die gesamte Distanz und der dritte Platz war mehr, als sich alle je erhofft hätten. Takeshi Kitano, der weltweite Leiter der Motorsportabteilung, war von der gesamten Teamarbeit begeistert, wobei er das Zusammenspiel der beiden Motorenentwickler besonders beobachtete. Er hatte schon oft erlebt, daß die Crews des Rennteams und die des Entwicklerteams gegeneinander arbeiteten und miteinander konkurrierten. McNulty, der erfahrene Ingenieur von Cosworth und Wozniak, der aufstrebende und begabte Meister aber zogen perfekt an einem Strang und ergänzten sich. Weil es im ganzen Team so gut stimmte, hatte man spontan noch beschlossen, das folgende Rennen in Watkins Glen mitzufahren

In dieser Zeit war das Zusammenleben zwischen Ost und West friedlich und nicht sonderlich aufregend. Ringo war tagsüber arbeiten und Annegret war die Hausfrau. Die Tatsache, daß sie ein geregeltes Leben führen konnte und ein Dach über dem Kopf hatte, war viel wert. Es fühlte sich an, als ob sie eine Familie hätte, etwas, was sie schon lange nicht mehr gefühlt hatte. Ringo war zwar freundlich, aber er wirkt immer etwas distanziert.

Wuppertal - Triebelsheide - Juni 1993

Das Telefon im Flur klingelte viermal, bis Annegret den Apparat erreichte.

„Hier bei Wozniak."

„Annegret, schön, daß ich dich gleich selbst erwische. Du kommst heute Abend mit - Mädelsabend mit Sekt."

„Hei, Ute. Das klingt ja ganz verlockend, aber ich fürchte ich muß passen. Für solche Abende habe ich schlicht kein Geld."

„Keine falsche Ausreden. Du bist eingeladen und der Grund für den Abend. Wir möchten dich ein wenig aufmuntern. Ringo hat uns erzählt, daß du zur Zeit ein wenig down bist und wir wollen das ändern. Heute Abend um sieben hol ich dich ab."

Annegret legt den Hörer auf, ganz in Gedanken. Was hatte Ringo erzählt? Und was sollte sie heute Abend anziehen? Ein Geräusch weckte sie aus ihren Gedanken. Es war Ringo, der von der Arbeit kam, mit zwei großen Pizzaschachteln auf dem Arm. Sie begrüßte ihn.

„Du hast mir eine Pizza Speziale mitgebracht?"

333

„Yep, mit extra Peperoni und Salami."

„Woher weißt du, daß ich..."

„Ich kann Gedankenlesen, bin mit Houdini verwandt und weiß, was Frauen wollen."

„Wer ist Hundini? Ach, vergiss es. Und seit wann weißt du, was..."

Ringo lachte und legte die Schachteln auf den Küchentisch, während Annegret Teller und Besteck holte. Sie kannte sich in seinem Haushalt inzwischen ganz gut aus. Ringo stellte noch zwei Gläser und eine Flasche Lambrusco dazu, dann setzten sie sich.

„Dein Lieblingsbelag ist doch bekannt. Wir waren so dann und wann mit dem Club beim Pizzaessen und seitdem kenne ich deine Vorlieben."

„Du bist ein guter Beobachter und hast ein Elefantengedächtnis. Ich bin beeindruckt. Aber darf ich dir eine Frage stellen?"

Ringo nickte bloß, denn seine Backen waren prallvoll.

„Was hast du Ute und den anderen Mädels aus dem Club über mich erzählt?"

Ringo schluckt den großen Brocken runter, wobei ihm ein Schluck Lambrusco dabei half.

„Nur, daß du seit der Wende eine harte Zeit hast. Die Entlassung bei AWE und Ärger mit einem Ex-Freund. Deine Familiengeschichte habe ich nicht erwähnt. Ehrenwort. Das bleibt unter uns."

„Okay, das wäre mir auch sehr wichtig. Es geht nicht jeden etwas an, was in der Vergangenheit geschehen ist. Und ich bin heute zum Sektabend eingeladen. Mit Ute und den anderen."

„Nun, dann hast du erstens eine Grundlage im Magen und hast dich sogar schon aufgewärmt."

Annegret mußte den Wein erst runterschlucken, bevor sie anfing zu kichern.

„Dich stört es nicht, wenn ich heute Abend ausgehe?"

„Nein, wieso. Ein Abend mit einem Haufen angeschickerter Hühner, die sich den ganzen Abend lang über ihre Macker aufregen, bringt dich auf andere Gedanken."

„Kann es sein, daß du ein ganz kleines bisschen eine chauvinistischer Drecksack bist?"

„Wieso nur ein kleines bisschen?"

„Stimmt, du bist der Vorsitzende des ZK der Chauvinisten."

Ringo lachte kurz, dann verbeugte er sich theatralisch.

„Gracie, Gracie."

In diesem Augenblick klingelte das Telefon und Ringo nahm den schnurlose Apparat, um sich zu melden. Der Anrufer war sein ehemaliger Chef Heribert Guhl.

„Herr Wozniak, es freut mich, daß ich sie persönlich erreiche. Wie geht es ihnen?"

„Wenn sie bei mir anrufen, ist die Gefahr halt groß, daß ich selber an den Apparat gehe, vor allem seit mein Butler gekündigt hat."

„Ha, ha, köstlich. Ich bin ja froh, daß sie immer noch ihren Humor behalten haben."

„Was wollen sie?"

Heribert Guhl stutze einen Augenblick, denn er hatte mit einer freundlichen Antwort gerechnet. Er versuchte, das Gespräch in Gang zu halten.

„Weswegen ich anrufe, ich möchte ihn ein tolles Angebot machen."

„Reifen mit Luft befüllen zum halben Preis? Gratispolitur für den linken Blinker?"

„Herr Wozniak, ich möchte ihnen den Job als Werkstattleiter anbieten. Den haben sie sich doch gewünscht."

„Richtig, Vergangenheitsform. Was glauben sie denn, was ich zur Zeit mache?"

„Ähm...sie...sind..."

„Döööht. Falsch, ich bin nicht arbeitslos. Ich habe bereits eine Arbeitsstelle. Also kommen sie einen Augenblick zu spät."

Ringos beißender Spott brachte den alten Guhl völlig aus dem Konzept. Er war tatsächlich der festen Überzeugung, daß Ringo auf diesen entscheidenden Anruf gewartet hatte. Daß er nach bald einem halben Jahr einen anderen Job haben könnte, kam ihm nicht in den Sinn.

„Sie könnten doch trotzdem zu uns zurückkommen. Ich würde ihnen auch mehr Gehalt zahlen."

„Oh, da müssten sie aber ein paar Taler drauflegen."

Ringo nannte ihm eine Summe, die Herbert Guhl dazu brachte, laut zu werden.

„Sind sie denn wahnsinnig. Wer würde ihnen dieses Gehalt zahlen?"

„Niemand, aber ich bin einige Gehaltsklassen aufgestiegen. Vom Spaß mal abgesehen."

„Wo arbeiten sie jetzt?"

„Finden sie es doch selber heraus."

Mit diesen Worten legte Ringo auf. Annegret machte sich fertig, war aber gedanklich damit beschäftigt, was sie wohl erwarten würde. Ringo grübelte über den Anruf und was dieser Guhl für Vorstellungen hatte.

„Ich geh los, Ute wartet schon vorm Haus."

Ohne nachzudenken, gaben die beiden sich einen kurzen Kuss auf den Mund, wie ein altes Ehepaar. Sie war schon zwei Schritte den Flur runtergegangen, als ihnen beiden die Situation klar wurde. Beide schauten sich betreten an und wussten nicht, wie sie damit umgehen sollten.

„Aus welchen Film haben wir jetzt diese Szene geklaut?"

„Ich glaube, der wird noch gedreht. Viel Spaß."

Beide waren verwirrt, aber beide spürten für einen Augenblick dieses Kitzeln im Magen. Annegret stieg in den Wagen, wo Ute und Barbara schon auf sie warteten. Währendessen rief diesmal der junge Guhl an und machte Ringo ein weiteres Angebot. Eigentlich war es kein Angebot, denn sie hatte herausgefunden, wo Ringo gelandet war. Hannes Guhl nannte die Tätigkeit ein Risiko, denn diese Jobs im Bereich Motorsport waren schneller wegrationalisiert, als man schauen könnte. Daß Ringo in einigen Jahren zu dem erlauchten Kreis von erfahrenen Fachleuten gehören würde, die immer und überall im Motorsport oder der Fahrzeugentwicklung einen Job bekommen würden, das konnte er sich wohl nicht vorstellen. McNulty, Nakatomi und Kitano war alle drei

338

der Meinung, daß Ringo eine lange und erfolgreiche Karriere bevorstand. Er war begabt, lernfähig, arbeitete perfekt im Team, konnte jederzeit die Führung übernehmen und er blieb trotzdem auf dem Boden. Und so jemand brauchte nicht in einer simplen Werkstatt Kleinwagen warten. Und Hannes Guhl konnte diese simple Tatsache nicht verstehen. Auch vom finanziellen konnten sie Ringo wenig bieten, denn die Geschäfte gingen seit einiger Zeit sehr schlecht und der finanzielle Spielraum wurde immer kleiner. Ringo hatte immer noch Kontakt zu seinen früheren Kollegen und wusste gut über die aktuelle Lage von Auto Guhl Bescheid.

*   *   *

Die Stimmung in der Kneipe ,Spiegelchen' war recht ausgelassen. Die zehn Frauen saßen an einem großen Tisch, lachten und scherzten lauthals. Wie es Ringo in seiner sehr zynischen Realitätsbetrachtung voraussagte, war das beherrschende Thema Männer, ihre Fehler und wie man sich darüber lustig machte. Annegret kam dabei tatsächlich auf andere Gedanken, wobei sie recht unbefangen über ihre Zeit mit Mario erzählte. Aber sie fragte sich, wer die ihr unbekannte Frau war, die sich im Laufe des Abends mit dazugesellt hatte. Sie stupste Carmen an.

„Das ist Nicole, eine Verflossene von Ringo. Die ist aber echt in Ordnung."

Annegret schaute zu der dunkelhaarigen Frau hinüber, die sich gerade mit Svenja unterhielt. Später am Abend saßen Nicole und Annegret nebeneinander, was Nicole nutze, Annegret anzusprechen. Sie redeten über ihre Situation und kamen auch auf Ringo. Ute und die anderen hörten dabei zu. Nicole wollte einige intime Details über Ringo erzählen, allerdings sollten die andern Frauen der Clique die schmutzigen Geheimnisse nicht mitbekommen. Trotz der Unmengen an Schaumwein hatte Nicole kein Interesse daran, Ringo bloßzustellen, sondern wollte Annegret einige Tipps geben, falls sich zwischen den beiden mehr entwickelte. Sie flüsterte ihr, zum Leidwesen der anderen Anwesenden, die Details direkt ins Ohr. Sie bekamen nur einige Gesprächsfetzen mit, aus denen sie sich keinen Reim machen konnten. Das Gespräch endete mit einem kryptischen Dialog.

„Ich hatte früher einige, aber als ich in den Westen rübergemacht hatte, konnte ich nur das Nötigste mitnehmen. Der Wartburg war damals vollgepackt, denn einen Transporter zusätzlich konnten wir uns nicht leisten."

„Nun, die Läden sind voll damit. Du hast eine große Auswahl."

„Nicole, ich bin pleite. Ringo läßt mich bei sich wohnen und ich muß nicht hungern, aber ich habe schlicht keine Kohle, dafür aber noch Schulden am Hals. Er hat mir einen Termin zur Vorstellung bei einem großen Zulieferer besorgt, und ab nächster Woche habe ich wieder Arbeit und verdiene wieder Geld, dann kann ich wieder auf eigenen Beinen stehen. Und eines Tages könnte auch wieder diese Art von Luxus drin sein."

Nicole schaute nachdenklich zu Boden, dann legte sie Annegret die Hand auf die Schulter.

„Das wusste ich nicht, aber ich finde, du hast dir ein wenig Luxus verdient und da habe ich was für dich. Komm doch morgen Nachmittag zum Kaffee bei mir vorbei. Ich würde mich wirklich freuen."

*   *   *

Der Wartburg quälte sich die steile Cronenberger Straße hoch, bis sie die Wohnung von Nicole erreichte, die im Süden von Wuppertal beim Schwimmsportzentrum lag. Sie unterhielten sich angeregt beim Kaffee und Annegret mochte Nicole auf den ersten Blick. Ganz besonders bewunderte sie ihren eleganten Kleidungsstil und das selbstsichere Auftreten, denn Nicole war nicht gerade die schlankeste Person. Sie war nicht fett, hatte aber einige Pfunde zuviel auf den Rippen. So erzählte sie, daß Ringo sie so genommen hatte, wie sie war und ihr immer das Gefühl gab, sie sei die hübscheste Frau für ihn. Nach zwei Stunden verabschiedete sie sich wieder, mit vier weißen Kartons, die doch recht verloren auf der großen Ladefläche des Wartburgs lagen. Wieder im Gästezimmer, was sie im Gedanken inzwischen als ihr Zimmer bezeichnete, starrte sie eine Weile auf die Geschenke von

Nicole. Die hatte ihr von Ringos Vorlieben erzählt und weil Annegret knapp bei Kasse war, vier Paar mitgegeben, die noch aus der Zeit stammten, als Nicole und Ringo miteinander gingen - vier Kartons mit High Heels. Keine treueren Fetisch-Modelle, sondern schlichte und klassische Modelle in den Farben braun und schwarz. Nicole hatte sie eigentlich zur Erinnerung aufbewahrt, wollte aber, daß sie wieder ihrem eigentlichen Bestimmungszweck zugeführt wurden.

„These Boots Are Made For Walking. Und sie passen dir, also nimm sie, bitte! Und glaub mir, die Hauptattraktion ist bei ihm immer die Frau. Der Rest ist nur Zierde. Und ich möchte, daß Ringo endlich sesshaft wird. Denn wenn er weiterhin sich durch die Damenwelt schläft, dann könnte er sich zu einem üblen Drecksack entwickeln und dafür ist er zu Schade. Ringo ist stur und dickköpfig, aber auch ein lieber und treuer Kerl, der für eine Frau durchs Feuer gehen würde."

07 - Hope & Glory

Wuppertal - Triebelsheide - Juni 1993

Annegret betrachtete das Paar Stiefel noch einen Augenblick, dann legte sie die braunen High Heels zurück in die weiße Schachtel und räumte alle vier Schuhboxen in den Bettkasten. Sie wusste nicht, was sie mit den High Heels anfangen sollte. Oder vielmehr, was sie mit Ringo

342

verbinden könnte. Aber wollte sie das überhaupt? Ringo war sicher ein netter Kerl, aber er mochte sie offensichtlich nicht. Er war so anständig, ihr zu helfen, doch seine Wut auf das, was sie getan hatte, war nie ganz verschwunden, auch wenn er ihr die Freundschaft angeboten hat. Und doch hatte er ihr den Wartburg zurückgeholt sowie ihre ganzen persönlichen Sachen wiedergebracht. Sie stand mehr als nur in seiner Schuld. Aus Langeweile schaute sie ihren Karton mit den Unterlagen durch. Als Ringo ihr die Sachen aus der Wohnung von Mario zurückgegeben hatte, war ihr aufgefallen, daß der Karton ungewöhnlich schwer war. Sie hatte aber noch nicht reingeschaut, denn Ringo hatte ihr versichert, daß alle Sachen dabei waren, die sie ihm vorher genannt hatte. Er hatte nur den KFZ-Brief mit in den Karton gelegt. Unter den Unterlagen, die tatsächlich vollständig waren, lagen einige Magazine in der Schachtel. Neugierig blätterte sie die Ausgaben der Coupé, der Super-Illu, Lui und dem Playboy durch. Es stand in allen Heften der übliche Blödsinn, aber Mario hatte sie wohl wegen der Nacktbilder gekauft. So heiß war seine neue Flamme dann wohl doch nicht. Sie schaute auf das Datum der Ausgabe. Er hatte wohl schon zu der Zeit, wo sie beide ein Paar waren, diese Nacktmagazine gelesen, was sie immer ein wenig ärgerte. Die Frauen und die Darstellungen wirkten zum Teil recht billig. Annegret war eher von der schlechten Machart enttäuscht als von der Tatsache, daß er überhaupt solche Zeitschriften kaufte. Wenn er sie gefragt hätte, solche Fotos von ihr zu

343

machen, hätte sie eingewilligt. Beim Playboy wirkte es durchaus erotisch und so hatte sie sich vorgestellt, daß ihr Bild als Centerfold im Spind in der Arbeit hing oder in der Nachttischschublade lag. Obwohl, in der jetzigen Situation war es besser, daß so etwas nicht in seinem Besitz war. Sie blätterte einige Ausgaben der Magazine durch und betrachtete die nackten Frauen. Ob Ringo diese Art der Bilder auch mochte? Ob er sich so ein Foto von ihr in den Spind hängen würde? In seinem Schlafzimmer hing ein gerahmtes Foto in schwarzweiß. Zwei attraktive Frauen standen sich in einem Schlafzimmer wie ein Liebespaar gegenüber, die eine in einem Geschäftsanzug und die andere Frau war nackt. Beide trugen hohe Pumps. Einer spontanen Eingebung folgend, holte sie noch einmal eine der Schuhboxen hervor und betrachtete sie eine Weile, dann zog Annegret sich aus und stellte sich, nur mit den hohen Absätzen bekleidet, vor den Spiegel. Das Spiegelbild gefiel ihr, nicht perfekt, aber für ihre vierundvierzig Jahre sah sie doch hübsch aus. Ein Blick auf ihre zierliche Armbanduhr zeigte ihr, daß sie noch mehr als zwei Stunden Zeit hatte, bis Ringo nach Hause zurückkehrte. Sie könnte die Küche saubermachen, so wie sie jetzt bekleidet war oder vielmehr nicht bekleidet war. Durch die Hecken und die Gardinen konnte von außen kein Mensch in das Haus reinschauen. Sie war geradezu vergnügt und gut aufgelegt und im Radio lief der Song „Children of the Revolution", was sie dazu brachte im Rhythmus der Musik zu tänzeln. Danach folgte das Lied

‚Uptown Girl', was Annegret dazu brachte, das Radio etwas lauter zu stellen. So hörte sie nicht, wie Ringo vorfuhr, die Haustür öffnete und in die Küche kam. Ringo schaute eine ganze Weile auf ihren runden, griffigen Po und die weibliche Körperform. Annegret machte eine Drehung, um sich einen Kaffee zu machen und sah sich Ringo gegenüber. Sie war überrascht und gab einen spitzen Schrei von sich, während sie mehrfach hektisch die Hände auf ihren Busen, dann auf ihren Schritt, wieder auf den Busen legte, bis sie sich dann ein Geschirrtuch vor den Körper hielt, das aber weder ihren Schambereich noch ihre Oberweite bedeckte. Ringo eröffnete das Gespräch.

„So etwas Schmutziges habe ich noch nie gesehen."

Annegret schaute ihn verwirrt an.

„Ich meine das Geschirrtuch. Das ist doch arg dreckig und naß."

Erst jetzt merkte sie die Feuchtigkeit auf ihrem Körper und mit einem zweiten Schrei warf sie das Tuch beiseite, das mit hohem Schwung in der Spüle landete. Anstatt mit den Armen zu fuchteln, verschränkte sie sie vor der Brust und versuchte die Beine geschlossen zu halten. Sie atmete tief durch und wurde dabei wesentlich ruhiger. Um in dieser Situation würdevoll und vielleicht sogar cool zu wirken, straffte sie schließlich ihren Rücken durch und stellte sich mit erhobenem Kopf gerade hin, die Hände in die Hüfte gestützt. Ihre Selbstsicherheit kehrte zurück und sie spürte ein angenehmes Kribbeln im Magen.

„Du bist gut, das war ein klassischer Drei-Punkte-Wurf."

„Ringo, ich kann das erklären. Es ist nicht so, wie es aussieht."

„Na, dann bin ich mal gespannt."

„Das ist aber wieder eine längere Geschichte."

Ringo konnte sich ein freundliches Grinsen nicht verkneifen. Sie lächelte zurück.

„Also dann setzt dich hin und erzähl mir die ganze Geschichte. Hast du das auch schriftlich?"

„Ich habe tatsächlich einen schriftlichen Nachweis, aber dazu kommen ich später."

Annegret wollte die Küche verlassen, um sich etwas anzuziehen, aber Ringo wurde nun sehr bestimmend."

„Nein, ich denke, wir werden das Gespräch hier auf der Stelle und so wie du bist führen."

Sie setzte sich, splitterfasernackt wie sie war, auf den Barhocker und schlug elegant die Beine übereinander, um weiter souverän zu wirken. Zu ihrem Leidwesen gefiel ihr die Situation ausgesprochen gut und sie fühlte sich, nachdem sie sich wieder beruhigt hatte, wohl in seiner

Anwesenheit. Neckisch ließ sie einen der mattschwarzen Pumps an den Zehen baumeln, während sie immer wieder rein und raus schlüpfte. Ringo stand an der Küchenanrichte und bereitete den Kaffee vor. Er schaute Annegret recht ungeniert an, aber sein Blick war angenehm. Ihm gefiel, was er sah und das erfreute Annegret umso mehr.

„Nun, ich war doch am Donnerstag mit den Mädels im Spiegelchen und haben einige Gläser Sekt gepichelt. Und bei der Gelegenheit habe ich Nicole kennengelernt. Nicole Winchenbach."

„Du hast also eine meiner Ex-Freundinnen kennengelernt. Ich vermute, die Pointe folgt noch."

„Weniger eine Pointe als eine interessante Geschichte. Nicole und ich sind im Laufe des Abends miteinander ins Gespräch gekommen und sie war halt der festen Überzeugung, daß ich zu dir passen würde."

„Sie kennt unsere, sagen wir mal, Vorgeschichte?"

„Ich habe ihr die ganze Wahrheit erzählt. Und meine Rolle gewiss nicht beschönigt."

Sie nahm mit einem Lächeln die Tasse mit dem duftenden Kaffee entgegen und nippte an der Tasse. Sie versucht weiterhin ihre Nacktheit mit besonders vornehmen Gesten zu überspielen. Oder wollte sie es damit noch eher betonen?

„Nicole war trotzdem der Meinung, daß wir gut zusammenpassen. Immerhin hast du mich bei dir aufgenommen, ohne eine Bedingung zu stellen. Und sie hat mir von allen deinen Vorlieben erzählt. Von den High Heels und von Situationen, wenn eine Frau nackt ist, während der Mann dabei bekleidet ist. Oder wenn es der umgekehrte Fall ist. Dieser Reiz, wenn einer bekleidet und der andere ist nackt. Die anderen aus der Runde haben aber davon nichts mitbekommen. Allerdings wollte ich mich nicht mit Absicht in diese Situation bringen. Ich habe gedacht, daß du erst um fünf zurück bist."

„Heute habe ich alles erledigt und mein Chef wollte, daß ich auch mal Überstunden abbaue, also bin ich heute früher raus. Aber das erklärt nicht, warum du nackt durch das Haus stöckelst. Ich wusste ja nicht einmal, daß du solche Schuhe hast. Nicht, daß mir diese Angewohnheit jetzt missfällt, aber du hast, seit wir uns kennen, nicht mal ansatzweise Schuhe mit Absatz getragen, nur diese Buffalo-Sneakers."

„Ich sagte dir ja, es wird eine längere Geschichte. Also ich kann mit hohen Hacken seit meinem zwölften Lebensjahr laufen. Als ich dann in den Westen gezogen bin, musste ich vieles zurücklassen. So wie die zwanzig Paar Stöckelschuhe, die ich mir früher gekauft hatte. Und als ich deiner Ex erzählte, daß ich auf mein Geld achten muß, habe ich von ihr die Pumps bekommen. Nicole hat mir vier Paar geschenkt, die sie außer im Bett nie getragen hatte, sondern nur zur Erinnerung an dich behalten hat.

Die Pumps, ein Paar Stiefel und zwei Paar Pantoletten, schick und sexy und dabei gar nicht mal so extrem hoch, sondern sogar alltagstauglich."

„Sie hat die Heels drei Jahre lang aufbewahrt?"

„Im Originalkarton und luftdicht eingeschweißt. Die sollten nie mehr getragen werden. Zumindest nicht in Begleitung von anderen Männern."

„Und doch schenkt Nicole dir ihre Erinnerungsstücke? Wir sind weder im Guten noch im Schlechten auseinander gegangen, es hat halt nicht mehr miteinander gefunkt und wir haben uns schlicht getrennt. Nicole und ich waren ja nur knapp zwei Jahre lang ein Paar. Wir sind nicht einmal zusammengezogen, geschweige denn, daß wir je darüber gesprochen hätten. Das hatte die Trennung doch wesentlich erleichtert. Wobei, es wundert mich sowieso, daß sie die Sachen noch aufbewahrt hatte. Nicole hat sich nie großartig etwas daraus gemacht."

„Habt ihr euch deswegen getrennt?"

„Nein, Nicole liebt den Luxus und den konnte ich ihr auf die Dauer nicht bieten. Oder sagen wir mal, ich wollte es nicht. Zumindest nicht nach ihren Vorstellungen. Aber lenk jetzt nicht ab."

„Okay, also die Idee mit dem Nacktputzen - bei meinen Sachen war doch ein Karton mit meinen persönlichen

Papieren, Zeugnissen, Urkunden,
Versicherungsunterlagen und so. Mario hat dort aber
auch einen Haufen Magazine reingeworfen. Super-Illu,
Coupé, Lui, sowie zwei Ausgaben vom Playboy. Und es
gab sehr viele Fotos mit nackten Frauen auf hohen
Absätzen und ich wollte wissen, wie sich das anfühlt. Und
ich habe mir dabei vorgestellt, wie es wäre, selber vor der
Kamera nackt zu posieren."

„Und wie fühlt es sich für dich an?"

„Es gefällt mir und wenn du mir zusiehst, wird es richtig
prickelnd. Und ich denke, ich kann mich noch sehen
lassen. Dabei habe ich insgeheim gehofft, daß ich dir
gefallen würde. Aber das wollte ich noch nicht
herausfinden, nicht zu diesem Zeitpunkt. Wir beide
müssen erst noch unseren Frieden miteinander machen,
bevor wir..."

Ringo schenkte sich eine zweite Tasse ein und schaute
dann Annegret eine Weile an.

„Ich glaube, wir beide machen unseren Frieden
miteinander, seit ich dich an jenem Abend auf dem
Parkplatz an der Bundesalee gefunden habe. Und ich
hätte dich nie mit zu mir genommen, wenn ich im
Inneren nicht etwas für dich empfinden würde. Es gibt da
noch..."

Annegret schaute ihn fragend an, aber Ringo schüttelte
nur mit dem Kopf. Sie wusste, daß er es später sicher

erzählen würde. Noch so einer dieser kleinen Hinweise des Schicksals, daß die Chemie zwischen den beiden doch stimmt. Ringo holte Luft und sprach weiter.

„Aber wenn du mit Frieden machen meinst, daß du mehr Zeit brauchst, dann kriegst du alle Zeit der Welt."

„Zeit ist gar nicht mal das Problem. Du musst mir verzeihen können und deinen Groll vergessen."

„Der Groll wird Tag für Tag kleiner und ich habe dir schon verziehen. Aber jeden Morgen wache ich mit dem Gedanken auf, daß es endlich gut sein muß, also habe ich es doch nicht völlig vergessen. Aber mit jedem Tag wird es besser."

Er lächelte sie an, woraufhin Annegret ihn am Arm berührte.

„Das reicht mir. Fangen wir einfach mit einem Kuß an? So als einen weiteren Schritt von vielen kleinen Schritten?"

Ohne weiter nachzudenken oder auch nur ein Wort zu sagen, trat Ringo näher zu Annegret und gab ihr einen Kuß. Erst eine sanfte Berührung der Lippen, dann erwiderte sie den Kuß und für eine gefühlte Ewigkeit blieb die Zeit für sie beide stehen. Ringo räusperte sich.

„Nur fürs Protokoll, du gefällst mir und ich habe eine Vorliebe für Frauen, die ... keine zwanzig mehr sind."

„Dich stört es nicht, daß ich mehr als zehn Jahre älter bin?"

„Ich finde es eher ... keine Ahnung wie ich es jetzt richtig beschreibe, aber es fühlt sich gut und richtig an."

„Wenn es sich gut und richtig anfühlt, dann ist es doch gut und richtig, oder?"

„Ja, so könnte man es ausdrücken."

Annegret zog Ringo am Nacken wieder zu sich heran und setzte den langen Kuß weiter fort.

„Hast du etwas dagegen, wenn ich mir wieder etwas überziehe?"

„Schade, denn mir gefällt dieser Anblick. Aber es gibt in Sprockhövel einen sehr guten Italiener und da könnte eine attraktive und vor allem nackte Frau vom Essen ablenken. Und die Pasta ist dort erstklassig und die Mafiatorten sind geradezu legendär."

Annegret stand in dem Augenblick auf als das Lied ‚Hey' im Radio begann. Das eher langsame Lied in der Verbindung mit dem zum Teil unmelodischen Gesang von Black Francis im Duett mit der Bassistin Kim Deal war romantisch und als Ringo ihr ganz galant die Hand reichte, zog er sie sanft an sich. Sie tanzten beide engumschlungen einen Klammerblues.

„Ringo, wie schaffst du es, in so einer Situation einer Frau das Gefühl zu geben, daß sie eine Königin ist. Ich wollte heute nicht mit dir ins Bett, also noch nicht."

„Eines nach dem anderen. Erst der Blues, dann der Abend beim Italiener und was dann passieren wird, ist noch nicht festgeschrieben. Du hast alle Zeit der Welt, denn das ist der Beginn einer ganz besonderen Freundschaft."

„Ich schau dir in die Augen, Großer. Und bevor du fragst, ich habe Casablanca fünf oder sechs Mal gesehen."

„Übrigens, nur fürs Protokoll, du würdest dich als Centerfold auf Leinwand über dem Bett wirklich gut machen."

„Ich hoffe, daß im Fotolabor damit keiner Schindluder treibt."

„Das ist kein Problem. Ich habe in der Schule bei der Foto AG mitgemacht und kann Bilder entwickeln. Es gibt hier ein Fotolabor, wo kundige Fotografen ihr Negative selbst behandeln können. Ich finde, die Exklusivrechte stehen nur uns beiden zu."

„Du warst in der Foto AG, das kann ich mir kaum vorstellen."

„Keine Sorge, ich wäre fast rausgeflogen."

„Das kann ich mir gut vorstellen. Was hast du denn angestellt."

„Naja, der Lehrer, der die AG geleitet hatte, hatte mich eh schon auf dem Kieker, weil ich nicht zu diesen linksdrehenden Öko-Jüngern gehörte, und da ich der einzige Junge in der AG war, war eine Aufgabe, ein Aktfoto zu machen. Aber keinen Frauen-Akt, denn das sei entwürdigend und sexistisch. Ich habe trotzdem einen Frauenakt eingereicht. Er hat getobt und ist dabei herumgehüpft wie Catweasle. Er drohte mir mit einem Schulverweis und aus der AG wollte er mich sowieso ausschließen. Nur die Mädels fanden das Bild gelungen und drohten ihm, dann zum Direx zu gehen und ihn wegen sexueller Belästigung anzuzeigen. Er war tatsächlich ein wenig übergriffig. So mit viel Umarmen und ‚zufälligen' Berührungen. Das Lustige an der Sache ist, daß er mit einem vierzehnjährigen Mädchen im Bett erwischt wurde. Von der zukünftigen Ex-Ehefrau. Das Schulamt war ‚not amused'."

Mit katzenhafter Eleganz löste sie sich von Ringo und ging betont aufreizend mit langsamen Schritten aus der Küche. Im Türstock blieb sie stehen und dreht sich um.

„Ich zieh mich jetzt schick an, denn ich möchte dir heute Abend gefallen. Gibst du mir eine halbe Stunde?"

„Da ich noch den Tisch reservieren will und ein frisches Hemd brauche, nimm dir die Zeit, die du brauchst."

Sie hatte nicht zuviel versprochen, denn sie sah atemberaubend aus. Mit der knallengen Jeans und der schwarzen, figurbetonenden Bluse strahlte sie eine sehr

354

subtile Erotik aus, die die braunen Pantoletten mit den acht Zentimeter hohen Absätzen unterstrichen. Das Klicken der Absätze auf den Fliesen war im Flur deutlich zu hören. Ringo öffnete ihr zuerst die Haustür und danach den Wagenschlag des AMG, wo Annegret sich damenhaft platzierte. Sie freute sich über seine galante Art, während sie den ganzen Abend lang miteinander redeten und sich erzählten, wie sie ihre Kindheit und Jugend verbracht hatten. Annegret war vor allem von Ringos wilder Zeit in der Psychobilly Szene fasziniert, die so manche lustige Anekdote hervorbrachte. Sie fuhren nach dem Essen zurück, wobei Ringo sich Zeit ließ. Seine Hand lag auf dem Wählhebel der Automatik, woraufhin Annegret ihre Hand auf seine Hand legte. Er blickte kurz lächelnd zu ihr rüber. Im Radio lief „Bad Company" in einer seltenen Live-Variante, was Annegret etwas nachdenklich stimmte.

„Ist das jetzt ein schlechtes Omen? Ich bin ich eine schlechte Gesellschaft für dich, oder du für mich?"

Sie standen wieder in der Auffahrt von Ringos Haus, der Motor war aus und nur der Gesang von Paul Rogers war zu hören.

„Ich bin eine schlechte Gesellschaft für alle deine negativen Gedanken, deine Ängste, deine Albträume und dein Pech."

Annegret bekam feuchte Augen, als sie sich zu ihm rüberlehnte und Ringo lange und zärtlich küsste. Sie hielt

355

sein Gesicht mit beiden Händen und betrachtete ihn für einen Augenblick.

„Wenn ich geahnt hätte, wo du dich herumtreibst, hätte ich schon während der Oberschule rübergemacht. Aber ich hoffe, es hält auch eine Weile."

„Wenn du mit einer Weile viele Jahre meinst, sind wir uns einig. Und eines muß ich dir noch sagen. Was auch immer im letzten Jahr geschehen ist, es ist vergeben und vergessen. Wenn es dir ernst mit uns ist, dann gilt das auch für mich."

Er zog sie sanft zu sich ran, um ihr einen weiteren Kuß zu geben.

„Macht dir der Altersunterschied wirklich keine Sorgen?"

„Och, daß ist wie bei Johannes Heesters und Simone Rethel. Der Unterschied kommt ungefähr hin."

„Hey, das war jetzt richtig frech. Obwohl, wenn ich so darüber nachdenke ... ganz ehrlich, hey!"

„Aua."

Annegret hatte ihn spielerisch auf den Oberarm geboxt.

„Ach nee, ich meinte Darth Vader und Leia Organa. Autsch, daß tat jetzt weh."

Annegret boxte ihn auf die gleiche Stelle, aber ihr Grinsen zeigte, daß ihr das Spiel ebenso Spaß machte."

„Gut, ich sehe, du hast wirklich kein Problem damit, wenn du freiwillig so viel Prügel einstecken möchtest. Komm jetzt mit ins Haus".

Sie ging elegant auf den Pantoletten den Weg zur Haustür und schaffte es, mit dem Hinterteil aufreizend zu wackeln, ohne daß es aufgesetzt wirkte. Ihre Entscheidung, heute Abend mit Ringo nicht ins Bett zu gehen, hatte sie noch nicht geändert, aber sie wollte ihn nicht mehr lange hinhalten. Sie gaben sich einen Kuß zum Abschied, dann ging sie in ihr Zimmer und machte sich fertig für die Nacht. Nach einer Stunde lag sie immer noch wach und starrte an die Decke. In ihrem Magen war der Teufel los und sie spürte das Kitzeln sowie das angenehme Ziehen zwischen den Beinen. Vieleicht half ihr noch ein Schluck Wein und so stand Annegret noch einmal auf. Im dunklen Flur sah sie, daß Ringo noch wach sein musste. Unter dem Türspalt schien Licht hervor und spontan, ohne zu überlegen, klopfte sie an die Schlafzimmertür. Ohne die Aufforderung zum Eintreten abzuwarten, öffnete sie die Tür und lugte vorsichtig in den Raum. Ringo lag im Bett, ein dickes Buch in der Hand.

„Ich kann einfach nicht einschlafen. Mir geht der Abend noch durch den Kopf."

„Ich würde dir jetzt gerne einen Platz in meinem Bett anbieten. Aber ich kann nicht garantieren, die Finger von dir zu lassen."

Ihre Antwort war eindeutig, denn sie zog ihr langes Schlafshirt aus, warf es lässig über die Schulter und stand, wie am Nachmittag, splitterfasernackt vor ihm im Raum. Seine Antwort war ebenso eindeutig - er hob die Bettdecke an und sie schlüpfte drunter und innerhalb von Sekunden fingen die beiden an, beim Küssen ihre Körper zu erkunden. Eine dreiviertel Stunde später lagen Ringo und Annegret umschlungen auf dem Bett und redeten miteinander. So haben sie festgestellt, daß sie beide Dirty Talk liebten und sich zärtlich jede Menge schmutziger Wörter ins Ohr geflüsterten.

„Dir ist aber schon klar, daß wir beide nicht jugendfrei sind. Wenn jemand über uns ein Buch schreibt, dann landet es garantiert auf dem Index."

„Für Blümchensex können wir uns Zeit nehmen, wenn ich achtzig bin."

„Dann bin ich neunzig!"

„Also, wenn du es natürlich nicht erwarten kannst... Aua, nicht wieder auf dieselbe Stelle."

„Ich glaube, es wird Zeit, daß ich bei dir zwischendurch die Herrin im Bett spiele, sonst wirst du zu frech. Aber jetzt mach noch einmal das Ding mit deiner Zunge. Das

358

war der Wahnsinn. Wie kann das sein, daß du noch frei herumläufst?"

„Weil ich auf dich gewartet habe."

Nürburgring - Nordschleife - November 1993

Der Samstag war für einen Novembertag in der Eifel sehr mild und trocken. TCI hatte zu einem Familientag geladen, der gerade für die Kinder der Angestellten ein Höhepunkt im Jahr war, gleich nach dem Weihnachtsfest. Annegret war ebenfalls mitgekommen und aufgeregt stand sie in der Boxengasse neben einem älteren Gruppe B Rallye Fahrzeug der Firma, das an diesem Tag als Rundentaxi fungierte. Sie nestelte nervös an den Kinnriemen des Sturzhelms, den sie sich aufgesetzt hatte. In fünf Minuten durfte sie in dem Monster eine Runde auf der Nordschleife mitfahren. Und das mit Ringo. Sie wusste inzwischen von seinen Renneinsätzen und er machte regelmäßig Testfahrten auf dem Ring. Er kam gerade aus der Box, ebenfalls wie sie im Rennoverall, grinste sie munter an und Annegret beruhigte sich ein bisschen, denn inzwischen waren sie ein richtiges Paar, daß sich blind vertraute. Die Woche nach der ersten Nacht wollte sie immer noch im Gästezimmer schlafen, schaffte es aber nie, nach dem Sex sein Bett zu verlassen. Das Gästezimmer wurde schließlich zu ihrem persönlichen Raum.

Mit bollernden Brüllen sprang der Motor an und Ringo ließ ihn einen Augenblick laufen, während einer der Mechaniker die Heizdecken von den Rennreifen nahm. Ein letztes Handzeichen und Ringo rollte durch die Boxengasse auf die Rennstrecke, beschleunigte den Boliden, bis er bei Hohenrain in die Rechtskurve ging und auf den Hatzenbach zusteuerte. Annegret spürte die Kräfte, die beim Beschleunigen, Bremsen und in den Kurven auf sie einwirkte. Abwechseln spürte sie Angst und Vergnügen, während Ringo den Wagen über den Asphalt jagte. Im Ausgang der Arembergkurve beschleunigte er zum Adenauer Forst, bis er das Bergwerk erreichte. Er freute sich regelrecht auf das Karussell, jene enge Steilwandkurve, die zu den letzten im Motorsport gehörten. Nach Eschbach und Brünnchen folgte der Pflanzgarten, wo Ringo über die Kuppen sprang. Der Gruppe B Wagen war für wesentlich schlimmere Belastungen konstruiert, aber es reichte aus, Annegret zu beeindrucken. Nach dem Schwalbenschwanz folgte die lange Gerade an der Dottinger Höhe, bis die Boxen wieder zu sehen war. Annegret musste immer noch Luftholen, aber ihr begeisterte Grinsen sprach Bände.

Wuppertal - Poststraße - Dezember 1993

Es war der Samstag vor dem zweiten Advent, als Annegret und Ringo zusammen einen Stadtbummel machten, um nach Geschenken für Weihnachten zu schauen. Es herrschte in den letzten Tagen ein unangenehmes, nasskaltes Wetter, aber an diesem Vormittag war es trocken, aber kühl. Es herrschte in der Fußgängerzone der übliche Einkaufstrubel. Die beiden standen an einem der Glühweinstände und hielten jeweils einen Becher in der Hand.

„Ringo, wann hat es bei dir eigentlich gefunkt? Wann hat das mit uns beiden bei dir angefangen."

„Eigentlich schon an dem Abend, als du das erste Mal mit deinem Wartburg auf den Parkplatz gekommen bist. Es waren deine Augen. Von diesem verlängerten Lidstrich war ich gleich zu Anfang fasziniert. Dafür hatte ich wohl seit meiner Mathelehrerin geschwärmt. Und seit du da bist, ist das Feuer größer geworden und spätestens bei deiner Tanzeinlage war ich mir sicher. Und bei dir?"

„Ich habe mich rettungslos in dich verliebt, als du mich, am ersten Abend bei dir, ins Bett getragen hast. Dieses Gefühl von Vertrautheit und Geborgenheit hatte ich vor diesem Augenblick noch nie gespürt; wenn man von den Erinnerungen an meinen Eltern mal absieht. Aber an einem Punkt der Geschichte waren wir unausweichlich füreinander bestimmt. Sozusagen unrettbar miteinander verbunden."

Ringo nickte bloß, aber mit seinem Blick stimmte er ihr zu. Nach dem Glühwein mit Amaretto und Sahne setzten sie den Bummel durch die Einkaufszone weiter fort. Vor der Auslage bei Abeler blieben sie einen Augenblick stehen.

Ringo entging nicht, daß Annegret wieder eine ganz bestimmte Uhr anschaute. Als elegante Herrenuhr konzipiert, war sie quadratisch, vergoldet, mit abgerundeten Ecken und einem bandförmigen Ziffernblatt, dem unten drunter eine digitale Zeitanzeige angefügt wurde. Sie war schön gearbeitet und Annegret schien sie mehr als nur zu gefallen. Ihre alte Uhr hatte den Geist aufgegeben und zwei Uhrmacher haben gesagt, daß sich eine Reparatur nicht lohnen würde. Wenn Annegret damit etwas für sie Persönliches verbinden würde, dann hätte Ringo sie, ungeachtet der Kosten, trotzdem in Ordnung bringen lassen.

„Willst du die Uhr mal anprobieren? Sie gefällt dir doch."

„Spinnst du, Ringo, die ist doch viel zu teuer. Ich möchte nicht, daß du so viel Geld für mich ausgibst. Ich habe wochenlang auf deine Kosten gelebt, ohne daß ich dir bisher auch nur eine müde Mark zurückzahlen durfte. Oder daß du mir deinen Frontera gegeben hast, damit ich den Wartburg nicht im Winter fahren muss. Du bist das Beste, was mir passiert ist, und alleine dafür bin ich froh und dankbar. Also habe ich meine Geschenke zu Weihnachten für die nächsten zwanzig Jahre bereits von dir bekommen."

„Den Opel hätte ich eh nicht mehr gebraucht, da ich von der Firma weiterhin einen Dienstwagen zur Verfügung gestellt bekomme. Du weißt aber auch, warum ich das getan habe. Wenn man sich lieb hat, dann steht man auch füreinander ein. Wir gehen jetzt rein und du probierst diese Uhr an."

„Richard, es ist mir ernst. Keine teuren Geschenke. Ich kann es mir zur Zeit noch nicht leisten, dir ein vergleichbares Geschenk zu machen. Wenn ich meine letzten Schulden abbezahlt habe, dann ist es etwas anderes. Ich bin mehr als heilfroh, diesen gutbezahlten Job zu haben, aber bis Februar muss ich jeden Pfennig umdrehen."

„Wir sind jetzt ein halbes Jahr zusammen und es läuft doch wunderbar mit uns, also kann ich dir schon etwas hübsches schenken, ohne das du dich revanchieren musst. Ich freue mich über einen Schokoladennikolaus und eine Tüte Marzipankartoffeln. Und jetzt keine Wiedererde mehr."

Im Ladengeschäft wurde ihnen von der Verkäuferin die Uhr zunächst kurz vorgestellt, dann durfte Annegret die Uhr anprobieren. Sie war immer noch ganz begeistert von der Uhr, nur das Armband war viel zu groß. Die Verkäuferin bot freundlich an, das Armband zu verkürzen, was Annegret ablehnte, nur hatte sie die Rechnung ohne Ringo gemacht.

„Bitte kürzen sie das Armband, packen die Glieder und Garantiekarte zusammen und meine bessere Hälfte behält die Uhr gleich um. Sie akzeptieren doch Kreditkarte?"

„Selbstverständlich, sie haben doch zehn Minuten Zeit?"

Ringo lächelte die Verkäuferin an und nickte. Kaum wandte sich die Verkäuferin ab, gab Annegret ihm einen Tritt - wenn auch nur sanften - Tritt.

„Du bist unmöglich. Ich habe dir doch gesagt, ich kann mir kein teures Geschenk leisten."

„Und ich möchte dir eine Freude machen. Ohne jeglichen Hintergedanken. Und da deine Zwiebel kaputt ist, brauchst du eine Ersatzuhr. Das macht man nun mal, wenn man seine Frau sehr lieb hat. Wobei, ich hätte da so einen Gedanken."

„Benimm dich. Heute Abend wärst du sowieso fällig gewesen. Seit unserem ersten engen Tanz bei dir in der Küche liebe ich dieses Spiel. Moment mal, was meinst du mit meiner Frau?"

„Wir beide sind ein Paar und ob mit oder ohne Trauschein, ich betrachte dich als das Beste, was mir je passiert ist. Und da finde ich die Bezeichnung Frau passend. Wobei mir Gefährtin auch gut gefällt."

Annegret schaute ihn für einen kurzen Augenblick ernst an, dann bekam sie diesen verschleierten Blick, als einige Freudenträne auftauchten. Sie bedankte sich mit einem langen Kuß.

„Ich weiß gar nicht, was ich darauf antworten soll. Es würde immer kitschig klingen. Ich liebe dich."

Wuppertal - Somewhere In Time

Und das wurde aus den Beteiligten:

Gorilla und Betty hatten geheiratet, wurden Eltern von zwei Kindern und hatten am Falkenberg ein Reihenhaus. In ihrer Freizeit fuhren sie zu Autotreffen oder machten Ausflüge mit den Kindern. Die feste Freundschaft mit Vize und Ringo blieb bestehen.

Der Vize hatte mit seiner Frau ein Kind und wohnte in der Birkenhöhe. Die anderen Mitglieder wohnten verteilt über das ganze Bergische Land. Fred hatte mehrere Dates mit der Kassiererin der Tankstelle. Sie gingen drei Jahre miteinander, bis sie sich trennten. Er lernte später seine Ehefrau bei einem der Grillabenden bei Gorilla im Garten kennen.

Die Firma Opel Guhl wurde sieben Jahre nach Ringos Weggang liquidiert. Der Senior hatte kurz nach dem letzten Telefonat einen Herzinfarkt, was er als letzte Warnung verstand und sich als Privatier zurückzog. Einige Jahre später überlebte er den zweiten Infarkt und verbrachte seitdem seine Zeit in einem Seniorenheim mit medizinischer Betreuung. Sein Sohn führte das ehemals angesehene Autohaus in den Ruin, arbeitet in einer

Hinterhofwerkstatt und lebte in einer Sozialwohnung in der Briefstraße.

Mario musste Wuppertal verlassen, nachdem sich die Zuständigkeiten im Sozialamt änderten und der neue Sachbearbeiter seinem Lotterleben ein Ende setzte. Er ging nach Berlin, wo er seine Karriere als Hehler fortsetzten wollte. Ein spontanes Drogengeschäft brachte ihm zunächst eine dreijährige Haftstrafe ein. Da er einer armenischen Bande einen fünfstelligen Verlust an Drogengeldern eingebrockt hatte, verschwand er nach der Entlassung spurlos. Die Berliner Polizei hatte die Ermittlungen relativ schnell eingestellt. Angehörige oder Freunde gab es nicht, die an einer Wiederaufnahme ein Interesse gehabt hätten.

Susanne wurde Mutter von zwei Kindern, hatte zwei Scheidungen hinter sich und fragte sich immer wieder, wieso das Leben so ungerecht war. Sie lebte inzwischen in Köln Chorweiler, eines der Problemviertel der Domstadt.

Nicole heiratete einen reichen Geschäftsmann aus Düsseldorf und residierte in einer riesigen Villa in Oberkassel. Zusammen mit ihrem Mann hatte sie mit dem Golfspielen begonnen und hatte ein Handicap von achtzehn über Paar.

Tagagi Nakatomi, Takeshi Kitano und Duck Ewing blieben bis zu ihrer Pensionierung der Firma treu, wobei sie als Rentner weiterhin als Berater tätig waren. Jack McNulty
366

wurde später Chef der deutschen Motorsportabteilung, während Ringo die Motorenentwicklung in Velbert leitete sowie die Bereiche Tourenwagen und Rallye betreute. Viele Motorsportexperten bezeichneten McNulty als einen zweiten Carroll Shelby, während sie Ringo das Genie aus dem Tal nannten. Der Rennstall TCI hatte durch die durchgängig gute Arbeit der beteiligten Mitarbeiter einen legendären Ruf.

Annegret und Ringo hatten auf den Tag genau fünf Jahre nach dem unbekleideten Tanz in der Küche geheiratet, blieben aber kinderlos. Da Ringo sehr gut verdiente, arbeitete Annegret später nur noch halbtags und beiden wurden zu Mitbewohnern von drei Main-Coon- Katzen, die in dem Haus in der Triebelsheide einzogen. Gorilla und der Vize waren zusammen mit ihren Familien öfters zu Besuch. Annegret und Ringo hatten ein befriedigendes Eheleben, wobei es beinahe einen Skandal gab, als die beiden bei einem Stelldichein in der Parkanlage ‚An der Hardt' fast von der Polizei erwischt wurden. Was Annegret nicht daran hinderte, weiterhin nachts zusammen mit Ringo Spaziergänge zu unternehmen, bei denen sie zufälligerweise ihre Bekleidung zuhause ließ. Labrador Didi, der ebenfalls bei den beiden eine Heimat fand, war ein guter Wachhund, der das Glück hatte, daß die Katzen ihn akzeptierten. Annegret hatte ihrer Schwester Hanne den Vorschlag gemacht, nach Wuppertal zu ziehen, wo sie als Krankenschwester im Bethesda arbeiten konnte. Die Geschwister rauften sich zusammen, nachdem sie so lange getrennt waren. Hanne war auch ein exzellenter Sitter, wenn Ringo mal wieder die japanische Zentrale in Yokohama besuchte und Annegret ihn begleiten durfte. Annegret freute sich am meisten auf die Wochenende, wenn die Firma ihnen ein Ferienhaus am Okumata-See zur Verfügung stellte. Die beiden saßen auf der hölzernen Terrasse und schauten auf den See. Annegret griff nach links und nahm die Hand von Ringo.

„Wenn mir früher jemand erzählt hätte, daß ich einmal in Japan an einem See sitze und Tee trinke, dann hätte ich ihn als totalen Spinner bezeichnet."

„Nun, mit Japan hatte ich ehrlicherweise auch nicht gerechnet."

„Und zum Glück werden wir noch eine ganze Weile zusammen durchs Leben ziehen. Hast du es eigentlich jemals bereut, mich damals vom Parkplatz aufzulesen?"

„Warum sollte ich es bereuen, die Frau fürs Leben zu finden, auch wenn sie mir das Hemd vollgerotzt hat."

Übersetzungen:

Máistir Cuain - Hafenmeister

Dia duit - Grüß dich

ложены ли посылки - Sind die Pakete verstaut?

Да, мы должны позаботиться об Олеге. - Ja. Wir müssen uns um Oleg kümmern.

Mo ghràdh, tha stoirm ag eirigh nam chridhe. Meine Liebe, ein Sturm erhebt sich in meinem Herzen.

Mairidh mo ghaol gu bràth -Meine Liebe wird ewig dauern

Tha mi airson a bhith ri feise leat agus a'suirghe do òrdagan - x x x :-)

Ni neart go cur le chéile - Wir stehen zusammen, getrennt verlieren wir - (United we stand, divided we fall)

Mo charaid - mein Freund

Aye, mo bhràthair - Ja, mein Bruder.

Oglaigh na hEireann - Freiwillige Irlands - Bezeichnung für die Irischen Streitkräfte und auch für die IRA

Fàilte. Is e mo dhachaigh do dhachaigh - Willkommen. Mein Heim ist dein Heim.

Glossar:

Wory w zakone - Diebe im Gesetz - Teil des organisierten Verbrechen in Russland

HUMIT - Human Intelligence (Feldagenten)

RUC - Royal Ulster Constablary - Polizei von Nordirland

Long Kesh / H-Blocks - Maze Prison - Gefängnis in Nordirland

Area 51 - Militärische Sperrgebiet in Nevada - u.a. Zentrum der Lockheed Skunk Works.

AFC - American Football Conference

Black Ops - verdeckte Operationen durch Militär oder Geheimdienste

GTA - Grand Theft Auto - schwerer Autodiebstahl

OMC - Outlaw Motorcycle Club

G . U .   F U ß

will return with

The Heels & The Guns

Part V